아나운서 강재형의

우리말 나들이

아나운서 강재형의

우리말 나들이

강재형 지음

도서출판 b

　1987년 여름에 아나운서 시험을 치렀다. 1차 카메라 테스트와 필기, 2차 카메라 테스트, 논술과 최종 면접을 통해 가을에 아나운서가 되었다. 5단계 전형을 거치면서 지원자 1,300명 가운데 남자 아나운서 합격자는 딱 한 명. 그게 필자였다. 이른바 '6녀 1남'에 '청일점'이란 얘기를 들었다. 기쁨만큼이나 사명감이 컸다. 누가 안기지도 않았건만 의무감까지 그러안았다. 이듬해 '국어 어문 규정'이 고시되었다. 초등학교부터 중고등학교 국어와 문법 시간, 대학 시절 학보 교정·교열의 준거準據가 바뀐 것이다. 이전 규범(문법)의 그림자를 걷어내야 했다. 출퇴근하면서 바뀐 규정을 독백하듯 웅얼거렸다. 머리로 기억하는 것으로 그치는 게 아닌 입으로 말하는 아나운서이기에 그랬다. 지식보다 습관이 중요하다 여겼으니까. 바뀐 표준어가 주 대상이었다. '상치 / 상추, 미싯가루 / 미숫가루, 호루루기 / 호루라기 …….' 따위가 그러했다. 1933년 한글학회가 정한 '한글 맞춤법 통일안'에서 1988년 '국어 어문 규정'으로 '업데이트'는 눈으로 보는 게 아닌 입으로 되뇌는 반복 학습으로 진행되었다. 십여 년 '국어 문법 시간'에 익힌 '깡총깡총'이 '깡충깡충'으로 바뀐 때였다. '모음조화'는 그렇게 깨졌다.

　모음조화母音調和를 떠올리면 머릿속에 그려지는 학창 시절의 기억이 있다. 국민학교 선생님은 "'아오'는 '아오'끼리 '어우'는 '어우'끼리"라 가르쳤다. 고등학교 문법 선생님은 "보슬비 내리는 날 두 사람이 나란히 걸어간다면, 남녀라면 보기 좋을 것이다. 우산은 하나면 좋겠고, 남자가 여자보다 조금 더 컸으면 어울릴 것이다. 이런 게 조화"라며 기뭇하게 수염 오르는 청소년에게 솔깃한 비유를 들었다.

아나운서가 되어 방송 일을 시작하면서 선배들에게 배우고 말과 글에 관련한 책을 닥치는 대로 읽으며 '방송 언어'를 익혔다. 천 권까지는 모르겠지만 줄잡아 수백 권을 훑었다. 1945년 광복, 1948년 정부 수립 이후 끊임없이 이어진 '일본식 표현 순화'의 뿌리를 캐려고 일본어를 배웠다. 언어와 뗄 수 없는 역사와 문화 전반에도 자연스럽게 배움의 손길을 뻗었다. 그렇게 책 속의 내용을 익히며 '원칙주의'를 지키려 했다. 제 나름 '내공 쌓였다' 여길 즈음 '나만 알면 무슨 소용'이라는 데 생각이 미쳤다. 방송 언어와 우리말의 궁금함과 헷갈림을 내게 묻는 선배들이 많아질 무렵이었다. 독학이나마 익히고 알게 된 우리말 이모저모를 엮어 '16절 갱지'에 '우리말 나들이'를 찍어냈다. 1993년의 일이다. 4년 뒤 아나운서실 안팎의 거스름을 딛고 TV 프로그램 〈우리말 나들이〉를 만들었다.

낱말과 문장, 표현이 '원칙'과 '상식'에 어긋나면 바로 빨간 펜을 들었다. 기준은 규범과 사전이었다. 두툼한 종이사전을 끼고 살던 어느 날 디지털 세상이 열렸다. CD-ROM으로 나온 첫 디지털 사전 『우리말큰사전』(한글학회, 1996)에 이어 『표준국어대사전』 CD-ROM(2001년)이 꽤 쓸모 있었다. 요즘은 온라인 사전에 기대어 살고 있다. 베개로도 쓸모 있을 큼지막한 종이사전도 뒤적인다. 1950년대, 1960년대에 나온 '표준어 규정 시행' 이전 사전은 '그때 그 시절'의 표현을 알려준다. 북한말이 궁금하면 『조선말대사전』을 펼치기도 한다.

원칙과 상식을 바탕으로 한 말글살이 공부는 방송 현장에 반영하려 애썼다. 가랑비에 옷 젖듯, 소리 없이 바꾸고 다듬은 게 제법 된다. 양형 기간을 밝힐 때 쓰는 '월月'을 '개월個月'로 쓰자고 한 주장은 다른 매체에도 반영되고 있다. '인터체인지I. C'라는 용어를 '나들목'으로 다듬어 쓰는

데 한몫했고, '젠트리피케이션'을 대체할 '둥지 내몰림'이란 용어를 만들기도 했다. 방송 화면의 '우상단右上段 로고'를 한글로 띄우고 싶은 바람은 2018년 한글날에 이루어졌다. 아나운서국장으로서 편성국장과 본부장에게 제안해 이룬 것이다. 지난 한글날에는 '한국방송(KBS)'과 '교육방송(EBS)'도 한글 로고를 띄웠다. 2022년에는 '동계─'가 아닌 '겨울 올림픽'이 방송되었다. 문화방송은 중계를 비롯한 모든 프로그램에 '베이징 겨울올림픽'으로 통일하기로 했기 때문이다. '동계冬季─'는 현실감 떨어지는 상투적 용어라고 실무책임자에게 얘기한 것과 무관하지 않다.

서울에서 태어나고 자란 게 큰 도움이 되었다. 경기도 김포 출신 부모님 덕분에 지역 사투리의 영향을 거의 받지 않은 것도 '복'이었다. 집과 학교와 동네에서 주고받던 서울말은 아나운서가 되면서 '표준어 세례'를 받았다. 서울내기지만 서울말이 아닌 표준어를 쓰려 애썼다. '삼춘'은 삼촌이 되었고, 입과 귀에 설던 창피는 '챙피'를 몰아냈다. '열심히 했그덩(했거등)'이 '열심히 했거든'이 된 즈음은 그 뒤의 일이다. 여전히 내게 정겹게 들리는 서울말은 '교양 있는 사람들이 두루 쓰는 현대 서울말'인 표준어와 다르다고 생각한 까닭이다. 장단음을 비롯한 표준 발음도 체계적으로 다시 익혔다. 그 덕분에 단모음 [외 / 위]를 제대로 소리 내는 흔치 않은 사람이 되었다. 국립국어원이 인터넷으로 제공한 한국어 표준 발음의 본보기를 담은 동영상의 주인공이 되기도 했고 이후 동료 아나운서들을 모아 '표준 발음 녹음작업'에 참여했다. 그렇게 기본과 원칙에 충실한 말글살이를 이어왔다.

어릴 때부터 말 잘하고 싶었다. 아니, 잘 말하고 싶었다. 누나와 형이 학교에 가고 집에 홀로 있을 때 어머니와 함께한 '받아쓰기'가 재미있었다. 엄마는 부엌에서 일하실 때 나는 아랫목에 엎드려 연필 꾹꾹 눌러쓰며 '정답'을 적었다. 말과 글자(표기)가 늘 같지는 않다는 것을 그때 알았다. 깍두기 담그는 '무우'가 있었다. 집에서는 모두 '무'라 했는데 어머니가

공책에 써 주신 글자는 2음절의 '무우'였다. '무'가 아니라 왜 '무우?' 여쭈었다. 어머니는 말씀하셨다, 그냥 '무'라고 하지만 쓸 때는 '무우, 두 글자'라고. 1960년대는 물론이고 1988년까지 '무우'였던 규범 표기는 1988년 발표된 어문 규범으로 '무'가 되었다. '무'가 장음 [무:]인 건 아나운서가 된 뒤에 새삼 알았다. 그렇게 학창 시절 교과서와 잡지에서 보았던 '미이라'는 '미라'가 되었고 금호동 산동네 하늘 저 위에서 맴돌던 '소리개'는 '솔개'가 되었다. '또아리 / 똬리, 배암 / 뱀, 새앙쥐 / 생쥐 , 장사아치 / 장사치'처럼 '준말만 표준어로 삼는 규정'이 생긴 것이다.

국민학교에 들어갔다. 다른 건 몰라도 '받아쓰기'는 자신 있었다. 입학하기 전 '무우 / 무' 따위를 베껴 익히던 덕분이었을까. 분철分綴과 연철連綴의 차이를 제법 알고 있었다. 급우들 앞에서 동화 구연했던 기억도 새롭다. 아이들은 까르르 웃으며 넘어갔고 선생님은 연필 몇 자루로 칭찬해주셨다. 칭찬해주신 1학년 담임은 손정분 선생님. 글 잘 읽기, 낭독하기도 어릴 때부터 싹이 보였던 거 같다. 국민학교 2학년 때 '아기 나무' 단원으로 교내 책 읽기 대회에 나가서 1등을 했다. 녹음으로 남아 있는 그 오디오를 들으면 '그런 때가 있었네' 싶을 만큼 낭랑했다. 거기엔 1970년대 아홉 살짜리 똘똘한 서울 어린이가 있다. 그때 담임은 고문자 선생님. 2016년 '텍스토그램TexToGram' 전시 때 연락드려 모셨다. 여전히 고운 선생님은 50년 전 그때를 기억하셨다.

잘 말하기, 논리 있게 발표하기 또한 소싯적부터 싹이 보였다. 학교 발표 시간에 손을 드는 일이 많았다. 그저 손을 들고 나대는 게 아니었다. 발표하기 전에 내용을 정리하고 입에서 되뇌어 본 뒤 '저요, 저요' 했다. 국민학교 저학년부터 그렇게 '발표 준비'를 거듭한 결과는 '사전 준비' 없이 나서도 중언부언하지 않는 말솜씨가 되었다. 반늙은이가 된 지금은 그때 비하면 초라하기 그지없다. 순발력은 물론이고 기억력 감퇴에 말도 어눌해졌으니까.

국민학교 6학년 담임 송대호 선생님은 '재형이는 중학교 진학해서 공부 더 잘할 것'이라 칭찬했다. '국어를 잘하는 어린이'라는 게 이유였다. 그래서인지 국어는 재미있었고 다른 과목에 비해 학업 성취가 높았다(고 기억한다). 즐거움과 성적이 비례한 거 같지는 않다. 〈너나들이〉(〈우리말 나들이〉 10주년 특집 프로그램)에서 어릴 적 생활기록부를 (프로그램 기획자이기도 한 당사자 동의 없이!)공개했는데 국어에 '미'가 있었다. 수─우─미─양─가, 혹시 아름다운 성적 '미美'? 고등학교 때 고문古文 시간 '15세기 국어'도 재밌었다. '훈민정음 서문' 108자는 지금도 술술 외어서 읊는다. 국민학교 2학년 때 전문 암기를 해야 귀가할 수 있었던 '1968년 12월 5일 대통령 박정희'로 끝나는 '국민교육헌장' 전문의 기억은 가물거리지만.

사내아이들이 무심히 내뱉던 상소리, 욕지거리는 나와 거리가 멀었다. 고등학교 때까지 '새끼'라는 말도 쓰지 않았으니까. 그 이후에는? '새끼'는 그 앞에 접두어까지 붙여 쓸 때도 없지 않다. '씹~'은 그래도 안 붙였던 거 같다. 앞으로는 모르겠지만. 서른 넘어서 '쪽팔린다'는 표현을 처음 했다. 그 순간을 지금도 기억한다. 그 말을 들은 학생들의 형언하기 힘든 분위기가 강의실을 가득 채웠던 느낌이 어제인 듯 생생하기 때문이다.

표준어가 아니면 방송 언어는 물론 일상어로도 지양해야 한다, 사전에 오르지 않는 낱말은 적절한 표제어로 대치해 사용해야 한다, 생활 속 일본 표현 사용과 일본식 한자어는 국어순화를 위해 솎아내야 한다, 이렇게 목소리 높였(었)다. 근거 없는 된소리 피하기, 받침 발음과 연음을 제대로 하는 게 품격 있는 언어생활의 기본이라고 외쳤(었)다. 오롯한 전달과 소통을 위한 문장 구성보다 낱말의 표기와 낱낱의 발음에 유의했(었)다. 어릴 때부터 시작해 어른이 되어 아나운서가 되고 '우리말 나들이'를 만들며 규정에 굳건히 발 디디며 말글에 천착하던 삼십 대 중반까지 그랬(었)다. 지금도 그렇다?! 반드시 그런 건 아니다. 규범과 원칙과 품격을 지향하되 일상의 쓰임과 신조어의 발랄함을 품을 수 있게 되었다.

어느 날 미시微視만 보고 거시巨視를 놓치며 살았다는 깨달음에 이르렀다. 개개의 단어와 발음보다 규범에 어긋나더라도 정보를 잘 엮어 전달하는 게 더욱 중요하다는 통찰을 얻게 된 것이다. 이오덕, 이수열, 정재도 선생처럼 국어순화에 앞장선 선학先學들의 주옥같은 저서에서 얻은 배움은 어느 순간부터 '진리眞理'가 아니라 '일리一理'로 참고하게 되었다.

학보사 기자 생활하며, 신방과 과목 수강하며, 언론대학원 다니며 눈과 귀에 못이 박이도록 보고 들으며 새긴 '방송 언어의 조건'은 새로 씌어야 할 때가 되었다. 하나씩 살펴보지 않아도 알 법하다. 먼저, '표준어이어야 한다'는 것. 일제강점기 일본의 호출부호 JODK로 전파를 쏘던 때부터였을 것이다. '표준어이어야 한다'는 조건은 더 이상 '금과옥조'가 아니다. 지역 방언, 특히 충청도 말씨는 낯섦을 넘어 2022년 현재 친근함의 대상이 되었다. 수도권, 이른바 표준어권이 아닌 영남권 출신도 충청 방언을 유행어처럼 쓴다. 방송이 그러하니 일상 언어도 그렇게 되었다. 아니, 언중의 유행을 방송이 따른 건가. 어느 쪽이든 나쁘다는 게 아니다. '10년이면 강산도 변한다'는데 말이 변하지 않는 게 이상했다. 헌법도 유행도 세월 따라 바뀌는데 '방송 언어의 기본'은 희한하리만큼 변함이 없다. 실은 많이 바뀌었다. 교과서와 '심의 기준' 속에 박제되어 있을 뿐이다.

말은 낮은 곳으로 흐른다. 이른바 하향 평준화? 십여 년 전 라디오 시사 프로그램을 여성 코미디언이 진행한 적이 있다. 청취자에게 친근감을 주고 눈높이를 맞추는 장점이 있었다. 모름지기 시사 프로그램은 '엄근진(엄숙·근엄·진지)' 남성이 해야 한다는 고정관념은 어렵지 않게 깨졌다. 높은 청취율의 그 방송에서 편편치 않은 대목이 들렸다. 그 가운데 하나가 '존대법'이었다. '분'의 남발이 두드러졌다. 외국 독재자를 가리키면서 '그분'이라 하는 것 등이다. 2000년대 중반 즈음의 일이다. 이후 세월이 흘러 안타깝게 일찍 세상을 뜬 어린이를 두고 '돌아가신 분'이라 하는 세상이 되었다. '젊은이'는 '젊은 분'에 밀려 공공언어로는 자리 잡기 어려운 신세가 되었다.

학생들과 헤어질 때 인사말이 낯설게 느껴졌다. '조심히 가세요'를 들으며 그랬다. 21세기에 접어들고 몇 년이 지난 때의 일이다. 당시 만난 국문과 교수가 웃으며 한마디 했다. '30대는 조심히, 40대 이후는 조심해, 그렇게 말한다'고. 표현과 화법은 까닭 모르게 슬그머니 바뀌어 간다. 학생에게 들은 '조심히'는 이제 '조심해'를 밀어내고 넘볼 수 없는 세력이 되었다. 설게 들렸던 '엄청'은 이제 '엄청나다'를 밀어내고 대세로 자리 잡았다. '아메리카노 나오셨다' 따위의 엇나간 존대법에 끌끌 혀 차던 일도 언젠가는 사라질 것이다. '바로잡기' 어려울 만큼 널리 쓰이는 까닭이다. 때와 장소, 격에 맞지 않는 '사물 존대'는 언젠가 규범이 될지도 모른다.

'젊은이는 옳다'는 명제에 동의한다. 거기에 '늘'을 덧붙인다. 젊은이(새로운 세대)는 늘 옳다. 말글살이의 흐름을 끌어가는 세대도 새로워져야 한다고 여긴다. 십여 년 전 '맞짱 뜨다'는 표현을 했다. 프로골퍼 최경주와 타이거 우즈가 맞붙을 상황을 전하면서 한 애드리브. 방송이 끝난 뒤 PD가 '다른 사람도 아니고 강재형 아나운서가 그런 말을 해서 깜짝 놀랐다. 상황에 딱 맞는 표현이어서 정말 좋았다'라고 했다. 이십여 년 전 아나운서 동료 가운데에서도 '지적인 느낌'이 두드러진 누가 '그 영화 대박 날 것'이라 했다. 당시엔 생경했다. 영화계에서나 '(흥행)대박'이라는 은어를 쓸 때였다. '대박'이 어찌 우리말 속에 자리 잡았는지 굳이 말하지 않아도 될 것이다.

이른바 '엠제트MZ 세대'는 글과 말을 가정과 학교에서 배우지 않고 PC통신과 인터넷으로 익혔다. 유행어는 급속하게 퍼지고 신조어와 변종어의 생김과 쓰임은 빛의 속노로 닐리 번진다. 일마 전 '라디오 정오 뉴스'를 함께 한 '학생이자 후배'인 아나운서에게 '돈을 날렸다'는 표현이 뉴스 문장에 나오는 게 낯설다고 말했다. 그럼 어떻게? 묻기에 '사기당했다'로 고쳐서 했다고 답했다. 그는 "선배 세대에는 비속어 느낌이지만 우리 젊은 세대에는 그렇지 않다"라고 의연하게 맞섰다. 그렇다, 맞다. '입 밖으로 다시 게우다'는 뜻의 '토하다'는 이제 '반환 / 반납' 대신 보도 문장에서 자주 접할 수 있는 표현이 되었다. '소송 합의금으로 2천억 토해낸다', '보조금을 토해내야 한다'는 기사를 저속하게 여기는 사람이 얼마나 될까. 'A가 기똥차게 잘해서 칭찬이 되게 많다'는 말은 90년대까지만 해도 'A가 기가 막히게 잘해서 칭찬이 자자하다'라고 해야 방송 적합 표현이었다.

외국어와 외래어를 바라보는 시선도 각양각색이다. 외래어는 원론적으로 '한국어'이다. 뿌리는 하나이고 뜻도 같지만 외래어일 때와 외국어일 때의 표기와 발음을 달리해야 할 때가 있다. '커피나무의 열매를 볶아서 간 가루'(『표준국어대사전』)를 한글로 쓴 '커피'는 [커피]로 발음하지만, 로마자로 쓴 coffee는 영어로 대접해 [kɔːfi]로 읽는다. fashion과 passion은 '패션'으로 표기가 같다. very와 berry의 표기 또한 '베리'로 같다. 외래어 표기법에 따른 것이다. 쓸데없이 한발 더 나아가 [f]와 [p], [v]와 [b]의 다른 음가를 살려야 한다는 주장은 일리 있지만 진리는 아니다. 'Z'는 '제트'이지 '지'가 아니다. 'G'는 '지'로 표기한다고 외래어 표기법은 명시하고 있다. 'LG'를 '엘지'라 하지 '엘쥐'라 하지 않는다. 'Shake'는 '쉐잌'이나 '쉐이크'가 아니라 '셰이크'가 맞다. 그렇다고 '디엠지', '쉐보레'는 절대 안 되고 '디엠제트', '셰보레'만 맞다고 소리 높일 생각은 없다.

옛날엔 그랬지만 지금은 다르다. 말과 글을 대하는 내 마음가짐이 그렇다. 한때는 그것만 맞다고 소리 높였지만 이제는 아니다. 말을 익히고 글을 배울 때부터 '국어 잘하는 어린이'에서 '국어(과목)를 좋아하는 학생'과 '교정 잘 보는' 학보사 기자를 거쳐 '방송 언어의 보루'라는 아나운서가 되었다. 새내기 시절 '걸어 다니는 국어사전이 되겠다'는 치기 어린 공언公言이 공언空言이 되기는 했지만 소득이 없지는 않았다. 아나운서로서 헛산 것 같지는 않기 때문이다. 1996년에 부끄러움 모르고 펴낸 『애무하는 아나운서』의 원고는 깁고 보태기도 버거울 만큼 언어 환경이 많이 변했다.

이 책의 집필 기간은 30년이다. '우리말 나들이'를 처음 찍어낸 1993년 이후 일간지와 월간지를 비롯한 여러 매체에서 원고 청탁이 들어왔다. 마다하지 않았다. '방송쟁이'가 '글쟁이' 흉내를 낸 그날 이후 여기저기 써 보내고 엮어내고 남긴 글을 모았다. 거두어 묶어보려니 한 권에 담기에는 지나치게 많은 분량이었다. 졸고의 절반 이상을 들어냈다. 오히려 다행이라 생각한다. 낡은 것이어서 그랬고 뾰족함이 지나친 거 같아서 그랬다. '헌법'이라 할 수 있는 '국어 어문 규범'은 1988년 이후 변하지 않았지만 '표준어 규정'과 '외래어 표기법' 등은 몇 차례 개정되었다. 그 영향도 무시할 수 없었다.

청청했던 시절의 뾰족함은 세월과 깨달음의 크기만큼 무뎌졌다. 그간에 흩뿌려 놓은 글 가운데 그나마 쓸 만한 것을 이 책에 그러모았다. 이런 짓 해도 되겠지, 싶은 때가 된 것이라 여겨서이다. 운명처럼 발딛게 된 아나운서 생활은 말 한마디가 씨가 되었을 것이다. 문화방송 신입 사원 채용 최종 면접에서 홀린 듯 내뱉은 말, 운명입니다. 과연 '운명'이 맞기는 한가, 괜한 '말치레'로 흰소리한다, 빈축 받지 않기를 바란다. 이 책 또한 '글치레'로 그치지 않기를 바란다.

2022년 9월 19일, 세종즉위일
가을볕 비껴드는 난곡 편집실에서 강재형

| 차례 |

책머리에 ……………………………………………………… 5

제1부 비슷한 말, 제대로 구별하여 쓰기

김치를 담가 장독에 담다 ……………………………………… 21
장가드는 후배에게 ……………………………………………… 22
시집가는 후배에게 ……………………………………………… 24
살인을 저지른 주인공 ………………………………………… 27
데미 무어 닮았네요, 두꺼운 목이 ………………………… 29
이상과 현실은 너무 틀려 …………………………………… 31
홀홀단신 혈혈단신 ……………………………………………… 33
여인의 한 맺힌 서리가 내리겠습니다 …………………… 36
쌍거풀 수술, 실밥이 틀어졌네 …………………………… 38
하다와 못 하다는 하늘과 땅 차이 ……………………… 39
계피떡과 알타리 김치 ………………………………………… 41
안개비, 이슬비, 가랑비, 굵기를 재어 볼까? ………… 46
엉덩이와 궁뎅이 ………………………………………………… 48
동강의 노루궁뎅이 ……………………………………………… 51
실수로 허벅지에 손이 스쳤을 뿐 ……………………… 55
헷갈리는 고기 이름 …………………………………………… 58
‘먹방’에 나오는 살치살, 마구리는 어느 부위? ……… 61
삼십 촉 백열등이 그네를 탄다 …………………………… 64
안중근 의사와 유관순 열사 ……………………………… 66
음력 섣달, 음력 정월 ………………………………………… 68
딸내미 생일날 ………………………………………………… 72
녹슬은 철조망 ………………………………………………… 74
문익점의 붓뚜껑 ……………………………………………… 77

조약, 늑약 ·· 79

속 다르고 소 다르다 ································· 82

뿌리와 부리 ··· 85

자반고등어인가 고등어자반인가 ··············· 87

오이소배기는 싫어요 ······························· 90

제2부 그땐 그랬지, 표준어 규정의 변화

짜장면의 복권 ··· 95

그땐 '돌'과 '돐'이 달랐지 ·························· 97

시골말과 서울말 ···································· 100

태곳적 장맛비 ·· 104

먼지털이와 쓰레받이 ······························ 107

강더위 강추위 ·· 111

안녕하세요, 문화가이드 강재형입니다 ········ 113

아카시아는 없다 ····································· 116

적어도 방송인이라면 ······························ 120

야로, 야료, 야지 ···································· 123

새벽 두 시는 새벽인가 ···························· 125

의례 성대묘사라고 하는데 ······················ 128

삼가해 주십시요 ····································· 130

제3부 한자말, 일본말, 국적도 없는 말

환각제이자 여주인공, 헤로인 ···················· 135

아이들은 몰라도 되는 한자말 표지판 ··········· 138

한자 좋아하다 망신당한 방송인 ················· 140

여관에서 만납시다 ⋯⋯⋯⋯⋯⋯⋯⋯⋯⋯⋯⋯⋯⋯⋯⋯⋯ 144

'하고 회' 먹자 ⋯⋯⋯⋯⋯⋯⋯⋯⋯⋯⋯⋯⋯⋯⋯⋯⋯⋯ 148

오뎅을 허하라 ⋯⋯⋯⋯⋯⋯⋯⋯⋯⋯⋯⋯⋯⋯⋯⋯⋯⋯ 153

돼지털, 디지를 ⋯⋯⋯ 156

헬리콥터가 싫으면 잠자리 비행기 ⋯⋯⋯⋯⋯⋯⋯⋯⋯ 158

모든 국어사전은 다 틀렸다 ⋯⋯⋯⋯⋯⋯⋯⋯⋯⋯⋯ 160

'실버리 아다지오'여 영원하라 ⋯⋯⋯⋯⋯⋯⋯⋯⋯⋯ 165

영어로 도배한 신문 들춰 보기 ⋯⋯⋯⋯⋯⋯⋯⋯⋯ 168

007 ⋯ 공공칠, 영영칠? ⋯⋯⋯⋯⋯⋯⋯⋯⋯⋯⋯⋯ 171

귀신 씨나락 까먹는 소리 ⋯⋯⋯⋯⋯⋯⋯⋯⋯⋯⋯ 172

6월에 감옥으로 오세요, '징역 유월' ⋯⋯⋯⋯⋯⋯⋯ 176

아직도 수입해 쓰는 일본말 ⋯⋯⋯⋯⋯⋯⋯⋯⋯⋯ 178

옛날 옛적 일어 번역본을 중역하던 시절에 ⋯⋯⋯⋯⋯ 184

기특한 서울시 새 청사 ⋯⋯⋯⋯⋯⋯⋯⋯⋯⋯⋯⋯ 188

왜 대 · 소문자를 구분하나 ⋯⋯⋯⋯⋯⋯⋯⋯⋯⋯ 190

리리릿자로 끝나는 말은 ⋯⋯⋯⋯⋯⋯⋯⋯⋯⋯⋯ 192

깡소주는 있어도 깡맥주는 없다 ⋯⋯⋯⋯⋯⋯⋯⋯ 195

겜뻬이를 아십니까 ⋯⋯⋯⋯⋯⋯⋯⋯⋯⋯⋯⋯⋯⋯ 197

제4부 바르게 쓰고 정확하게 말하기

달걀은 닭의 알입니다 ⋯⋯⋯⋯⋯⋯⋯⋯⋯⋯⋯⋯⋯⋯ 203

외래어와 외국어는 엄연히 다르다 ⋯⋯⋯⋯⋯⋯⋯⋯ 206

원어민 발음 따라하기, 아나운서 발음 따져보기 ⋯⋯⋯⋯ 208

상기하자 '도살장' ⋯⋯⋯⋯⋯⋯⋯⋯⋯⋯⋯⋯⋯⋯⋯ 210

'애무'하는 아나운서 ⋯⋯⋯⋯⋯⋯⋯⋯⋯⋯⋯⋯⋯⋯ 213

똑 사세요 ⋯⋯⋯⋯⋯⋯⋯⋯⋯⋯⋯⋯⋯⋯⋯⋯⋯⋯ 215

밥만 해도 125가지? ⋯⋯⋯⋯⋯⋯⋯⋯⋯⋯⋯⋯⋯⋯ 217

새우젓 먹고 크는 아기 …………………………………………………… 219

천자총통, 천척총통 ……………………………………………………… 221

납량 특집 납양 특집 …………………………………………………… 223

엄연히 존재하는 표준 발음법 ………………………………………… 225

애당초 애시당초가 틀렸다 …………………………………………… 227

제5부 캐내어 닦으면 빛나는 토박이말

탁월한 문장 감각, 그리고 맞춤법 …………………………………… 233

언어운사 ………………………………………………………………… 237

덤탱이, 덤터기 ………………………………………………………… 240

동계 올림픽, 겨울 올림픽 …………………………………………… 245

제가 깁니다 …………………………………………………………… 247

립스틱 짙게 바르고 …………………………………………………… 250

사전에 없는 토박이말 ………………………………………………… 253

우리가 몰랐던 장난감 이름 ………………………………………… 255

대통령은 '종'이다 …………………………………………………… 257

프돌이는 밤하늘 색 …………………………………………………… 261

고속도로와 반도체 …………………………………………………… 263

남한말 북한말 ………………………………………………………… 265

서울말 듣기 좋습네다!! ……………………………………………… 270

'행복은 가까이에 있다'라는 교훈 담은 동화 '파랑새' ……… 273

북쪽에 여동생이 생겼다 ……………………………………………… 276

찾아보기 ………………………………………………………………… 282

제1부

비슷한 말, 제대로 구별하여 쓰기

김치를 담가 장독에 담다

담그는, 담는

내 앞에 신문이 있다. 요즘 신문에는 광고도 참 많이 실려 있다. 요즘은 사시사철 시도 때도 없이 볼 수 있는 '김치 냉장고' 광고도 빠지지 않는다. '1124'인가 뭔가 하는 난해한 숫자로 만든 이름의 김치 냉장고 광고가 눈길을 끈다. '올 컬러 전면 광고'로 만든 이 광고 왼쪽 아래에는 조그만 글씨로 이렇게 썼다 — '김치를 담궈 …….' 틀렸다. 김치는 '담그는' 게 아니라 '담그는' 거다. '담궈'가 맞으려면 으뜸꼴(기본형)이 '담구다'여야 하는 데 그게 아니란 얘기다. '담그–'가 어간이면 활용을 어찌해야 할까. '담그 + 어'의 맞는 활용은 '담가'이다. 그래서 '김치를 담가'라고 해야 맞는다. 같은 꼴인 '잠그다'도 마찬가지다. '문을 잠가라, 자물쇠를 잠갔다'고 해야 바른 표현이고 '잠궈라, 잠궜다'는 틀린다. 감의 떫은맛을 빼기 위해 소금물에 담가두는 건 '침담그다'이다. 이 또한 '침담가라, 침담갔다'라고 하는 게 맞다. 이렇게 설명하면 여전히 이해하기 어렵고, 더욱더 헷갈린다는 이를 위해 보기 하나 만들었다. '담다'와 '담그다'를 적절히 쓴 알기 쉬운 보기. '김장 때 담근 김치는 여름에 딤겼던 깃보다 더 맛깔스러워 보시기[1]에 담아 상에 올렸다.' 간결한 보기가 또 있다. '김치를 담가서 장독에 담았다.' 김치는 '담그는' 것이고 그 김치를 그릇에 넣는 것은 '담는' 것이다.

---

1. (김치나 깍두기 따위를 담는) 작은 사발.

장가드는 후배에게

장가들다, 장가가다

새 식구를 맞게 되었으니, 축하한다.

같은 혼인[1]을 하면서도 네 신부는 '시집오고' 너는 '장가드는'[2] 말에 담긴 뜻이 무엇인지 너는 알 게다. 작은 말뜻의 차이가 결코 가볍지 않음을 너는 헤아릴 수 있을 것이라고 믿는다.

'형, 신혼여행 갈 때 비행기 값[3]이 얼마나 돼요'라고 어느 날 네가 나에게 물었을 때, 비로소 알았단다. 너에게 일생을 함께하고픈 여인이 나타났다는 사실을. 그리고 며칠 뒤 '형, 나 날 잡았어요'라고 어른스레 말했지. 마치 못 할 일을 하다 들킨 사람처럼 기어들어 가는 목소리로 말이다. 그때 난 참 기뻤단다. 너와 혼인하기로 한 그 동무[4]가 누구인지 알고 있었고, 내가 비록 내색은 하지 않았지만, 둘이 참 잘 어울린다는 느낌을 줄곧 안고 있었기 때문이지. 사모관대 쓴 네 모습과 족두리 쓰고 연지 곤지[5] 찍은 네 신부의 모습을 그리면 더더욱 그렇단다.

---

1. 결혼(結婚)은 일본에서 쓰는 한자어라는 설이 있다. 혼인(婚姻)은 한국에서 쓰는 한자어. '언어 순혈주의'를 지지하지는 않지만 정보 제공 차원에서 '혼인'이라고 썼다.
2. '시집간다'와 '장가든다'를 구별해 써야 한다는 때가 있었다.
3. '비행기 삯'이라고 해야 정확한 표현이다. '항공 요금'이나 '탑승 요금'의 뜻으로 쓸 때는 그렇다. 굳이 규범에 따라 표기하자면 '비행깃값'이다. 비행기 한 대의 값은 A330의 경우 3천억 원쯤 한다.
4. '동무'와 '벗'은 토박이 우리말이다. 북에서나 쓰는 표현이 아니다. '어깨동무'처럼 여전히 남에서도 살아 있는 말이다.
5. '연지(臙脂)'는 잇꽃의 꽃잎에서 뽑아 만든 붉은빛 물감, '곤지'는 새색시가 이마 한가운데 찍는 연지를 말한다.

들르다, 들리다

　제주로 신혼여행 가거들랑, 대통령이 묵었다는 그 호텔에서 하룻밤을 지냈으면 한다. 돈이 그다지 넉넉지 않으면 내게라도 부탁하렴. '형, 돈 좀 보태 줘요'라고 말이다. 크게 떠벌리지 말고 귀엣말[6]로 네가 그렇게 부탁한다면 빚을 내서라도 보태 줄 뜻이 선배에겐 있단다. 신혼여행 다녀와서 본가보다 먼저 처가댁에 들러야[7] 하는 건 너도 잘 알고 있겠지.

　사글셋방[8]에서 새 출발 해야 하는 네 내외[9]가 조금 안쓰럽기는 하다만, 사랑하는 사람끼리 얼굴 맞대고 날마다 웃음 지으며 살아가는데 그게 뭐 그리 중요한 일이겠니. 어찌 되었든 홀아비 냄새 풍기던 자취방 생활 청산하고 깨가 쏟아지는 신접살림에 말이다. 이제 접어야 할 때가 된 것 같다. 너를 사랑하고 네가 사랑하는 사람과 일생을 함께하며 잊지 말아야 할 것 가운데 하나는 '너는 이제 홀몸이 아니다'라는 거란다. 이 말만 잊지 않고 살아도 기본은 될 게다, 네 혼인 생활은. 사랑하는 이와 함께 하는 나날은 ……

　　　　　　　　　　　　　　　　－ 여의도에 비 내린 어느 가을날, 선배가

---

6. 귓속말은 한때 비표준어였다. 1990년 '표준어 모음'에 오르면서 '귀엣말 / 귓속말' 복수 표준어가 되었다.
7. '들르다'가 으뜸꼴이다. '들러서, 들르니, 들러라'가 맞는 표현이다. '들려서, 들리니, 들려라'는 '귀에 들리는 소리'나 '귀신(또는 감기) 들리다'라고 할 때의 뜻이다.
8. 1988년 표준어 규정에서 '삯월세'를 버리고 '사글세'를 표준말로 삼았다.
9. 『표준국어대사전』의 뜻풀이는 1. 남자와 여자. 또는 그 차이. 2. 남의 남녀 사이에 서로 얼굴을 마주 대하지 않고 피함. 3. 남편과 아내를 아울러 이르는 말. 이렇게 설명하고 있으나 '아내는 집안일', '남편은 바깥일'을 한다는 인식이 담긴 표현으로 낡은 말이 되었다.

시집가는 후배에게

반지, 가락지

얼마 전 나를 만났을 때 시집간다면서 멋쩍게[1] 웃던 네 얼굴이 떠오르는구나.

부군 될 사람이 자신을 참 편하게 해준다며 슬그머니 자랑을 늘어놓던 환한 얼굴이 새삼 떠오르는구나.

'시집간다'는 얘길 들으면서 여러 가지 생각이 떠오르더구나.

좋아하는, 그저 좋은 사람끼리 한솥밥 먹으며 도란도란 살아가면 그것만으로도 행복 그 자체이겠건만, 요즘은 꼭 그런 것만 같지도 않더구나. '분에 넘치는 혼수로 부모님 허리가 휘어진다'라는 게 요즘의 세태란 말을 떠올리면 더더욱 그렇고.

그래, 너도 이 시대에 태어난 죄 아닌 죄로 남들만큼 혼수를 해 가야하고, 예물을 받아야 하겠지. 저 혼자 잘난 척하고 살 수 있는 세상이 아니니까 말이다. 예물 사러 보석상에 가거들랑, '다이아'[2]만 챙기지는 말았으면 한단다. 신랑 집 사정이 넉넉지 않다면 금가락지[3] 하나만으로도 감동할 수 있는 것 아니겠니. 예물 반지라는 게 두 사람의 변치 않는 사랑을

---

1. (하는 짓이나 모양새가) 격에 어울리지 아니하다, 쑥스럽고 어색하다. '멋쩍은 표정'처럼 쓰는 말이다.
2. 금강석. 다이아몬드의 준말. 다이아몬드를 깎아 내고 남은 조각을 일컫는 '쓰부'는 일본말이다.
3. 금반지. 원래 가락지의 뜻은 '장식으로 손가락에 끼는 두 짝의 고리' (『표준국어대사전』) '쌍가락지'라 하는 까닭이 '반지'는 홑으로 '가락지'는 '두 짝'이어서 나온 말이다.

담아 주고받는 것이라는 데 동의한다면 더욱 그래야 한단다. 누구는 수입 도자기며 금박 두른 접시를 혼수로 해간다는 얘기도 안 들은 바는 아니다만, 국 끓이고 밥해 먹을 냄비 하나 달랑 들고 살림 차린다고 굶어 죽기야 하겠니. 먹을거리 없으면 된장에 풋고추 찍어 반찬 삼아 먹으면 되고 말이다. 시집 식구 보기 남세스러워[4] 남들처럼 살아야 한다는 데 생각이 미치거든 다른 사람 눈치 안 보고 자기 나름대로 떳떳하게 살면 된다고 당당하게 말했던 너 자신의 한때 모습을 떠올려 보기 바란다.

고명딸, 외동딸

온갖 귀여움과 사랑을 독차지하며 자란 후배야.

고명딸[5]인 네가 부모님 곁을 떠나는 게 마음처럼 쉽지는 않겠지만, 혼례를 올린 그 순간부터 신랑이 네 동반자가 되는 거란다. 네 부군 될 사람이 때로는 벗[6]으로 때로는 애인으로 평생을 함께할 바로 그 사람이란 말이지.

신혼여행지에 도착해서 멋들어진 춤도 추어야겠지, 네 신랑과 함께. 야간 업소에서나 춤 직한 지르박 말고, 블루스를 추는 게 좋겠지.

언젠가 때가 되면 체하지도 않았는데 속이 메슥거리고,[7] 울렁거릴 일도 있을 거란다. 네가 좋아하는 감귤이 무척 먹고 싶어질 테고 감귤 구하기가 힘들면 낑깡[8]이라도 챙겨 먹고 싶어지겠지. 그린 게 믹고 싶어질

---

4. '남우세스럽다'의 준말. 남에게서 놀림과 비웃음을 받을 만하다는 뜻. '우세스럽다'도 같은 뜻이다. '남사스럽다'도 복수 표준어이다.
5. 아들 있는 집에 하나뿐인 딸을 가리키는 말이다. 아들 형제 없이 딸만 하나인 경우는 외동딸이라고 한다.
6. '친구(親舊)'란 한자말이 있지만, 토박이말 '벗'이나 '동무'를 살려 쓰면 좋겠다.
7. 메슥거리다=매슥거리다.
8. 일본어 'きんかん(金柑)'. 금감, 동귤이라고도 일컫는 중국 남부가 원산인 작은 귤 모양의 과일이다.

때, 니는 홑몸[9]이 아니란다. 이미 홑몸도 아니겠지만 말이다. 쓸데없는 애기만 마치 푸념인 양 늘어놓고 말았구나. 뭐, 내가 잘나서도 아니고, 다 알아서 하는 애기도 아니고, 그저 너랑 네 신랑이랑 희로애락[10]을 함께 나누며 행복하게 살기 바라면서 하는 애기란다. 부디 늘 행복이란 느낌만 갖고 살기를 바라며 …….

— 햇살 가득한 어느 봄날, 선배가

---

9. 아이를 배지 아니한 몸은 홑몸이라고 한다. '홑몸도 아니어서 몸이 무거울 텐데 …'처럼. 홀몸과는 다른 말이다.
10. 한글 맞춤법 제52항. (한자어에서 본음으로도 나고 속음으로도 나는 것은 각각 그 소리에 따라 적는데, '激怒'의 '怒'는 본음 '노'로 나므로 '격노'와 같이 적고, '喜怒哀樂'의 '怒'는 속음 '로'로 나므로 '희로애락'으로 적는다.)

살인을 저지른 주인공

주인공과 장본인

멋 내려고 쓴 영어가 틀린 것이어서 망신당하는 건 그래도 조금 낫다. 우리말이 아니니까, 남들도 다 그렇게 쓰니까. 그런데 우리말 '주인공'과 '장본인'은 어떤가. 두 낱말의 뜻은 다르다. 그것도 천양지차이다. '유명'과 '오명, 악명'의 뜻 차이만큼이나 다르다. 다음을 보자.

> 이 금메달을 딸 수 있게 해준 장본인, 감독 선생님께 감사드립니다.
>
> (금메달리스트 인터뷰에서)
>
> 살인을 저지른 주인공은 옛 애인인 것으로 수사 결과 드러났습니다.
>
> (뉴스 기사)

우리말의 원뜻만 놓고 본다면 '감독 선생님'은 나쁜 '놈'이고, 살인범은 훌륭한 '분'이다. 왜냐고? 고등학교 영어 시간에 배웠다. 뜬금없이[1] 고등학교 영어 시간이라니, 이건 또 뭔 말인가. 조금만 더 읽어보자. 영어 시간에 배웠다. 'famous'는 좋은 뜻으로 유명해지는 것이고, 'notorious'는 나쁜 뜻으로 널리 알려지는 것이라고 말이다. 이 때문에 비로소 '유명'과 '악명'의 차이를 알게 되었다는 내 동무도 있긴 하다. '주인공'과 '장본인'의 뜻 차이가 바로 이와 같다. '어떤 일을 빚어낸 바로 그 사람. 주로 바람직하

---

1. 한때 방언으로 분류되어 사전에 오르지 않았던 표현이다. 강원도와 경기 일부 지방 방언이었으나 '갑작스럽고 엉뚱하게'라는 설명으로 1990년대 후반에 표제어가 되었다. 이전 사전에는 '일정하지 않고 시세에 따라 달라지는 값'인 '뜬금'만 올라와 있었다.

지 못한 일을 한데에 쓰인다'는 『고려대한국어대사전』의 장본인 설명도
이런 느낌 차이를 담고 있다. 주인공은 좋은 뜻, 장본인은 대개 바람직하지
않은 뜻으로 쓰는 말이다.

> 오늘 무대의 주인공 BTS를 소개합니다.
> 이 살인 사건의 장본인은 ○○○로 밝혀졌습니다.

이렇게 말을 해야 앞뒤가 맞는 말이 된다. 상황에 딱 들어맞는 낱말을
제대로 골라 쓴다는 것, 이것만 잘해도 우리말 바로 쓰기의 절반은 이룬
셈이다. 제대로 못 하면, 본전도 못 챙길 수 있다. 절반의 실패가 꼭
절반의 성공을 보장해 주는 건 아니니까 말이다.

데미 무어 닮았네요, 두꺼운 목이

두껍다, 두텁다

청순한 느낌을 주는 여자 주인공, 히로인heroine[1]이 도자기를 빚고 있다. 등 뒤에서 그를 포근히 감싸는 남자 주인공, 주제곡 'Unchained Melody'가 흐르는 가운데 애틋함은 더해 가고.

긴 설명이 필요 없는 영화의 한 장면이다. 원제목 '유령The Ghost', 번역 제목 '사랑과 영혼'의 유명한 장면이다. 이 영화의 주인공을 맡은 미국 배우는 데미 무어다. 이 영화를 떠난 데미 무어는 '청순'이라는 느낌과는 좀 거리가 있는 배우다. 적어도 내 생각에는 그렇다. 그래도 영화배우와 닮았다는 얘기를 듣는 건 기분 나쁜 일은 아닌가 보다. 청소년 프로그램을 하는 'ㄱ' 아나운서의 체험담으로 얘기를 시작하자.

방송에 출연한 한 여학생과 'ㄱ' 아나운서가 주고받은 대화.

> 학생: 선생님은 데미 무어랑 참 많이 닮으셨어요. (내가 보기엔 데미 무어와 'ㄱ' 아나운서는 전혀 닮지 않았다, 얼굴도 느낌도 모두 말이다. 여러분이 알고 있는 문화방송 여자 아나운서를 모두 떠올려 보시라. 아마 내 생각에 동의할 게다.)
> 'ㄱ' 아나운서: 아이, 뭘 ……. 내가 닮기는 누굴 닮았다고 그러니? ('ㄱ' 아나운서의 고백(?)에 따르면 내심 영화 속 데미 무어의 청순미를 떠올리며 그 얘기가 듣기 싫지는 않았다고 함.)

---

1. 정부언론외래서심의공동위원회(127차)의 결정을 존중하여 '히로인'으로 표기했다.

학생: 아녀에요, 많이 닮았어요. 목 두꺼운 거 말이에요 …….

함께 있던 모든 이: 웃음.

그냥 우스갯소리다. 아마 학생들 사이에 떠도는 얘기 가운데 하나가
이 '데미 무어의 목 얘기'였나 보다. 그런데 그냥 우스개로 접어 두고
말 수는 없는 얘기다. 왜 그럴까. 'ㄱ' 아나운서의 목은 '널빤지'[2]가 아니니
까.

'두껍다'와 '얇다'는 두께의 크고 얇음을 두고 이르는 말이다. '철판이
두껍다', '얇은 종이'에서처럼 쓰는 말이다. 염치가 없는 사람을 빗대서
말하는 '얼굴이 두껍다'[3]도 바른 쓰임이다. 목이나 다리의 크고 작음을
말할 때는 '굵다'와 '가늘다'란 낱말을 써야 한다. '데미 무어의 굵은
목', '사슴의 가는 모가지'[4]라고 해야 바른 말이다. '두텁다'도 잘못 쓰기
쉬운 말이다. '두텁다'는 '마음 씀씀이가 크다, 서로 맺고 있는 관계가
굳고 깊다'라는 뜻이다. 사물이 아니라 사람의 마음을 두고 하는 표현이다.
'두껍다 / 얇다', '굵다 / 가늘다'처럼 흔히 헷갈리는 표현이 또 있다. '틀리
다 / 다르다'이다.

---

2. 『우리말큰사전』(한글학회, 1994)은 '널판지'를 경기도와 호남 일부 지방에서 쓰는
   사투리로 다루었다. 『표준국어대사전』은 '널판때기'와 '판때기'를 '널빤지'를 속되게
   이르는 말'로 설명한다.
3. 철면피(鐵面皮)와 같은 뜻이지만, 품위 있는 표현은 아니다.
4. '목'을 속되게 이르는 말. 짐승의 목을 가리킬 때 주로 쓴다.

이상과 현실은 너무 틀려

틀리다, 다르다

> 많다: 적다(수나 양을 말할 때)
> 크다: 작다(부피, 넓이, 길이를 말할 때)

아무것도 아닌 양 가벼이 여기기 쉬운 말들이지만, 가만히 생각해 보라. 제대로 가려 쓴 적이 얼마나 되는지를. '적다'와 '작다'의 쓰임은 더더욱 그럴 게다. '작:다'와 '적:다' 그리고 '많:다'는 긴 발음이다. 뜻에 따라 제대로 가려 써야 함은 물론이고, [자악따], [저억따], [마안태]라고 소리 내야 바른 말이란 얘기다.

'틀리다'와 '다르다'의 오용誤用은 정말 큰 문제다. '틀리다'의 남용은 정말 심각할 정도로 넓고 깊게 퍼져 있다. 교통 정보의 한 대목을 이 자리에 옮겨보자.

> 종로 2가의 소통 상황, 한 시간 전과 많이 틀려졌습니다 …….
> 연휴 둘째 날의 고속도로, 첫날과 너무 틀린데요 …….

'다르다'가 들어가야 할 자리에 '틀리다'가 잘못 들어갔다. 도로 상황이 '틀린'다면 '맞는' 도로는 어떤 도로일까. 도로의 '정답'은 도대체 뭐냐는 말이다.

'다르다'는 '같지 아니하다'는 뜻이다. '셈 따위가 그르거나 어긋나다'는 뜻의 '틀리다'와는 엄연히 '다른' 말이다. '다르다'가 들어가야 할

지리에 '틀리다'를 넣으면 '틀린 말'이 된다. '틀리다'라고 할 때도 '틀리다'이고, '다르다' 해야 할 때도 '틀리다'고 한다. '틀리다'에 대한 짝사랑 때문일까. '다르다'를 '달르다'라고 하는 사람도 적지 않다. 그건 그렇고, 아직도 두 말이 헷갈리[1]시는가. 그럼 영어로 말하자. '다르다'는 different, '틀리다'는 incorrect이다. 이제 그림이 그려지시는지. '21세기는 20세기와 많이 틀리다 ……'라든가 '이상과 현실은 너무 틀리다'라고 논술 시험 볼 때 써 내 보시라. 당락이 뒤바뀔 수도 있다. '틀리다'라고 잘못 쓰면 인생이 '달라질' 수도 있다는 얘기다. 이 말은 지어낸 것이 아니다. 논술 답안을 채점한 대학교수의 증언이기도 하다. 한동안 내 휴대전화의 통화 연결음 내용도 "'다르다'할 자리에 '틀리다'하면 그 건 틀리다"는 것이었다.

---

1. 헷갈리다, 헛갈리다, 섞갈리다 모두 같은 뜻이다.

홀홀단신 혈혈단신

목욕제계, 양수겹장

다음 숫자를 읽어보자. '읽는 방법'은 여러 가지이니 마음에 드는 '방법'으로 읽어보자. 기왕이면 읊조리지 말고 소리 내서 읽어보시기 바란다.

1, 2, 3, 4, 5, 6, 7, 8, 9, 0

어떻게 읽으셨는지 모르겠다. '일, 이, 삼, 사 …… 구, 영(공)'이나 '하나, 둘, 셋, 넷 …… 아홉, 열'로 읽은 이가 많을 것이다. 한자음^{漢字音}으로 하면 앞엣것이고 토박이말로는 뒤엣것이 된다.[1] 그러고 보니 우리말의 숫자 읽기를 외국인이 제대로 익히기란 쉬운 일이 아닌 듯하다. '일, 이 …… '도 있고, '하나, 둘 …… '도 있고, 순서를 나타낼 때는 '첫째, 둘째 …… '가 된다. 어디 그뿐인가. '첫 번째, 두 번째 …… '와 '첫째 번, 둘째 번 …… '도 구별해 써야 한다. 게다가 관형사로 쓰일 때는 '한 개, 두 개 …… '로 변신하기도 하니 말이다. 이처럼 우리에게 숫자는 '헤아리기' 이상의 뜻이 있다. '삼(3)'이나 '구(9)'를 좋아하는 이가 있는 반면, '사(4)'는 '죽을 사^死'와 발음이 같다 해서 싫어하는 사람도 있다. 그래서 우리나라 건물에는 'F층'이란 게 있다. '사층'이라 하면 불길하니 아예 '포^{four} 층'을 만들어 버리면 될 거라는 '믿을 수 없는 믿음'은 21세기 대한민국에서 여전히 유효함을 잘 드러내고 있는 셈이다. 우리말에서도 '4'는 유념해야 할 숫자이다. 사자성어^{四字成語} ─ 넉 자로 이루어진 낱말

---

1. 전자(前者)와 후자(後者)의 순우리말 합성어로 '앞엣것', '뒤엣것'이 표준어로 인정되었다. '2015년 4분기 표준국어대사전 정보 수정 내용(총 21개)'에 따른 것이다.

― 가 많기 때문이다. 한자어도 그렇지만 토박이말이라고 예외는 아니다. 맞게 쓰는 이보다 틀리게 사용하는 이가 많은 헷갈리기 쉬운 '사자성어'를 몇 개 꼽아보자.

의지할 곳 없는 외로운 홑몸을 가리키는 말은 '홀홀단신'이 아니라 혈혈단신이다. 혈孑, 외로울 혈과 단單, 홀 단과 신身, 몸 신이 만나 생긴 말이 혈혈단신孑孑單身이다. '홀홀―單身'이 아니다. 그럼 홑몸은 홀몸과 같은 걸까, 다른 걸까. 물론 엄연히 다른 뜻이다. 홀몸은 '배우자가 없는 독신'을 가리키는 말이고 홑몸은 '아이를 배지 않은 여자, 또는 딸린 사람이 없는 혼자의 몸(單身)'을 일컫는 말이다. 그래서 임신한 여인에게 '홀몸도 아닌데 무리하지 말아야지 ……'라는 건 적절하지 않은 표현이다. 홀몸이 아닌 건 그 여인의 남편을 포함한 세상의 모든 기혼자도 마찬가지니까 말이다. 아이를 밴 사람에게 하는 제대로 된 인사치레는 '홑몸도 아닌데 ……'이다. '홀홀단신'처럼 토박이말과 한자어가 만나 얼치기 사자성어가 된 말은 '양수겹장'과 '야밤도주'도 있다. 장기에서 두 개의 장기짝이 한꺼번에 장을 부르는 데서 비롯한 바른 표현은 양수겸장(兩: 두 양, 아울러 양/手: 손 수/兼: 겸할 겸, 아울러 겸/將: 장차 장)이다. '양수겹장'이 아니다. '야밤도주' 또한 야반도주라고 해야 맞는다. '밤에 도망감'을 뜻하는 야반도주는 야간도주라고 하기도 한다. 그럼, 깨끗한 물에 목욕하고 음식을 삼가며 몸가짐을 깨끗이 하는 것을 가리키는 말은 어떻게 쓰는 게 맞는 걸까.

(1) 목욕재계 (2) 목욕제계 (3) 목욕재개 (4) 목욕재게 (5) 목욕제게.

정답은 (1)번 목욕沐浴재계(齋: 재계할 재, 공손할 재, 戒: 경계할 계, 삼갈 계)이다. 목욕재계를 줄여 재목齋沐이라 하기도 하고 그냥 '재계'라고도 한다.

그럴듯한 한자 표기까지 가능한 '산수갑산'이나 '풍지박산'도 억지 표현이다. 음식점 이름 덕에 위세를 떨치고 있는 '산수갑산山水甲山'의 원래 사자성어는 삼수갑산이다. 함경도의 삼수三水와 갑산甲山은 산세가 험한 지역이어서 한번 들어가면 나오기 힘든 곳이었단다. 당연히 교통이 발달하지 않은 옛날에 그곳에 간다는 건 위험을 자초하는 일이었단다. 그래서 나온 말이 '삼수갑산에 가더라도 ……'란 표현이다. 잔디 깔린 풍치 좋은 갈빗집과는 거리가 먼 게 삼수갑산三水甲山의 원뜻이다. '풍-地-박산'이란 말도 사전에 없기는 마찬가지다. '풍-飛-박산'이 맞기에 그렇다. '바람(바람 風)이 휘몰아치고(날 飛) 우박(우박 雹)이 흩뿌리는 (흩어질 散) 지경'은 풍비박산風飛雹散이다. '풍지박산'이 그럴듯하게 들리는 건 평지풍파平地風波 때문일 듯하다.

여인의 한 맺힌 서리가 내리겠습니다

서리, 성에, 김

두려운 위엄이나 엄한 형벌을 가을 서리인 추상秋霜에 빗대 말한다. '여자가 한을 품으면 오뉴월에도 서리가 내린다'라는 속담도 있다. 겁나는 일이다. 추운 겨울 찬 바람 불 때도 여간해선 도회지에서 보기 힘든 게 서리이건만 '가을 서리'는 그렇다 쳐도 여인네의 한限이 얼마나 차갑기에 오뉴월에도 서리가 내린다는 걸까. 그런가 하면 밤에 도둑질하러 다니는 사람을 '밤이슬 맞는 놈'이란 곁말[1]로 일컫기도 한다. 서리와 이슬 ─ 물에서 비롯하는 자연 현상이건만 그에 비친 인간상은 '물로 볼 수 없는' 뜻을 담고 있기도 하다. 그래도 자연으로 돌아가 생각하면 서리는 서리이고 이슬은 이슬일 뿐이다. 물(수증기)로 인해 생기는 자연 현상은 이것뿐만이 아니다. 연인들 마음을 설레게 하는 눈과 비도 그렇지만 농작물에 피해 주는 우박, 비행기 운항뿐 아니라 자동차 사고율에도 절대적인 영향을 미치는 안개, 그리고 앞서 보기로 든 이슬과 서리, 성에서 김에 이르기까지 물은 진짜 물로만 볼 수 없는 존재인 듯하다. 그렇다면 이것들의 사촌쯤 되는 성에는 어떻게 다른 걸까. 너무 쉬운 걸 묻는다고 타박하지는 말자. 이슬과 서리는 쉽게 구별해도 서리와 성에의 차이를 똑 부러지게 설명할 수 있는 이는 많지 않을 테니까.

서리? 성에? 김? 정확한 뜻을 잘 모르고 대충 아무 때나 뜻만 통하면 된다는 생각으로 쓰는 낱말이다. 각 낱말의 바른 쓰임을 알아보기 전에

---

1. 사물을 정상적인 말로 표현하지 않고 다른 말을 빌려서 돌려 나타내는 말.

정확한 말뜻부터 찾아보자.

'맑고 바람 없는 밤, 기온이 빙점 이하로 내려갈 때 공기 중의 수증기가 지표에 접촉해서 얼어붙은 흰 가루 모양의 얼음'이 서리이다. 성에는 '추운 겨울, 유리나 굴뚝 따위에 수증기가 허옇게 얼어붙은 것'을 가리키고, '액체가 높은 열을 만나서 기체로 변한 것'을 두고 김이라 한다. 그러니까, 서리는 땅에 내리고, 성에는 유리창에 끼는 것이며(냉동 창고에서도 볼 수 있기는 하다) 김은 비 오는 날 자동차 유리 안쪽에 서리는 것이다. 땅에 '내리는' 게 서리이건만 적잖은 이들이 추운 겨울날 자동차 유리창에 '끼는' 성에를 보고 '서리가 내렸다' 하기도 한다. 물론 바르지 않은 표현이다. 자동차 안에 습도가 높아 '서리는' 김을 '안개가 끼었다' 하면 안 되는 것과 마찬가지다.

내친김에 김과 안개는 긴 발음이라는 것도 알아두자. [김:]과 [안:개]라는 얘기다. '김'은 대개 긴 발음(長音)인 경우가 많다. 먹는 김(해초), 김빠진 맥주, 김샜다, 김을 매다(농사) ─ 이런 경우 모두 장음으로 해야 바른 우리말이 된다. '김'이 대개 긴 발음이라면 짧게 소리 내는 단음短音은 어떤 걸까. 짧은 발음의 김은 '가는 김에 들르다'라 할 때 쓰는 '어떤 일의 기회나 계기'를 가리키는 김, 그리고 성姓 김金이다. 노벨 평화상을 받은 전직 대통령 김대중, '만년 2인자'라지만 우리 정치사에 가장 오랜 기간 권좌에 올라 있던 자민련의 전 총재 김종필 그리고 전직 대통령 김영삼 ─ 이제는 고인이 된 '세 김 씨'는 그래서 모두 짧은 김이다.

쌍거풀 수술, 실밥이 틀어졌네

쌍거풀, 쌍가풀, 쌍까풀

'눈알을 덮는, 위아래로 움직이는 살갗'을 '눈꺼풀'이라고 한다. '눈꺼풀'과 '눈까풀'은 같은 뜻으로 둘 다 어법에 맞는 표현이다. '눈꺼풀(눈까풀)'이 두 겹으로 되어 있으면, 또는 그런 눈이면 그를 두고 '쌍꺼풀(쌍까풀)'이라고 한다. 표기도 발음과 같이 된소리인 '꺼(까)'라고 기억하면 된다.

그럼 '틀어지다'는 어떨까. '틀다'는 '뜯다'와 '헐다'의 제주, 경기 방언이다.(『우리말큰사전』) '옷의 솔기가 트더졌다', '실밥이 트더졌다'는 바르지 않은 쓰임으로 '터지다(혼솔이나 꿰맨 자리가 뜯어져 갈라지다)'의 그릇된 표기이다. '터지다'의 뜻에는 여러 가지로 '그물이 터지다 / 바짓가랑이가 터지다'처럼 쓰인다.

'타지다'는 말도 있다. '꿰맨 데가 터지다'의 뜻으로 '바지가 타지다 / 겨드랑이가 타지다 / 솔기가 타지다 / 장갑의 실밥이 타져서 손가락 하나가 비죽이 나와 있다'처럼 쓰는 표현이다. '터지다'와 '타지다' 둘 다 쓰임은 거기서 거기, 한뜻으로 써도 큰 무리가 없는 말이다.

하다와 못 하다는 하늘과 땅 차이

안절부절못하다, 칠칠맞다

하는 것과 못 하는 건 하늘과 땅 차이다. 1등 하는 것과 못 하는 건 ―2등이었을 경우― 별 차이가 아닐 수도 있다. 금메달과 은메달도 마찬가지다. 메달 색깔 차이가 뭐 그리 대단한 것일까. 하지만 일을 제대로 하는 것과 안 하는 것, 무언가를 하는 것과 못 하는 것의 차이는 제법 큰 경우가 많다. 우리가 흔히 쓰는 표현 두 가지를 들어보자.

안절부절하다(×) / 안절부절못하다(○)
칠칠하다 / 칠칠하지 못하다

지금까지 별 탈 없이 제대로 잘 써 왔는데, 이 자리에 불쑥 이 말을 내놓으니 오히려 헷갈리는 이도 있을 것이다. '하는 건가', '못 하는 건가' 어느 게 맞는 표현일까. 두 표현의 뜻부터 알아봐야, '하는 게 맞는 건지', '못하는 게 맞는 건지' 알 수 있는 법. 두 낱말의 뜻풀이를 새겨 보지.

안절부절: (부사) 마음이 초조하고 불안하여 어찌할 바를 모르는 모양. 불안하고 초조하여 어찌할 바를 모르는 모양.
칠칠하다: (형용사) 1. 나무, 풀, 머리털 따위가 잘 자라서 알차고 길다. 2. 주접이 들지 아니하고 깨끗하고 단정하다. 3. 성질이나 일 처리가 반듯하고 야무지다.

안절부절하다 / 안절부절못하다. 두 가지 표현의 판단은 표준어 규정이 내렸다. 제25항의 11이 그것이다.[1]

'칠칠하다'는 '칠칠맞다'처럼 쓰일 때도 있다. '이 칠칠맞은 녀석 같으니라고 ……'할 때처럼 말이다. 이미 다 짚어보았듯이 어색한 표현이다. '칠칠치 못한 녀석 같으니라고 ……'라고 해야 꾸중인 것이다.

---

1. 「한글 맞춤법 표준어 규정 3장 4절 25항 ⑪」: '안절부절못하다'와 '안절부절하다'에서, '안절부절하다'는 부정어를 빼고 쓰면서도 의미는 반대가 되지 않고 부정어가 있는 '안절부절못하다'와 같은 의미로 쓰이는 특이한 용법인데, 오용(誤用)으로 판단되어 표준어로 인정하지 않은 것이다. 이와 비슷하게 '칠칠치 못하다 / 않다'의 경우에도, '칠칠하다'가 '칠칠치 못하다 / 않다'는 의미로는 잘 쓰이지 않으므로 부정어가 쓰인 형태만을 표준으로 삼았다. 다만 '칠칠하다'는 '주접이 들지 아니하고 깨끗하고 단정하다', '성질이나 일 처리가 반듯하고 야무지다'와 같은 긍정적 의미로는 표준어이다.

계피떡과 알타리 김치

빵과 떡

빵과 떡의 다른 점은 무엇인가. 이에 대해 시원스레 답할 사람이 과연 몇이나 될까. 어쩌면 제빵 전문가나 떡방앗간에서 일하는 이도 '정답'을 선뜻 말하지 못할는지도 모른다. 빵과 떡의 다른 점은 무엇인가.

> 빵: 반죽한 곡식 가루를 굽거나 쪄서 만든 음식.
> 떡: 곡식이나 곡식 가루를 찌거나 삶거나 하여 치거나 빚어서 만든 음식.

우리말 사전에 나온 뜻풀이를 먼저 짚어보았다. 위에 쓴 '정의定義'는 한글학회에서 펴낸 『우리말큰사전』의 뜻풀이다. 빵이나 떡이나 거기서 거긴 것 같다. 그래도 그 풀이를 가만히 뜯어가며 읽어보면, 뭔가 짚이는 게 있을 게다.

> 빵과 떡의 공통점: 곡식 가루로 만든다. 증기로 쪄 내기도 한다.
> 빵과 떡의 다른 점: 삶아서 만드는 방법은 떡에만 있다. 떡만 '쳐서' 만들거나 빚는다.

이제 조금씩 감이 잡히는 것 같다. 그래도 그저 '같다'는 거지, 시원스러운 답은 아니다. 앞서 알아본 두 먹을거리의 차이로 놓고 봐도, 떡과 빵의 구분은 결코 쉬워 보이지 않는다. 더욱이 '오방떡'이란 음식을 보면 그렇다. 내가 보기엔 '오방빵'이라 해야 할 것 같은데 말이다. 『표준국어대사전』도 '오방떡'을 '타원형의 판에 묽은 밀가루 반죽과 팥소를 넣어 만든 풀빵'이라 설명한다.

떡과 빵의 다른 점은 무엇인가. 이 이상은 나도 밝혀내지 못하겠다. 언젠가 또 기회가 있으면 다음에 '시원스레' 밝혀보고자 한다. 여러분께 드리는 '숙제'이기도 하고.

어디가 빵과 떡의 경계인지 확실하지는 않지만, 대충 어떤 걸 떡이라 하고, 빵이라 하는지 가르치지 않아도 알 사람은 다 아는 게 바로 이 '곡식 가루'로 만든 먹을거리다. 조상이 우리에게 물려준 건 빵이 아니라 떡이다. '빵'이라는 낱말이 우리나라에 들어온 길만 거슬러 올라가 봐도 알 수 있다. '빵'은 포르투갈 말이 일본을 거쳐 우리나라에 들어온 말이다. 일본에선 '팡ぱン'이라고 한다. 그건 그렇고 이제 본디 우리 것, 떡에 대해서 이야기하자. 긴가민가[1]하는 떡 이름에 대해서.

개피떡 / 게피떡 / 계피떡

이 가운데 진짜 우리 떡은 어떤 걸까. 다음을 보자.

개피떡은 '흰떡이나 쑥떡을 얇게 밀어 콩소[2]나 팥소를 넣어 반달 같이 만든 떡'이다. 흔히 '바람떡'이라 하는 게 바로 그 것이다.

게피떡은 '팥 껍질[3]을 벗겨서 고물을 놓은 시루떡'으로 '거피去皮 떡, 거피팥떡'과 같은 떡이다. 우리 떡에 '계피떡'은 없다. 따라서 보기로

---

1. '기연가미연가하다'의 준말. 그런지 그렇지 아니한지 분명하지 아니하다. '의사무사하다'와 같은 뜻.
2. 떡이나 만두 따위를 만들 때 속에 넣는 고기나 두부, 팥 따위를 이르는 말. 안에 들어 있어서 중심을 이룬 사물을 가리키는 '속'과는 다른 말.
3. 껍질은 '딱딱하지 않은 물체의 굴레를 싸고 있는 켜'를 말한다. 껍데기는 '달걀이나 조개, 단단한 과실의 겉을 싸고 있는 단단한 물질'을 일컫는 말이다.

든 떡 세 가지 가운데 '계피떡'은 잘못 쓰는 말이다. 굳이 계피떡을 먹어본 적이 있다고 우기는 이가 있다면 이렇게 말하려 한다. 계피떡은 원래 우리 떡이 아니다. 시장에 계피떡이 나와 있다면 아마 요즘 입맛에 맞게 만들어낸 계피 맛 나는 '신종 떡'쯤 될 것이다. 어느 게 맞는지 늘 헷갈리는 먹을거리 몇 가지를 더 짚어보자.

청포(청포묵) / 창포(창포묵)
고두밥 / 꼬드밥 / 꼬두밥
총각무 / 열무 / 알타리무

보기로 든 낱말들 가운데 어느 말이 맞는 말일까. 정답은 이렇다. 청포, 고두밥, 총각무, 열무.

녹두묵을 '청포淸泡'라 한다. '청포'가 바로 녹두묵이란 뜻이지만, 이에 '묵'을 덧붙여 '청포묵'이라 해도 틀린 말은 아니다. 녹두묵=청포=청포묵 이란 말이다. 창포菖蒲는 단오절 머리 감을 때 쓸모 있는 풀이다. 창포의 줄기 잎은 향료로 쓰고, 뿌리는 한약재로 쓴다.

'되게 지어 고들고들한 밥'은 고두밥이다. 꼬드밥은 경상도에서 '술밥'[4] 이란 뜻으로 쓰인다.

어린 무를 가리켜 열무 또는 총각무라고 한다. 알타리 무는 표준말이 아니다. 따라서 '알타리 김치'도 표준말이 아니다. 뜻이 똑같은 형태가 있을 경우 그 중 어느 한 형태가 널리 쓰이면 그 단어만을 표준어로 삼는다는 '표준어 규정' 제22항에 따른 것이다. '열무'는 어린 무를 가리키 는 말이다. 표준말이다. 물론 '열무김치'도 맞는 말이다.

되짚어 볼 만한 먹을거리 몇 가지 보기를 더 들어보자.

---

4. 술밥은 술을 담글 때 쓰는 지에밥이다.

‘동그랑땡’은 ‘돈저냐[5]의 속칭으로 ‘(고기)완자’를 이르는 말이다. 쌀을 튀겨낸 간식거리는 ‘튀밥’, 다시마 따위를 튀긴 반찬은 ‘튀각’이라고 한다. 광어廣魚와 넙치는 같은 말이다. 그럼 ‘칼제비’는 뭔가. 칼싸움과는 거리가 먼 말이다. 칼국수나 칼싹두기[6]를 수제비에 견주어 이르는 말이다. 수제비는 손手으로 빚고, 칼제비는 칼로 썰어 만드는 음식이니까 그렇다.

요즘은 ‘칼제비’를 ‘칼국수+수제비’의 뜻으로 쓰기도 한다. 얼마 전 동네 ‘원조칼국수집’에 ‘칼제비’가 있기에 무엇인가 물으니 이런 뜻의 음식이란 답이 돌아왔다. 칼제비의 원뜻은 수제비에 맞서는 말이지만 일상에는 ‘칼국수 반, 수제비 반’을 넣고 끓여 낸 것으로 더 익숙한 표현이 되었다.

국, 탕, 찌개

봄이 되면 빼놓을 수 없는 게 냉이, 달래 같은 봄나물이다.

겨우내 떨어진 입맛을 돋위줄 봄나물 가운데 빼놓을 수 없는 게 달래. 오늘 저녁엔 된장 풀어 넣은 국물에 달래며 풋고추 썰어 넣고 보글보글 끓여 내보자. 이 반찬을 밥상에 올려놓고 뜨거운 국물 호호 불어가며 한술 뜨기 전에 잠깐, 엉뚱한 질문 하나 하자. 이 먹을거리의 이름은 뭘까. 달래 된장찌게? 아니다. 달래 된장찌개가 맞다. 고기나 채소로 양념한 뒤 바특하게 끓인 것은 ‘찌게’가 아니라 ‘찌개’란 얘기다. 우리 음식 가운데 국물이 많은 것은 탕이나 국이라 하고 국물이 좀 적은 것은 찌개라 하는데, 찌개는 조선 말기 조리서인 『시의전서是議全書』에

---

5. 고기(쇠고기, 돼지고기, 물고기)의 살을 잘게 이기고, 두부나 나물 따위를 주물러 섞어 동글납작하게 만들어 밀가루와 달걀을 씌워 익힌 저냐. ‘저냐는 한자어 ‘전(煎)’의 토박이말.

6. 밀가루 반죽을 방망이로 밀어서 굵직굵직하고 조각지게 썰어서 끓인 음식.

조치라는 이름으로 처음 등장한 것으로 알려져 있다. 조치는 국물이 바특하게 만든 찌개나 찜 따위를 이르는 말이다. 끓이는 건 다 같지만 국물의 많고 적음으로 굳이 순서를 매긴다면 국(또는 탕), 찌개, 조치의 순이 될 터이다.

『시의전서是議全書』는 19세기 말엽 조선 말기의 요리책으로 지은이는 전해지지 않는다. 1919년 심환진沈晥鎭이 상주 군수로 부임한 당시, 상주의 양반집에서 어느 요리책을 베껴 둔 필사본이 그의 며느리인 홍정洪貞에게 전해진다. 이 책은 조선 후기의 다양한 한국 음식을 비교적 잘 정리해서 분류한 것으로 17종의 술 빚는 방법 등 다양한 종류의 식품, 건어물, 채소가 많이 수록되어서, 한국 요리 연구에 귀중한 사료로 평가된다. 특히 반상도식은 곁상, 오첩반상, 칠첩반상, 구첩반상, 술상, 신선로상, 입맷상 등의 원형을 찾을 수 있다. 단점으로는 조리법의 혼돈으로 통일성이 없는 것이다. 이 책에 비빔밥이란 용어가 문헌상 처음으로 언급이 된다(『위키백과』).

안개비, 이슬비, 가랑비, 굵기를 재어 볼까?

는개, 안개

비가 내린다. 주룩주룩 비가 내린다. 어제도 내렸고 오늘도 내리고 내일도 또 내린단다. 지금도 비가 내린다. 쉬지 않고 비가 내린다. 근데, 비가 왜 내리지? 여름이니까. 여름이면 늘 비가 내리나? 물론 아니다. 하지만 지금은 장마철. 장마는 '잇대어 매우 많이 오는 비(『우리말큰사전』)'니까. 그럼, 장마에 내리는 비를 뭐라고 하나. 장마비? 장맛비?

이 글을 쓰고 있는 지금은 장마철이다. 장마에 내리는 비는 '장마비'가 아니라 사이시옷이 들어가는 장맛비, 발음은 [장마삐]이다. 그냥 '장마비'라고 하면 어떠냐고 반문하지는 말자. 한글 맞춤법 규정 사이시옷 항목에 명시된 사항이니까. 문법도 엄연한 법이니 기왕에 정해진 장맛비를 두고 트집 잡지 말자는 얘기다. 어쨌든 장마에 내리는 장맛비는 우리나라 연중 강수량의 대부분을 차지할 만큼 많이 내리는 비이다. 얼마 안 되는 기간에 강우량이 많다고 해서 장맛비는 모두 소나기나 소낙비(소낙비, 소나기는 둘 다 맞는, 이를테면 복수 표준어이다)가 아니다. 소나기(또는 소낙비)는 갑자기 세차게 쏟아지다가 곧 그치는 비를 뜻하는 거니까. 장맛비와 소나기, 소낙비 얘기를 하다 보니 새삼 우리말에는 '비'를 뜻하는 말이 참 많다는 생각이 든다. '비'가 나오는 노래도 많고.

이슬비, 가랑비, 보슬비

'이슬비 내리는 이른 아침에 우산 셋이 나란히 걸어갑니다 ……'라는

46

동요나 '겨울비 내리던 밤 …….' '봄비, 나를 울려주는 봄비 ……', 그리고 '가을비 우산 속에 ……'처럼 철 따라 달리 내리는 비를 담은 가요도 있다. 이렇듯 우리 삶과 '비'는 뗄 수 없는 관계에 있다. 그래서인지 우리말에는 비를 가리키는 말이 유난히 많은 편이다. 빗발(줄이 죽죽 진 것처럼 떨어지는 빗방울), 빗줄기(굵고 세차게 떨어져 줄이 진 것처럼 보이는 비의 방울), 빗방울(비가 되어 떨어지는 물방울)처럼 각 낱말의 느낌이 외국어로 옮기기 어려울 만큼 미묘한 것도 있고 이슬비, 가랑비, 보슬비같이 뜻을 구별하기 쉽지 않은 '비'도 있다. 말 그대로 '이슬처럼 내리는 비'인 이슬비의 사전 뜻풀이는 '는개보다 굵고 가랑비보다 가는 비'이다. 그럼 는개는 뭔가. '안개보다 조금 굵고 이슬비보다 가는 비'이다. 는개와 안개비의 차이는? 안개비는 '안개처럼 잘고도 차분하게 내리는 비'를 가리킨다. 보슬비는 '바람 없이 보슬보슬 조용히 내리는 비'를 뜻한다. 비의 굵기 순에 따라 순서를 매긴다면 는개(또는 안개비)-이슬비 -가랑비-장대비인 셈이다.

궂은비라는 것도 있다. '끄느름(날이 흐리어 침침하다)하게 내리는 비'가 바로 그것이다. 비 내리는 날은 모두 궂은날이건만 굳이 궂은비라 이름 붙인 건 왜일까. 그건 잘 모르겠다. 하지만 '볕이 나 있는 날 잠깐 오다가 그치는 비'를 여우비라 이르는 까닭은 알만하다. 여우는 비 이름에서도 '간사하고 요망스러움'의 상징으로 등장하니 억울할지 모르지만.

엉덩이와 궁뎅이

엉덩이, 방둥이

> 어린 송아지가 부뚜막에(큰 솥 위에) 앉아 울고 있어요 / 엄마 엄마
> 엉덩이가 뜨거워

'엉덩이'가 뜨거워 울고 있는 어린 송아지가 불쌍하다. '엉덩이'는 사람의 것이다. 길짐승의 엉덩이는 '방둥이'라 한다. 엉덩이는 사람, 방둥이는 길짐승의 것이란 얘기이다. 방둥이는 사람의 엉덩이(주로 여성의)를 속되게 이르는 말이기도 하고.

외국인 신부가 집전한 미사에 '닭대가리'가 등장했다. 엄숙한 미사 시간에 치킨 파티를? 아니다. 강론 말씀 중에 나온 표현이었다. 우스개가 아닌 진지함으로 일관한 강론에 '닭대가리'가 거푸 나오자 신자들은 어리둥절했다. 웃어야 하나 얼굴 찌푸려야 하나 '표정 관리' 하기에 바빴다. 외국인 신부는 왜 '닭대가리'라 했을까. 짐승의 머리는 '대가리'라고 한국어 선생이 가르쳤기 때문일 거다. 대가리는 '동물의 머리, 사람의 머리를 속되게 이르는 말(『표준국어대사전』)'이다. 그래서 사람 머리를 두고 '돌대가리, 닭대가리, 새대가리'라 하는 것은 가리키는 이를 짐승으로 취급하기에 모욕이 되는 거다.

꼬리, 꽁지

엉덩이-방둥이, 머리-대가리 따위처럼 우리말에서는 동물의 기관이

나 부위를 사람과 짐승으로 나눠 달리 표현하는 말이 있다. 동물에게 쓰는 표현은 사람의 그것을 속되게 이르는 말이기도 하다. 이렇듯 기관(부위)은 같지만 가리키는 게 다른 대표적인 보기를 들면 다음과 같다.

꼬리: 동물의 꽁무니나 몸뚱이의 뒤 끝에 붙어서 조금 나와 있는 부분.

꽁지: 새의 꽁무니에 붙은 깃. 꼬리나 사물의 맨 끝을 낮잡아 이르는 말.

치아齒牙: '이'를 점잖게 이르는 말.

이: 척추동물의 입 안에 있으며 무엇을 물거나 음식물을 씹는 역할을 하는 기관.

이빨: '이'를 낮잡아 이르는 말.

목: 척추동물의 머리와 몸통을 잇는 잘록한 부분.

모가지: '목'의 속된 말. 짐승의 목(노천명의 '사슴'의 시구를 떠올려 보라. 모가지가 길어서 슬픈 짐승이여 / 언제나 점잖은 편 말이 없구나)

입: 입술에서 후두喉頭까지의 부분. 음식이나 먹이를 섭취하며, 소리를 내는 기관.

주둥이: 사람의 입을 속되게 이르는 말. 짐승이나 물고기 따위의 머리에서, 뾰족하게 나온 코나 입 주위의 부분. (주전자 주둥이처럼) 병이나 일부 그릇 따위에서, 좁고 길쭉하게 나온, 담긴 물질을 밖으로 나오게 하는 부분.

아가리: '입'을 속되게 이르는 말. 물건을 넣고 내고 하는, 병 · 그릇 · 자루 따위의 구멍의 어귀.

날마다 먹는 밥도 대상과 주체에 따라 표현이 달라진다.

조상께 올리는 제사상에는 '메'가 오르고, 제상 물린 뒤 어른이 드시는 건 '진지', 내가 먹는 것은 '밥', 임금에게 올리는 밥은 '수라'라 했다. 밉살스러운 이가 밥상머리에 앉아 밥 먹는 걸 본다면? '주둥이 오물거리며 잘도 처먹는다'라는 얄미운 생각 드는 이가 없지 않을 거다. 사람에게 인격이 있듯 말에도 격格이 있다.

동강의 노루궁뎅이

엉덩이, 궁둥이, 볼기

눈에 꺼풀이 씌우면 뭘 보더라도 곱게 보이지 않는 법이다.

동강 댐 반대 운동이 한창일 때 동강을 보호하기 위해 담이라도 쌓아야 겠다는 이른바 '동강 담쌓기' 운동에 대한 방송도 들은 터였다. 어느 방송? 물론 문화방송. 어떤 프로그램? 한낮의 즐거움과 얘깃거리를 안겨 주는 생활 정보 프로그램에서였다. 그날 신문을 뒤적이다 동강을 살리는 데 뜻을 모은 문인文人 8명의 공동 작품집 『동강의 노루궁뎅이』가 나왔음을 알았다. 이제는 사진만 봐도 동강임을 대번에 알아차릴 수 있게 된 마당이 니 신문 한 면을 큼지막하게 채워 넣은 굽이치는 동강을 바닥에 깐 기사였다. '동강의 노루궁뎅이'라 ……. 동강에 노루가 살고 있는지 나는 알지 못한다. 하지만 노루가 살고 있다면 그 노루가 살아갈 삶의 터전을 지켜줘야 할 터이다. 하지만 동강엔 노루 궁뎅이가 없는 게 확실하다. 아니 노루에게 궁뎅이가 있으면 안 될 일이다. 이게 뭔 말인가. '노루에게 궁뎅이는 없다'는 얘기다. 앞서 살펴보았듯이 노루에게는 '방둥이'만 있을 뿐이다.

짐승의 꽁무니를 이르는 말은 여럿이다.

먼저 사람의 것을 들어보자. 엉덩이, 둔부, 궁둥이, 볼기……. 대충 이렇다. 거기서 거기인 듯하지만 미주알고주알[1] 캐묻듯 파고 들어가면

---

1. 숨은 일까지 속속들이 캐는 꼴. '미주알고주알 캐어 묻다'라고 할 때처럼 쓰는 말이다. 미주알은 큰창자의 끝부분을 가리키는 말이다. 쉽게 말해 항문(肛門, 똥구멍)에 붙어 있는 창자의 끄트머리를 일컫는 낱말이다. '미주알고주알 캐묻다'는 표현은 '남의

그 뜻의 '심오함'에 새삼 놀랄지 모른다.

> 엉덩이: 볼기의 윗부분
> 궁둥이: 엉덩이 아래로 앉으면 바닥에 닿는 부분
> 볼기: 엉덩이와 궁둥이의 언저리
> 둔부臀部: 볼기의 한자어

여러분의 이해를 돕기 위해선 그림을 덧붙이는 게 좋을 듯도 하지만 상상만으로도 충분히 그릴 수 있는 그림인지라 이 자리에 삽화를 넣는 '오버'는 하지 않겠다. 엉덩이, 궁둥이, 볼기, 둔부. 물론 표준어다. 웅뎅이, 궁뎅이, 응덩이 따위는 비표준어, 바르지 않은 말이다. 이렇게 쓰고 보니 영화 〈말모이〉의 한 대목이 떠오른다. 사전을 엮기 위해 전국의 조선인 교사들을 한자리에 모아 '엉덩이'와 '궁둥이'를 다루는 장면이다.[2]

'동강의 노루궁뎅이'는 그래서 틀린 말일까. 비표준어 '궁뎅이'를 '궁둥이'로 바로 잡아 '노루 궁둥이'로 표현하면 끝일까. 아니다. '노루 궁둥이'도 문제 있다. 다른 나라 말은 어떤지 모르지만 적어도 우리말에선 사람과

미주알까지 들춰낼 듯 깊숙이 캐고 든다'라는 걸 빗대서 말이다.
2. 이 장면의 대사는 다음과 같다.
　정환 네 빨리 진행하겠습니다. 전국적으로 궁뎅이와 궁둥이를 쓰는 곳이 가장 많았으며 그 외에도 궁디, 방뎅이, 방디, 방티 등이 있었습니다.
　충청도 교사 아, 응디가 빠졌구먼유. 울 고장에서는 궁디나 방디 말고 응디를 주로 쓰는데요.
　강원도 교사 아이래요. 응디 아니라 응뎅이래요.
　황해도 교사 우리 고향 황해도에선 고걸 엉뎅이라고 씁니다.
　정환 아, 예. 응디, 엉디, 엉뎅이, 이 단어는 궁둥이와는 전혀 다른 단업니다.
　전라도 아, 시방 뭔 소리당가. 응디가 궁디고 궁디가 방디지.
　정환 음, 엉덩이는 뒤쪽 허리 아래 넓적다리 위 좌우 쪽으로 살이 두두룩한 부분을 일컫는 말이고, 그 궁둥이는 뒤쪽 허리 아래 허벅다리 위 좌우 쪽으로 근육이 많은 부분을 일컫는 말입니다. (교사들이 수군거린다.)

짐승의 것은 구별한다. 사람의 엉덩이는 '엉덩이', 짐승 아니 길짐승의 엉덩이는 '방둥이'[3]라고 한다. 이제 바른 표현을 만들 수 있을 게다. 그렇다. '동강의 노루 방둥이'가 어법에 맞는 바른 표현이다. 이것으로 끝? 아니다. 여기까지 읽어 내려오면서 '노루궁뎅이'가 노루의 것인가, 동물의 그것이 아닌데, 갸우뚱하는 독자가 있을 것이다. 그렇다. '노루궁뎅이'는 버섯이다. 노루궁뎅이(문화어: 고슴도치버섯, 학명 : Hericium erinaceus, 영어: lion's mane mushroom)는 노루궁뎅이과 노루궁뎅이속에 속하는 식용 버섯의 일종이다. 버섯갓에 털이 북슬북슬한 모습이 마치 노루의 엉덩이 같다고 하여 노루궁뎅이라는 이름이 붙었다(『위키백과』).

길짐승의 엉덩이가 '방둥이'인 걸 알았다. 내친김에 '엉덩이를 중심으로 한 몸의 뒷부분'도 알아보자. 그 부분은 '꽁무니'라고 한다. '꽁무니'의 끄트머리에 내뻗친 부분은 '꼬리'라고 하고 개 꼬리, 고양이 꼬리, 노루 꼬리, 여우 꼬리. 꼬리는 참 많기도 하다. 오래 묵어서 사람을 잘 호린다고 하는, 꼬리 아홉 달린 상상 속의 여우는 구미호九尾狐라고 부른다. 그렇다면 꿩이나 제비, 비둘기의 꼬리는 뭐라고 할까. 마찬가지로 '꼬리'라고 한다고? 아니다. '꽁지'가 맞다. '꽁지 빠진 새'[4]란 속담도 있잖은가.

유방과 젖가슴

우리니리의 OECD 가입이 획정된 날, 딩시 우리나라 대통령이 한턱냈다. 자리를 함께한 정상은 미국의 클린턴 대통령과 영국의 대처[5] 수상. 만찬이 끝난 뒤 자기 나라를 '한마디'로 표현하자는 누군가의 제의가

---

3. 제주 방언으로는 장난감을 가리키는 말이기도 하다.
4. 볼품이 없거나 위신이 없어 보임을 이르는 말.
5. Margaret Hilda Thatcher. 외래어 표기법에 따르면 '새처'이다. Th 발음이 /θ/이기 때문이다. '대처'는 '맥아더(MacArthur)'처럼 관용을 인정한 표기이다.

있었다. 먼지, 클린턴이 당당하게 셔츠를 풀어헤쳤다. 그러고는 털로 덮인 가슴을 드러내며 외친 말―'광활한 대지'. 뒤를 이은 대처 또한 망설이지 않았다. 블라우스의 단추를 풀고 젖가슴을 내밀며 하는 말―'풍부한 자원'. 이제 우리 대통령의 차례. 잠시 머뭇거리다 만찬장을 떠나려는 듯 뒤로 돌아서서 바지를 벗어 내리며 하는 말―'분단된 조국'.

위 얘기는 물론 사실이 아니다. OECD 회원국인 세 나라의 현실을 담아낸 우스개이다. 꾸며낸 얘기에 등장한 신체 부위의 정확한 명칭은 뭘까. 클린턴이 내세운 것은 가슴(목과 배 사이의 앞부분), 대처가 드러낸 것은 유방乳房이다. 유방과 젖가슴(유방이 있는 언저리의 가슴)은 엄연히 다른 부분이다. 그렇다면 우스개에 등장한 우리 전직 대통령의 그것은 뭘까. 엉덩이와 궁둥이, 아니면 둔부와 볼기? 바지를 어디까지 내렸는지 모르지만, 이 모든 것일 가능성이 크다.

덧붙임: 문화방송에서 매일 방송하는 〈우리말 나들이〉 시간에도 '엉덩이-궁둥이-볼기-둔부'의 정확한 구별을 다룬 바 있다. 텔레비전의 장점을 살려 컴퓨터 그래픽을 곁들여 한눈에 알 수 있게 만든 프로그램이다. 그때 컴퓨터 그래픽의 밑그림이 된 엉덩이-궁둥이-볼기-둔부의 모델은 글쓴이였다.

실수로 허벅지에 손이 스쳤을 뿐

허벅지, 허벅다리

'노처녀가 시집가기 싫다고 하는 말', '노인들이 빨리 죽어야지라고 하는 말', '장사꾼이 밑지고 판다고 하는 말'. 오래전에 떠돌던 이른바 '3대 거짓말'이다. 여기에 덧붙일 거짓말은 또 어떤 게 있을까. '부패 공무원이 뇌물 받은 적 없다고 하는 말', '수능시험 전체 수석이 잠 충분히 자고 학교 수업만 충실히 했다는 말', '청혼하는 남자가 여자 손끝에 물 한 방울 안 묻게 하겠다는 말', '3차 가는 술꾼들이 딱 한 잔만 더 하자는 말', '바르기만 하면 젊어진다는 화장품 광고'. 그리고 또 있다. '필자가 편집자에게 내일까지 원고 꼭 보내겠다고 하는 말'. 으레 거짓말인 줄 알면서도 그러려니 넘어가는 '거짓말 아닌 거짓말'은 이렇게 하나하나 늘어놓자면 끝도 한도 없다. 그럼, 이런 말은 어떨까. '부적절한 관계는 없었다'라는 여성 로비스트, '실수로 허벅지에 손이 스쳤을 뿐'이라는 성추행 피의자의 말. 물론 거짓말?

환경 운동가의 성추행 사건이 불거지면서 유사 사건이 줄줄이 터져 나왔다. 제자를 추행한 교수와 간호사에게 부석설한 짓을 했다는 의사가 고발되기도 했고 성희롱으로 인한 피해를 산업재해로 인정할 수 있느냐는 오랜 논란 끝에 '산재産災 인정'으로 마무리된 일도 있었다. 그래서인지 뒤늦게나마 '성희롱'에 대한 직장 내 교육 프로그램도 진지하게 개발되고 있다는 얘기도 들린다. 이렇듯 '성희롱'에 대한 인식이 제법 틀을 갖추어 가는 듯한 요즈음 확실히 짚고 넘어갈 우리말 몇 가지가 있다.

먼저 '허벅지'이다. 앞서 인용한 '실수로 허벅지에 손이 스친' 경우는 진짜 실수일까 아닐까. 표현민 놓고 본다면 그 말은 새빨간 거짓말일 가능성이 크다. 허벅지는 실수로 손이 스칠 수 있는 곳이 아니기 때문이다. 허벅지는 허벅다리의 안쪽 살 깊은 자리를 뜻하는 말이다. 실수로 닿을 수 있는 곳은 넓적다리의 위쪽 부분, 곧 허벅다리일 뿐이다. 허벅다리의 안쪽 깊은 데라면 사타구니 가까운 곳이다. 그래서 부하 여직원의 허벅지에 손이 닿는 상황은 실수가 아니다. '실수'가 아니라 '작심'해야만 손이 갈 수 있는 부분이 허벅지이다.

넓적다리, 종아리, 장딴지와 정강이

허벅지는 '깊숙한 곳'이고 허벅다리는 넓적다리의 위쪽이라는 것을 알았다. 넓적다리는 오금 윗마디의 다리를 가리킨다. 여기서 오금은 무릎의 구부리는 안쪽을 이르는 말이다. 다리의 오금은 그냥 오금이고 팔꿈치 안쪽은 팔오금이라고 한다. 다시 넓적다리로 돌아가자. 넓적다리의 다른 이름은 대퇴부大腿部이다. 쉬운 우리말 넓적다리가 있건만 여전히 병원 진단서나 사건 사고 기사에는 대퇴부가 판을 친다. 그냥 넓적다리라고 하면 어디가 덧나나? 대퇴부는 '넓적다리를 전문적으로 이르는 말'로 최근에 '넙다리'로 다듬은 용어이다. 『표준국어대사전』에서 '대퇴부'를 검색하면 '넙다리의 전 용어'로 설명한다.

어쨌든 대퇴부(大~)가 있으면 소퇴부(小~)도 있을 법한데 유감스럽게 그런 말은 없다. 대퇴부에 맞서는 말은 하퇴부下腿部이다. 대퇴부는 상퇴부(上~)와 한뜻이기 때문이다. 하퇴下腿는 종아리와 같은 뜻이다. 무릎과 발목 사이를 가리키는 종아리는 장딴지와 정강이로 이루어져 있다. 장딴지는 종아리 뒤쪽에 살이 불룩한 부분이다. 바지 걷어 올리고 회초리 맞을 때 피멍 드는 곳은 정확히 말하면 장딴지인 셈이다. 정강이는 다리 아랫마디의 앞부분으로 '종아리 맞는 곳'이 아니라 '쪼인트 까는 곳'이다.

'쪼인트'의 바른 외래어 표기는 조인트joint이니 '조인트 까다' 하면 되는 건가? 그렇지 않다. 조인트는 관절(뼈마디)을 뜻하는 말이니 '쉽게 깔 만한 곳'이 아니다. 군홧발로 '진짜 조인트'를 걷어차는 '유식한 군인'이 많아지면 좋겠다. 체벌 없는 군대가 되는 게 훨씬 더 좋음은 물론이다.

헷갈리는 고기 이름

갈매기살, 제비추리

금호동 산동네에 살던 시절, 나는 방송국집 막내아들이었다.

아버지의 직장이 방송국이었던 까닭이다. 그때 나는 이미 방송국에 가야겠다는 생각이 들었는지도 모른다. 그래서일까, 지금 나는 방송국 ― 지금은 방송사라고 한다 ― 에 다니고 있다.

방송국집 막내아들이었기에 겪은 일은 하나둘이 아니다. 그 가운데 여태 내 기억에 남아 있는 '옛날이야기'를 하나 하련다. 재미는 없는 얘기다.

지금이나 그때나 방송국에 다니면 '대접'을 받는 모양이다. 지금 방송사에 다니면서 받는 대접이란 게 그저 반갑게 아는 척하는 사람이 많다는 것 말고는 별것 없다고 해도 지나친 말이 아니지만, 1970년대엔 다른 대접을 받기도 한 모양이다. 명절 때면 우리 집엔 적잖은 손님이 들락거렸다. 개중에는 아주 가끔 큼지막한 갈비 한 짝을 사 들고 오는 손님도 있었다. 다른 사람 편에 들려 보내는 사람도 있었고. 그때마다 갈비를 유난히 좋아했던 나는 몹시도 기뻐했지만, 짧은 기쁨만으로 그칠 때가 대부분이었다. 나 혼자 먹으면 한 달 내내 갈비를 구워 먹고, 찜해 먹어도 남을 만한 갈비 한 짝은 집안에 들어서기가 무섭게 되돌려졌기 때문이다. 지나친 '선물'은 받을 수 없고, '방송국집'이기에 보낸 것은 더더욱 안 된다는 게 아버지의 뜻이었음을 안 것은 한참 뒤의 일이다. 좋아하는 갈비를 원 없이 먹을 기회를 잃은 어릴 적 내가 배운 건 '좋아하는 모든 걸 주는 대로 다 받아서는 안 된다'라는 작은 가르침이다.

엉뚱한 곳으로 얘기가 흘러 버렸다. 먹을거리에 대해 말하려 했던 것인데.

갈비가 어떤 것인지 모르는 이는 없을 것이다. 쇠갈비나 돼지갈비나 갈비는 갈비니까. 그런데 뜻밖에 어떤 고기인지도 모르고 먹는 때가 참 많다. 이번 얘기는 '고기 부위 알고 먹자'쯤 되겠다.

갈매기살은 갈매기 고기가 아니다. 갈매기는 물새지만, 갈매기살은 돼지고기다. 돼지의 가로막을 이루는 살이다. 가로막이살에서 변한 말이고, 안창고기라고도 한다. 갈매기살은 한때 먹지 않고 버리던 돼지 부위였단다. 그러던 어느 날 한 음식점에서 가로막이(횡경막)에 붙어 있는 살을 발라내 구워 팔기 시작했고, 맛있다는 소문이 돌기 시작하면서 너도나도 갈매기살을 구워 팔기 시작했다는 이야기가 있다. 제비추리도 제비 고기가 아니다. 쇠고기이다. 소의 안심에 붙어 있는 살을 제비추리라고 한다. 제비초리도 있다. 제비초리는 먹을거리가 아니다. 덜미의 한가운데의 골을 따라 아래로 뾰족하게 내민 머리털일 뿐이다. 차돌박이는 돌멩이가 아니다. 소의 양지머리뼈 한복판에 붙은 기름진 고기이다. 그것도 그냥 고기가 아니라 맛있는 고기다. 도가니탕은 쇠붙이를 녹이는 그릇에 끓여 내는 국이 아니다. 소의 무릎도가니 고기를 넣어 끓여 낸 음식이다. 도가니 고기만 삶아 내놓는 도가니 수육도 있다. 수육은 숙육熟肉에서 비롯된 낱말로 글자 그대로 삶아 익힌 쇠고기이다. 제육볶음은 '모든 고기'(제육)를 볶은 것이 아니다. 돼지고기(제육)에 갖은양념을 하여 볶아 낸 먹을거리다.

집 앞까지 왔다가 되돌아간 갈비를 떠올리며 이름 따로 음식 따로인 '헷갈리는' 먹을거리를 둘러보았다. 갈매기도 제비도 굶주리면 먹을 수도 있는 음식 재료이긴 하다. 쇠붙이도 녹여 내는 도가니에 국수 삶아 먹는다고 벌 받는 것도 아니고, 차돌 데워 고기 구워 먹는다고 자연보호 운동에 거스르는 것도 아니다. 그래도 갈매기나 제비를 도가니에 넣어 삶아

먹는 건 사람다운 행동이 아니다. 갈매기살이 돼지고기이고, 제비추리가 쇠고기인 걸 안 다음에는 더더욱 그렇다.

'먹방'에 나오는 살치살, 마구리는 어느 부위?

등심, 살치살

쇠고기는 우리나라 사람이 가장 좋아하는 식품 중의 하나이다. 소의 살코기는 물론 머리, 꼬리, 족, 그리고 각종 장기류와 부위가 있다. 조리법은 무려 120여 가지에 달한다는 말도 들었다. 쇠고기는 부위별로 독특한 맛을 내어 미각을 돋울 뿐만 아니라 영양가 특히 단백질, 무기질 등이 많이 함유되어 있다. 그리고 한방에서는 비위를 보하고 기혈을 도우며, 근골을 튼튼하게 하고 성장에 필요한 아미노산이 고루 함유된 식품으로서 태음인에게 좋은 식품으로 분류하고 있다. 이렇게 쓰고 보니 왠지 '한우협회 홍보대사'가 된 느낌이다.

몇몇 부위별 이름을 살펴보자. 먼저 등심. 등심은 '등–심'으로 소의 등뼈에서 발라낸 기름기가 많고 연한 고기이다. 등심도 다 같은 등심이 아니다. 윗등심살, 아랫등심살, 꽃등심살, 살치살 따위로 또 나눌 수 있다. 다른 건 대충 알겠는데, 살치살은 어디냐고? 소갈비 윗머리에 붙은 고기이다. 소갈비의 '뿌리'가 모여 있는 곳이 등뼈이니 소갈비 윗머리에 붙은 살치살은 당연히 등심 부위에 속한다. '비싼 고기'의 대명사인 갈비엔 마구리라는 것도 있다. 마구리는 길쭉한 상자나 토막의 양쪽 머리 면을 이르는 말이니 갈비 마구리라 함은 흔히 부르는 갈비를 도려낸 나머지 '갈비 부위'를 뜻한다.

안심은 '안(內)–심'이니 소갈비 안쪽 채끝에 붙은 살이다. 채끝살은 방아살 아래 붙은 고기이고, 방아살은 쇠고기 등심 복판에 있는 고기이다. 채끝과 연결되는 부분으로 보습살이라는 게 있다. 소의 볼기에 붙은 고기이다. 내접살은 소의 사타구니 근처에 붙어 있는 살코기이다. 보습살이 보살님이나 보습補習 학원, 대접살이 국 대접과 아무 관계 없음은 물론이다.

목살은 주로 돼지고기의 목 부위 살을 이르는 말인데, 목의 앞쪽을 멱이라 따로 부르는 말이 있어 '돼지 멱따는 소리'라는 표현이 나왔다. 꾸리살이라는 것도 있다. 소 앞다리 무릎 위쪽으로 붙은 살덩이가 바로 그것이다. 그럼 우둔살은 어디쯤 붙어 있을까. 가운데 글자인 '둔臀'에 유념하자. 둔臀은 볼기를 이르는 한자이니 우둔은 소의 볼기를 이르는 말이다. 그래서 토박이말로는 쇠볼깃살이라고도 한다. '쇠볼기'하면 쉬울 것을 괜히 '우둔牛臀'처럼 어려운 한자를 쓰냐고 반문하지는 말자. '우둔愚鈍하다는 얘기를 들을지도 모르니까 말이다. 그냥 '볼기'라고 하면 '둔부' 냄새날 것 같지 않은가. 홍두깨 방망이와 모양이 비슷해서 홍두깨라 불리는 부위도 소 볼기에 붙어 있는 고기의 하나이다. 설깃살도 소 볼기에 붙어 있는 고기의 하나이다. 이제 소의 방둥이 근처를 더듬었으니 허벅지와 배 쪽을 둘러보자.

치맛살, 아롱사태

양지머리는 머리가 아니다. 소의 가슴에 붙은 뼈와 살을 통틀어 이르는 말이다. 양지머리에는 업진살과 치맛살, 차돌박이가 있다. 치맛살은 고기의 생김이 스커트 모양이어서 붙은 이름이고 차돌박이는 희고 단단하여 마치 차돌처럼 보여서 그렇게 부른다. 양지머리는 있지만 음지머리는 없다. 앞 뒷다리의 윗부분에는 사태라는 게 있다. 산사태의 '사태沙汰'도, 유혈사태의 긴 발음 '사:태事態'도 아닌 토박이말 '사태'가 그것이다. 사태에는 그냥 앞사태와 뒷사태도 있지만 뭉치사태, 아롱사태처럼 야릇한 이름도 있다. 아롱사태는 이 부위를 가로로 잘랐을 때 이들 근육이 뭉치사태 속에서 아롱아롱하게 보이기 때문이다. 핏물 밴 쇠고기에서도 '아롱거림'을 찾아내는 조상들의 뛰어난 조어력造語力은 한마디로 '예술'이다.

삼십 촉 백열등이 그네를 탄다

소꿉을 가지고 논다, 소꿉장난

예나 지금이나 사회성을 키우는 데 큰 도움이 되기도 한다는 놀이, 그 가운데 으뜸은 '역할 놀이'의 원조 격인 소꿉장난이 아닐까 싶다. 어린이들이 자질구레한 ― 요즘은 값비싼 '놀이 전용 살림살이'도 많지만 ― 장난감 그릇 따위를 가지고 살림살이 흉내를 내는 것을 두고 소꿉질이라고도 한다. 그럼 소꿉질이나 소꿉장난에 필요한 '도구'는 뭘까. 그냥 '소꿉'이다. 어른의 살림살이 흉내를 내는 건 소꿉질, 소꿉질로써 하는 장난이 소꿉장난, 그 놀이에 필요한 장난감들을 소꿉이라 한다는 얘기다.

그네타기, 그네뛰기

오래전부터 지금까지 사라지지 않고 있는 놀이 하나를 더 들어보자. 주로 단오절에 아낙네들이 즐기던 놀이기구인 그네. 가로질린 나뭇가지 따위에 긴 줄 매어 늘인 그네나 아파트 어린이 놀이터에 쇠사슬로 매단 그네나 앞뒤로 흔들며 놀기는 마찬가지다. 혼자 해도 재미있지만 두 명이 마주 보고 놀아도 재미있는 게 그네다. 앉아서 놀아도 좋고 서서 놀아도 또 좋은 게 바로 그네다. 그런데, 그네는 타는 걸까. 아니다. 그럼, 내리는 거란 말인가. 물론 아니다. 그네는 타는 게 아니라 뛰는 거다. 그네에 올라타서 앞뒤로 흔들어 오르락내리락 움직이며 즐기는 것은 그네를 타는 게 아니라 뛰는 거란 얘기다. 그네에 걸터앉아 가만히 앉아 있는 것은 타는 것일 수 있지만 제힘으로 앞뒤로 내디디며 그네를 움직이는 건 뛰는 것이다. '타다'는 탈 것 따위에 몸을 올려놓는 것이다. 버스를 타고 기차를 타고 또 말을 타듯이 말이다. 모름지기 그네는 '올라타는 것'만으로는 제대로 즐길 수 없는 놀이다. 몸 쓰며 하늘을 향해 내닫는 게 그네뛰기이다. 그래서 80년대 대학가를 누볐던(?) 가락 — 이연실 씨가 부른 '목로주점' — 노랫말도 손 좀 봐야 한다. '삼십 촉 백열등이 그네를 뛴다 ……'로 말이다.

그래도 오랜 시간 귀에 익고 입에 붙은 '목로주점' 가사를 손봐야 한다는 주장은 억지인 줄 안다. '그네뛰기'와 '그네 타기'에 담긴 속뜻을 살펴보자는 뜻이니 고개 끄덕여 주시면 좋겠다. '그네뛰기'의 사전 설명은 다음과 같다. '혼자 또는 둘이서 그네 위에 올라타 두 손으로 두 줄을 각각 잡고 몸을 날려 앞뒤로 왔다 갔다 하는 놀이.'(『표준국어대사전』) '그네타기'는 표제어가 아니나 '그네 타기'로 띄어 쓰면 된다. 붙여 쓰는가 띄어 쓰는가, 선택의 차이이니 '노랫말 손보기'는 굳이 할 필요 없다는 것. 엘이디(LED)가 대세여서 백열등 보기 어려운 지금은 더욱 그렇다.

목로와 술청

목로주점은 '술청에 목로를 차려놓고 술을 파는 집'이다. 술청은 '선술집에서 술을 따라 놓은 곳'으로 '널빤지로 길고 높직하게 만들어 놓은 술판'을 말한다. 그럼 목로는? '술전에서 술청을 벌여 놓은 상'으로 '가로로 썩 길고 좁으며 전을 붙여서 목판처럼 되어 있는 것'이다. 이 덧붙인 낱말 풀이는 물론 우리말 사전의 그것을 옮겨 놓은 것인데, 사전 속의 낱말은 자칫 '죽은 말'처럼 느껴질 수 있다는 누구의 지적을 새삼 떠올리게 된다. 그저 '널찍하고 길쭉한 나무판으로 만든 술 차리는 상'이라 하면 쉬울 것을 꼬리에 꼬리를 무는 말장난처럼 뜻풀이만 펼쳐 놓기 일쑤란 얘기다. 사전은 사전辭典이어야지 '사전死典'이 되면 안 된다.

안중근 의사와 유관순 열사

의사와 열사

유월은 여름의 문턱에 들어서는 달이다. 유월엔 단오가 있고 현충일이 있다. '유월항쟁'으로 통하는 6·10민주항쟁일도 유월에 있다. 그래서 유월이면 따사로운 햇볕처럼 포근함만 있는 건 아니다. 경건한 마음으로 가신 임들의 넋을 추모하는 유월은 애국선열과 전몰장병의 숭고한 호국 정신을 기리는 호국 보훈의 달이기 때문이다. 현충일에는 반기半旗를 단다. 깃대 끝에서 기의 한 폭만큼 내려서 다는 반기는 흔히 조기弔旗라고 한다. 현충일에 게양하는 조기는 [조오기]처럼 길게 발음해야 한다. 조기의 조弔는 장음이기에 그렇다. 별생각 없이 [조기 게양]이라고 짧게 읽으면 굴비의 전신前身인 조기를 매달아 올리는 꼴이 되어버린다.

무력 항거냐 맨몸 저항이냐

순국선열의 거룩한 뜻에 높고 낮음은 없다. 의사와 열사의 애국 충절도 함부로 저울질해선 안 될 일이다. 그래도 의사義士와 열사烈士의 차이는 짚어봐야 할 일이다. 안중근 '의사'와 유관순 '열사'는 분명히 다르니까. 두 낱말의 차이를 알기 위해 먼저 국어사전을 뒤져보자. 의사義士는 '의협심이 있고 절의를 지키는 사람'으로, 열사烈士는 '이해와 권력에 굴하지 않고 나라를 위하여 절의를 굳게 지킨 사람'이라고 풀이해 놓았다. 그 차이를 알 듯도 하고 모를 듯도 하다. 확실한 '구별 방법'은 무엇일까.

'의사義士'는 피를 흘리며 무력으로 항거해 의롭게 죽은 사람을 뜻한다.

그래서 이토 히로부미를 권총 세 발로 명중시킨 안중근이나 히로히토에게 도시락 폭탄을 던진 이봉창은 '의사'이다. '열사烈士'는 맨몸으로 저항해 죽음으로써 자신의 지조를 보인 사람을 말한다. 독립 만세를 외치다 감옥에서 스러져 간 유관순, 헤이그에서 자결한 이준 그리고 시위하다 숨진 전태일과 이한열은 그래서 '열사'이다. 압제와 불의에 항거해 순국한 것은 같더라도 무력 항거냐 맨몸 저항이냐에 따라 '의사'와 '열사'를 구별한다는 얘기다.

음력 섣달, 음력 정월

'정월 초하룻날'은 설

설은 정월 초하룻날이다. 한자로는 세수歲首·원단元旦·원일元日·신원新元
이라고 한다. 근신·조심하는 날이라 해서 신일愼日이라고 하는 정월 초하
룻날인 설. 우리나라의 권위 있는 어느 백과사전은 설이 '음력' 정월
초하룻날이라고 친절하게 밝혀 놓았지만 정월에 음력을 붙이는 건 지나친
친절이다. 시쳇말로 '오버'란 얘기다. 이월이나 삼월, 유월 따위는 몰라도
오뉴월이나 동짓달, 섣달, 정월은 음력으로만 따지는 달이기에 그렇다.
오뉴월은 음력 5월과 6월로 무더위가 한창인 양력 8월 즈음이 된다.
그래서 '오뉴월 감기는 개도 아니 앓는다'라는 속담이 나왔다. 동짓달은
24절기의 동지(양력 12월 22이나 23일)가 들어 있는 달이고 음력으로
한 해의 마지막 달이 섣달이다. '까치 까치 설날은 어저께고요, 우리
우리 설날은 오늘 ……'이란 노래에서 알 수 있듯이 섣달그믐이 바로
'까치 설날'이다.

　여태 사라지지 않고 있는 '구정'이란 말은 어떤가. 신정新正에 맞서는
말이 구정舊正이다. 1910년 한국을 강점한 일제가 수천 년 동안 우리
겨레에 이어져 오던 설을 말살하려고 강요한 '양력설', 곧 신정 탓에
억지로 만든 말이 구정이다. 떡 방앗간을 섣달그믐 전 1주일 동안 못
돌리게 하고, 흰옷 깨끗하게 차려입고 설날 아침 세배 다니는 사람에겐
신정(양력설)을 안 지키고 유색 옷을 안 입는다고 하여 검은 물이 든
물총을 쏘아 흰옷에 검은 물이 얼룩지게 했던 일제 당시를 떠올린다면
'구정'이란 말은 이제 뒤안길로 사라져야 할 말이다.

정종―청주

정월 초하룻날 조상님께 올리는 차례상에 '정종'을 따르는 일은 또 어떤가. 곡식으로 빚은 맑은 술(청주)을 이르는 것쯤으로 알고 있는 정종은 일본 술 상표의 하나일 뿐이다. 수많은 일본 청주 상표 가운데 유명한 것이 마사무네まさむね. 마사무네의 한자 표기가 '정종正宗'이다. 일제강점기에 숨죽이며 살았던 조상님께 '정종'을 올리는 일은 이제 삼가야 하지 않을까.

쥐불놀이, 쥐불놓이

정월에 **빼놓을** 수 없는 게 대보름이다. 이날이 되면 연날리기며 부럼 깨기, 줄다리기, 다리밟기나 쥐불놓이를 한다. 쥐불놓이? 그렇다. 흔히 '쥐불놀이'로 알고 있는 원말이 쥐불놓이다. 정확히 말하면 정월의 첫 쥐 날(12支의 子日), 쥐의 폐해를 막기 위해 논두렁이나 밭두렁에 불을 '놓는' 풍습이다. 쥐불놓이의 발음은 [쥐불노히]가 아니라 [~노이]이다. 좋은[조은], 좋이[조이]처럼 홀소리(모음) 앞의 '히읗' 받침은 소리 내지 않는 게 원칙이기 때문이다.

쥐불놀이의 원말이 쥐불놓이라 했다. 규범과 사전은 현실 언어의 뒤를 따른다. 말을 담기 위해 글이 생긴 것처럼 말이다. 규범은 일단 정해지면 보수성을 지니는 경향이 있다. 따라서 '지금' 쓰는 언어대로 쉽게 글을 쓰다 보면 사용한 단어가 표준어가 아니거나 맞춤법에 어긋나는 경우가 있다. 사실 한글 맞춤법과 표준어 규정은 규범의 기준이기는 하지만 모든 어휘에 대하여 자동적으로 판별해 주지는 못한다. 그러므로 대부분 국어 단어들의 표준성은 암묵적으로 국어사전에 의존해 왔다. 문제는 그동안 이러한 표준성에 있어서 공인된 사전이 없었다는 것이다. 그런데 최근 국립국어연구원에서 표준국어대사전 발간을 통하여 국어 어휘들의 표준성에 대한 해석을 정비하였다. 이에 따르면 위의 단어들은 모두 표준어이다. 이것은 현재 언어가 사용되는 양상을 인정함으로써 불필요한 글쓰기의 오류를 생산하지 않는다는 점에서 수긍할 만하다. 다음도 의외로 그동안 표준성을 공인받지 못하였던 예들이다.

뭐하다 / 뭣하다, 사례들다 / 사례들리다, 쌍까풀 / 쌍꺼풀, 어두침침 / 어둠침침, 영글다 / 여물다, 쥐불놀이 / 쥐불놓이, 파이다(掘) / 패다, 까끌까끌 / 깔끔깔끔, 귀걸이 / 귀고리 …….

위 대립항에서 왼쪽 항은 매우 익숙하게 쓰이는 말들이다. 그동안 이 말들은 규범성을 인정받지 못하였으나 이제는 모두 복수 표준어로 인정된다. 신조어 및 미발굴 어휘의 규범성을 판정하여 수록하는 것도 사전의 임무이다. 이러한 과정을 통하여 새로 규범성을 인정받는 말들도 있다. '뜬금없이'가 그 대표적인 말이다. 이 말은 그동안 사전에서 표제어로 등재되지 않던 말인데 현재 그 용법이 매우 일반적이어서 표준어로 사용할 수 있게 된 것이다.[1]

그럼 답교踏橋라고도 하는 다리밟기의 발음은 뭘까. [다리밥:끼]이다. 밟다, 밟고 또한 [밥:따], [밥:꼬]로 소리 내야 바른 발음이다. 그래서 소월의 시 '진달래 꽃'의 한 구절도 '사뿐히 즈려 [발꼬] ……'가 아니라 '사뿐히 즈려 [밥:꼬] 가시옵소서'로 해야 제대로 읊은 게 된다.

'음력 정월'이 아니다. 그냥 정월이라 하면 충분하다. '쥐불놀이'의 원말은 '쥐불놓이', 정종은 일본 술 이름일 뿐이다, 뭐, 이렇게 말해도 눈 하나 깜짝하지 않는 이도 있음 직하다. 그런 이도 '나가리'란 말을 들으면 솔깃해하지 않을까. 우리 놀이문화 밀어내고 그 자리에 들어앉은

---

1. 이 문단은 '한국인의 글쓰기에 나타나는 단어와 문장의 오류'(허철구국립국어연구원 학예연구관, 1999)에서 가져왔다.

이른바 '고스톱', 종주국(?) 일본에서 '하나후타花札'라 이르는 놀이, 딱지로 하는 화투花鬪 노름 용어 가운데 하나가 '나가리'이다. 이긴 사람을 가리지 못했을 때 쓰는 말 '나가리'는 '흘려(流)보내다'는 뜻의 '나가레'가 변한 말로 이제 일본에서도 거의 사라진 말이다. 요즘 일본에선 보기 힘든 화투 놀이를 아직도 즐기는 이에게 질문 하나 하자. '고도리'의 뜻은 뭘까? '고'는 일본어로 다섯(5), '도리'는 새(鳥). 그래서 '새 다섯 마리'를 뜻하는 말이 '고도리'? 아마 그럴 게다. 적어도 일본어 원뜻에 따른다면 그렇다. 그럼, 우리말에도 고도리가 있다는 건 아시는지. 고도리는 고등어의 새끼이다. 노가리[2]라는 것도 있다. 명태 새끼를 이르는 말이다.

2. '노가리'는 '(농업) 경지(耕地) 전면에 여기저기 흩어지게 씨를 뿌리는 일', '거짓말을 속되게 이르는 말(~까다, ~풀다)'의 뜻도 있다.

딸내미 생일날

아들내미 딸내미

이 글을 쓰고 있는 오늘은 딸의 생일이다. 세상에 태어난 지 딱 두 돌 되는 날이 바로 이 글을 쓰는 날이다. 여기서 '오늘'은 이십여 년 전의 9월 어느 날이다. 어문 규정이 바뀌기 전엔 '돐'과 '돌'을 구별해 썼다. 첫돌은 '돐'로 이후엔 '돌'로 말이다. 1988년 개정 고시된 어문 규정은 '돐'을 버리고 '돌'만 표준어로 인정했다. 내 딸의 두 번째 생일, 두 돌 선물로 싱크대를—물론 장난감 싱크대를—사주었다. 뛸 듯이 기뻐하는 둘째를 보며 '딸내미를 키우는 재미가 이런 데 있나 보다'라는 생각도 했다.

딸내미? 한때 『우리말큰사전』(CD-ROM판)을 비롯한 여러 사전은 '딸내미'를 '딸나미'의 방언으로 처리했다. 아들내미도 마찬가지였다. 딸나미-딸내미-딸래미, 아들나미-아들내미-아들래미. 어떻게 부르고 말하든 귀여움은 하나일 것이다. 세월이 흐르면서 '-내미'의 지위가 바뀌었다. 2022년 현재 사전은 '딸내미'와 '아들내미'를 '딸(아들)'을 귀엽게 이르는 말'로 설명한다. 소릿값은 [딸(아들)래미]이다. 표기는 '-내미'로 발음은 [-래미]로 하는 것이다. 그때 '싱크대' 앞에서 제법 어른 흉내를 내며 부엌일 시늉을 하는 '딸내미'를 흐뭇하게 바라보던 일, '주방'과 '싱크대'가 밀어낸 우리말들을 떠올린다.

부엌은 없어지고 주방만 남은 집

'싱크대'? 호화 주택에서 단칸 셋방까지 부엌이면 어김없이 자리하고 있는 장치인 '싱크대'는 영어 sink에서 들어온 외래어이다. 물이 '빠지고 가라앉아'서 그런 이름이 생겼는지 모른다. 영어 sink싱크가 동사가 되면 '가라앉다, 침몰하다'는 뜻으로 많이 쓰이니까. 어쨌든 토박이말 '부엌'이 한자어 '주방廚房'으로 슬그머니 바뀌더니 이제 예전에 쓰이던 '개수대, 개수통'[1]이란 낱말 대신 '싱크대'만 덜렁 남았다는 게 아쉬웠다. '돗'과 '돌', '딸내미'와 '딸나미' 그리고 '싱크대'와 '개수대' 얘기를 하려고 '속 보이는 짓'인 걸 알면서 내 딸의 생일 이야기를 했다.

탄신일, 역전앞

생일과 생신의 차이를 모르는 사람은 없다. 생일은 그냥 생일이고 생일의 높임말이 생신이니까. 그럼 탄신과 탄생의 차이는 다들 알고 있을까. 모르긴 몰라도 아닐 가능성이 크다. '탄신과 탄생은 같은 것'이라고 대개 알고 있을 테니까 말이다. 탄생은 '높거나 훌륭한 사람이 태어난' 것이고 탄신은 탄생일과 같은 뜻이다. 이게 무슨 말인가. 탄신誕辰의 둘째 한자 '신(辰, 날 신)'의 뜻을 곱씹어보면 알 게다. 탄신은 탄일誕日이라고도 한다. 정리해보자. 생일의 높임말은 생신, 예수나 석가모니, 공자처럼 위대한 이가 태어나는 것은 탄생이다. 탄신이나 탄일은 '탄생한 날'을 가리키는 날이다. 그래서 '탄신일'이라 하는 건 '역전앞'처럼 같은 뜻의 말을 겹쳐 쓰는 셈이다. 성탄절聖誕節은 예수 탄생(聖誕)을 기리는 날(節)이듯, 부처님 오신 날은 석탄일釋誕日이지 '석가탄신일'이 아니다.

---

1. '개수'는 '개숫물'과 한뜻으로 음식 그릇을 씻는 물을 뜻한다. 한마디로 '설거지물'이란 뜻이다. 설거지물을 담아 그릇 씻는 통을 그래서 '개수통, 개수대'라 했다. 내가 어릴 때만 해도 그랬다.

녹슬은 철조망

사전에 오른 '대박'

'문화의 계절'이라는 가을에 빼놓을 수 없는 게 영화다. 영화 흥행을 두고 생긴 표현이 있다. '대박'이 그것이다. 그것에 견주어 '중박', '소박'에 '쪽박'까지 등장했다. '대박'의 뜻은 무엇일까. '큰돈 버는 일'과 관련해 쓰고 있는 낱말인 '대박'의 사전 풀이를 찾아보자. 한글학회에서 펴낸 『우리말큰사전』의 '대박' 뜻풀이는 그저 '커다란 배(船)'라고만 나와 있다. 작은 사전에는 아예 올림말(표제어)로 삼지 않은 것도 많다. 이 표현이 등장할 당시만 해도 유행처럼 떠도는 신조어 취급을 받았기에 그럴 게다. 그렇다면 지금 우리가 쓰는 '대박'은 어디서 온 말일까.

금은보화 쏟아낸 흥부네 '대박(大박)'에서 온 말일지 모른다. '대박'은 큰 바가지이고 이에 맞서는 말인 '작은 바가지'를 '쪽박'이라 하는 것도 무심히 넘길 수 없는 대목이다. '쪽박을 차다'는 곧 '거지가 되다'는 뜻이니까. 아니면 노름판에서 흘러나온 말일지 모른다. 노름판에서 '여러 번 지른 판돈'을 '박'이라 한다. 그래서 '한 박 잡다(먹다)', '한 박 떴다'는 건 '노름판에서 큰돈 땄다'라는 뜻이다. 이것도 저것도 아니면 '머리 터질 만큼 큰돈을 만진다'라는 뜻인가. '박'은 '대갈통'처럼 머리를 낮춰 이르는 말이기도 하니까 말이다. 어쨌거나 공인公認받지 못한 '대박'이 계층을 넘어 두루 쓰이는 건 '쪽박'찬 사람이 더 많기에 공인共認된 건지 모른다.

힘들은 일, 병들은 강아지

'대박'이 영화판을 넘어 언중의 일상에서 널리 쓰이게 된 때는 영화 〈공동경비구역, JSA〉의 흥행 성공 즈음이 아닌가 싶다. 그 이전에는 영화 업계를 비롯한 일부 분야의 속어, 은어였던 '대박'은 이제 사전에 '어떤 일이 크게 이루어짐을 비유적으로 이르는 말'로 올라 있다. 이 표현은 이제 'daebak'로 국제적인 용어가 되었다. 2021년에는 『옥스퍼드 영어사전, OED』에 '만화(manhwa)', '먹방(mukbang)' 등과 함께 표제어로 올랐기 때문이다.

 '대박'으로 얘기가 흘러 버렸다. 다시 영화 얘기로 돌아가자. 〈공동경비구역, JSA〉의 배경인 공동경비구역엔 휴전선이 그어져 있다. 그곳엔 없는 'DMZ 철조망'이 한때 백화점에서 상품으로 팔린 적이 있었다. 당시 신문 기사를 되짚어 보자. '통일촌 마을에서 관광 상품으로 제작한 DMZ 녹슬은 철조망이 서울 아무개 백화점에서 전시 판매되었다'라는 보도였다. 'DMZ 녹슬은 철조망'이란 글씨가 선명하게 인쇄된 설명문에 검붉게 녹이 슨 철조망을 끊어 붙여 액자에 담아 만든 기념품 사진도 기사 옆에 큼지막하게 덧붙여 있었다. 휴전선 철조망을 기념품으로 만든 발상은 칭찬할 만하지만 '녹슬은'이라고 표기한 건 유감이다. '녹슨 철조망', '녹슨 기찻길' 해야 어법에 맞는다.

 '쇠붙이에 녹이 생기다'는 뜻의 말은 '슬다'이다. 녹슬다는 힘들다, 깃들다, 병들다, 단풍들다, 덤벼들다, 만들다, 몰려들다, 밀려들다와 같은 꼴이다. 휴우, 보기를 참 많이도 들었다. 앞의 보기를 관형형으로 만들어 보면 '녹슬은'이 왜 틀렸는지 쉽게 알 수 있을 거 같아 그랬다. '힘들은 일', '병들은 강아지', '만들은 사람', '몰려들은 인파' …… 이렇게 하면 어색한 표현이다. 힘든 일, 병든 강아지, 만든 사람, 몰려든 인파 …….
이렇게 바르게 써야 자연스러운 것처럼 녹슨 철조망, 녹슨 기찻길, 해야 맞는다.

녹슨 철조망은 겨레의 아픔을, '녹슬은 철조망'은 우리말에 대한 지방자치단체의 무심함을 드러낸다. 관공서의 '우리말 무심증無心症'은 길가 여기저기 널려 있는 안내 표지판에도 나타난다. '사고다발지역'이란 경고 문구가 그렇다. 다발多發이라 함은 '(동시에) 많이 일어남'이란 뜻이다. 동시다발적으로 교통사고가 일어나는 곳이 아니라면 '사고 빈발頻發 지역'이라 해야 맞는다. 아니, '사고 잦은 곳'이 더 좋겠다. '사고 빈발 지역'보다 쉬운 우리말인데다 글자도 한자 적으니 일석이조인 셈이니 말이다.

문익점의 붓뚜껑

붓뚜껑, 사인펜 뚜껑

가을이다. '톡'하고 건드리면 '쩽'하고 깨질 듯 눈부시게 파란 하늘이 있어 가을이고, 스산한 바람 불면 낙엽 흩날려서 또 가을이다. 가을 하면 빠질 수 없는 게 '문화생활'이다. 책 읽고 연극 보고 극장 가는 '문화생활'을 누리기에 제격인 철이 가을이니까 말이다. '문화' 하면 떠오르는 게 글이다. '태초에 말씀이 있었다' 한들 글 없이는 그 '말씀'이 지금껏 전해지지 못했을 터이니 그렇다. 글을 쓰기 위해 빠질 수 없는 게 필기구. 이 대목에서 글쓴이는 엉뚱하게 문익점을 떠올린다. 고려말 원나라에서 목화씨를 '밀수'해 온 주인공인 문익점. 그가 이용한 '밀수 도구'가 바로 필기구 아닌가. 문익점이 목화씨를 숨겨 온 데가 누구누구는 붓대라 하고, 누구는 '붓뚜껑'이라 한다. 육백여 년 전으로 되돌아가지 않는 한 그 시비를 가리기는 불가능한 일, 아무렴 어떤가. 붓대나 '붓뚜껑'이나 거기서 거기 아닌가.

아니다. 붓대는 '붓의 촉을 박고 글씨를 쓸 때 손으로 잡는 가는 대'를 가리키는 말이지만 '붓뚜껑'이란 말은 따져 볼 표현이다. 뚜껑은 '온갖 아가리(그릇 따위의 속으로 통하는 구멍 언저리를 일컫는 말이다. 입을 천하게 이르는 말이기도 하지만)를 덮는 물건'이다. 붓을 덮는 물건을 가리키는 표준어는 '붓두껍'이다. 붓두껍은 '붓대보다 조금 굵은 대나 얇은 쇠붙이로 만들어 붓의 촉을 씌워두는 물건'이다. '두껍'이란 말도 있다. '가늘고 길게 생긴 물건의 끝에 씌우는 물건'이 두껍이다. 그러니까 두껍 가운데 붓에 씌우는 것만을 특별히 붓두껍이라 한다는 얘기다.

그래서 '만년필 뚜껑', '사인펜 뚜껑'이 아니라 '만년필 두겁', '사인펜 두겁' 해야 규범에 맞는 표현? 그렇지는 않다. 뚜껑의 두 번째 뜻풀이에 '만년필이나 펜 따위의 촉을 보호하기 위하여 겉에 씌우는 물건'이 나오고 예문으로 '잉크가 마르지 않게 펜 뚜껑을 잘 닫아 두어라'가 추가되었기 때문이다. '붓뚜껑'은 어긋난 표기이지만 '붓 뚜껑'으로 띄어 쓰면 트집잡힐 일 없다는 얘기이다.

문익점은 목면(목화, 면화와 같은 뜻이다)을 보급한 공으로 1375년(우왕 1년), 1389년(창왕 1년)에 왕이 바뀔 때마다 벼슬을 했다. 문익점은 붓두껍 하나로 팔자 고친 사람인 셈이다. 그렇다고 '밀수꾼'의 표상으로 문익점을 내세우는 것은 아니니 오해하지 마시기 바란다. 아무튼 '목화씨 밀수' 이야기는 문익점의 약력과 사적을 기록한 필사본 『목면화기木棉花記』에 자세히 나와 있다.

역사에 조예도 깊지 않은 이가 너무 아는 체를 했나? 그렇다고 '공자 앞에서 문자 쓴다'며 타박하지 마시기 바란다. '문자'의 바른 쓰임을 밝히기 위한 복선이니 말이다. 같은 문자文字라도 글자의 뜻일 때 발음은 [문짜], 예전부터 전해 내려오는 숙어나 경구를 가리킬 때 문자의 발음은 [문자]가 맞다. '공자 앞에서 [문짜]쓰다', '선인의 [문자]향文字香]'이라 해야 우리말에 진짜 조예가 있는 사람이다.

조약, 늑약

늑약: 강제 조약

을사오적^{乙巳五賊}이란 게 있다. 을사년에 그러니까 1905년 나라를 팔아먹은 5명을 낮춰 이르는 말이다. 을사오적은 '을사보호조약' 체결 당시 찬성표를 던진 이완용, 권중현, 이근택, 이지용, 박제순. 이렇게 다섯 명의 역적을 가리킨다. 당시 국치^{國恥}의 순간을 설명한 한 신문의 기사를 살펴보면 이런 대목이 나온다.

경운궁(덕수궁^{德壽宮}) 중면전에서 나라를 반신불수로 만드는 을사조약을 가결한 마지막 어전회의 진행을 보자.

당일 한국 주둔 일본군 사령부 휘하 13사단은 광화문 앞에서 덕수궁에 이르는 큰 거리에서 무력시위를 했다. 전 시가를 내려다볼 수 있는 남산 왜성대에는 야포 수십 문을 덕수궁으로 겨누어 포열을 가지런히 했다. 물론 고종과 내각에 이 사실이 통고되었으며, 총포 소리는 들리지 않아도 황제와 대신들은 10년 전에 있었던 민황후 시해가 연상되어 공포외 침묵 속에 빠저들었다.

그날 저녁 착검한 총으로 무장한 일본 보병이 황궁에 들어가 배치한 다음 이토 히로부미는 조선군 사령관인 하세가와 대장과 하야시 공사를 대동하고 활궁에 들어간 것이다. 그리고 어전 내각회의 개최를 강요, 현안 곧, 을사5조약 가결을 재촉한 것이다. 외국 사신의 강요에 따라 그들이 지켜보는 가운데 진행된 어전 내각회의란 세계 역사상 전무후무할 것이다.

위의 글이 담고 있는 내용도 공분할 만하지만, 당시 상황을 '냉정하게' 묘사하고 있는 글의 표현은 우리를 더 답답하게 만든다. 어떤 대목이 문제일까.

먼저 '을사조약'이란 대목. '조약'이란 '조문으로써 맺는 약속, 나라와 나라 사이의 합의에 따라 국제간의 권리와 의무를 규정하는 행위 또는 그 기재한 조문'을 가리키는 말이다. 그런데 뭐가 문제냐고? 당시 상황을 옮긴 글 내용만 보더라도 이른바 '을사조약'은 대한제국과 일본이 합의한 내용이 아니다. 불평등한 강제 규약이었단 얘기다. 어떤 이는 한술 더 떠 '을사보호조약' 또는 그냥 '보호조약'이라는 망발도 서슴지 않는다.

'강제 조약'은 '늑약勒約'이라고 한다. 1905년의 매국 행위는 '을사조약'도 '을사오조약'도 더욱이 '을사보호조약'이나 '보호조약'이 아니다. 우리의 눈으로 본다면 당연히 '을사늑약'이 되어야 한다. '경술국치'는 '국치國恥'라고 하면서 '을사늑약'은 왜 '−조약'이니 '−보호−'니 하는 걸까. 참, 알다가도 모를 일이다.

경술국치, 한일병탄

'조약'이나 '합방合邦'이란 말은 조선왕조와 일본이 '합의했다'는 뜻을 담고 있다. 그럼 어떻게 바꿔야 하나. '을사늑약', '한일병탄'으로 바꿔야 옳다. 이미 말한 바대로 '조약'은 나라와 나라 사이에 동등한 합의에 따라 국제간의 권리와 의무를 규정하는 행위를 말한다. 이와 달리 '늑약勒約'은 강제로 맺어진 행위를 뜻한다. 어깨를 나란히 하고 나라를 합친다는 뜻의 '합방'도 남의 것을 강제로 제 것과 합친다는 뜻인 '병탄倂呑'으로 고쳐야 한다.

'민황후 시해가 연상 ……' 대목은 어떤가. '시해弑害'는 '시살弑殺'과 같은 말로 '부모나 임금을 죽이는 일'을 뜻하는 말이다. 민황후, 곧 명성황후를 난자亂刺한 이가 우리나라 사람이었나? 아니다. 일본 사람이 그랬다. 이른바 '민비 시해'란 표현은 '조선 백성이 왕비를 죽였다'는 유언비어에나 등장할 말이다. 아픈 역사를 되새기기 위해서라도 '명성황후 학살 사건' 따위의 용어를 쓰는 게 차라리 낫다.

속 다르고 소 다르다

만두속, 메밀국수

사람은 먹어야 산다. 그다음에 챙길 게 자는 것일 게고, 입는 것쯤 될 게다. 그래서 '의식주衣食住'란 말이 나왔다. 그다음엔 다른 본능을 챙기면 되는 거고. 우리가 먹고 마실 수 있는 건 얼마나 될까. 이루 헤아릴 수 없이 많다. 궁하면 벌레라도 잡아먹는 게 사람이니까.

그건 그렇고 우리 겨레가 먹는 '먹을거리'는 몇 가지나 될까. 토박이 먹을거리만 해도 2천 하고도 300가지가 넘는다고 한다. 김치 가짓수만 따져도 마흔은 쉬이 넘어간다. 『우리말갈래사전』에 따르면 그렇다. 이 가운데 우리가 제대로 알고 먹는 먹을거리는 얼마나 될까. 뜻밖에 많지 않음을 알고 놀라지는 말자. 다 그런 거니까. 그래서 이 책을 쓰고, 또 여러분이 읽는 거니까 말이다. 헷갈리기 쉬운 보기 몇 개를 짚어보자

> 덥밥. 부친개. 오이소배기. 장아치. 만두속. 찌게. 깡보리밥. 씨래기(쓰레기) 나물. 칼치. 모밀.

이미 틀린 말이라고 도장 찍었으니 고개를 꺄우뚱할 일도 없겠지만, 솔직히[1] 틀렸다는 사실을 받아들이기엔 자존심 상하는 이들도 있을 법하다. 이제 위 보기가 틀린 까닭을 하나씩 짚어보기로 하자.

---

1. 읽기는 '솔찌키'이다.

덥밥은 더운 밥?

'덥'은 으뜸꼴 '덥다'의 어간이다. '찬밥'이 '차다'에서 온 말이듯, '덥밥'은 '덥다'에서 온 말이다. 그런데 이런 말은 우리말에 없다. 따끈한 밥은 '더운 밥'이라고 하니까. 밥 위에 무언가를 덧쐬운 밥은 '덮밥'이다. '덮어 쐬운 밥'이니 그렇다. '부치다'의 이름씨 꼴은 '부침'이다. 여기에 '~개'를 붙여 '부침개'가 된 게 우리가 흔히 '부친개'라고 하는 '지짐이'이다. '장아치'는 딱히² 덧붙일 말이 없다. '장아찌'가 그냥 맞는 말이니까. 표준어 규정에 그렇게 정해놓았기 때문이다. '꽁보리밥'과 '찌개' 또한 마찬가지다. 지금 되짚은 말은 조금만 신경 쓰면 굳이 누군가가 풀어주지 않더라도 알 수 있는 말이다. 그래서 주저리주저리 덧붙일 말도 없다. 그래서도 안되고.

그럼 이 밖에 위에 보기로 든 다른 낱말에 풀이를 달 차례이다.

'오이소박이'는 '오이소박이김치'를 줄인 말로 그냥 '소박이'라고도 한다. '소박이'는 '소'를 박아 만든 음식 ─ 먹을거리 ─ 이란 얘기다. 그렇다면 '소'는 무엇인가. '소'는 '떡이나 만두 따위를 만들 때 속에 넣는 고기나 두부, 팥 따위' 또는 통김치, 오이 등의 속에 넣는 각종 고명을 가리키는 말이다. 흔히 잘못 쓰는 '속'과는 엄연히 다른 낱말이다. 그럼 '속'은 어떤 뜻이기에 '속'과 '소'가 다르다고 하는 건가. '속'은 '깊숙한 안에 들어 있어서 중심을 이룬 사물'을 뜻한다. 그래서 '만두속', '김치소', '송편소' 해야 맞는 우리말이고, '사과 속이 썩었다', '호박 속을 파냈다' 해야 잘 쓴 우리말이다. 이제 조금 감이 잡히시는가. '속' 다르고 '소' 다르다는 데 고개를 끄덕이시는가. 그래도 못 미더운 이들에게 '속'과 '소'를 구별해 쓴 좋은 보기 하나를 내어 보이겠다.

───────
2. 흔히 '딱이'라고 하는데 이는 틀린 말이다.

'풋고추 속을 다 떨어내고 고기소를 채워 넣어 고추전을 부쳤다.'

모밀과 메밀

쌀에는 찹쌀과 멥쌀이 있다. 우리가 끼니로 먹는 밥은 멥쌀밥, 그냥 쌀밥이라고 한다. 때 되면 먹는 찰밥은 물론 그냥 찰밥이고 둘 다 '메지다', '차지다'에서 '쌀'이 붙은 말이다. 메지다: 끈기가 적다. 차지다: 반죽이나 밥 떡 같은 것이 쩍쩍 붙도록 끈기가 있다. 말 그대로다. 옛날엔 '찰벼'와 '메벼'로 구별해 농사지었다는 기록도 읽었다.

빵 굽고, 수제비 만드는 밀에 견주어 끈기가 덜한 밀이어서 '메밀(멥밀)'이라 하는 걸까. 메밀 이름의 유래는 '산山'을 뜻하는 '뫼/메' + '밀'이라고 사전은 설명한다. 규범을 따르면 '모밀국수'가 아닌 '메밀국수'인 것이다

끝으로 한마디 더. '소맥분'은 뭔가. 라면 봉지나, 빵 포장지에서 쉽게 볼 수 있는 말이다. 소맥분小麥粉 ― 바로 '밀가루'다. 밀의 한자가 소맥이다. 그냥 '밀가루'라고 쓰면 안 되는 법이 있는 것도 아닐 텐데, 빵, 라면 만드는 공장에선 거의 '소맥분'이라고 봉지에 찍어낸다. '밀을 빻아 만든 가루', 소맥분의 뜻풀이이다(『표준국어대사전』).

뿌리와 부리

돌부리, 나무뿌리

6·25 하면 어떤 말이 맨 먼저 떠오르는가. 아마 '동족상잔의 비극'[1]이란 말이 생각날 게다. 그다음에는 '형제가 서로 총뿌리를 들이댄' 역사의 비극쯤이 연상될 터이고.

'총뿌리'를 사전에서 찾아보자. 어, 나오지 않는다. 아니면 화살표나 손가락 표시가 그려져 있고 '총부리'로 가보라고 써 놓았을 게다. 정말 그런가, 안 찾아보아도 된다. 내가 몇 권의 사전을 두루 챙겨 보고 하는 얘기니까 말이다. 그래도 못 미더운 이는 직접 한번 찾아보시도록. 시간 요리는 저 스스로 알아서 하는 거니까 말이다.

'총뿌리'가 아니라 '총부리'이다. 이 책 뒤의 '리리릿자로 끝나는 말은 …'에서 다시 짚어보겠지만 '돌부리'와 '꽃부리'와 마찬가지 형태의 낱말이다. '뿌리'는 나무줄기 밑동에서 물이나 영양분을 빨아들이는 기관을 말한다. 나무뿌리를 가리키지 않을 때는 다른 물건이 박혀 있는 어떤 물건의 밑동을 뜻한다. 어금니 뿌리나 머리카락의 뿌리처럼 말이다. '총부리, 돌부리, 꽃부리' 모두 '어떤 물건의 밑동'은 아니지 않은가. 여기서 '부리'는 모두 새의 부리처럼 툭 튀어나온 것이기에 붙여진 이름이다.

　　총부리: 총구멍이 있는 총의 부분.

---

1. 동족상잔(同族相殘): 같은 겨레끼리 서로 싸우고 죽임. 동족상쟁(同族相爭)과 같은 뜻이다.

꽃부리: 꽃 한 개의 꽃잎 전체(화관).

돌부리: 묻힌 돌멩이의 땅 위에 내민 뾰족한 부분.

모두 어디에 박혀 있는 밑둥이 아니란 얘기다. 발음 어떻게 해야 바른 걸까. [총뿌리], [끝뿌리], [돌뿌리], 모두 [-뿌리]이다.

이른바 전자담배, '찌는 담배'가 등장했지만 궐련이 대세이던 때에 담배 파이프가 유행하던 시절이 있었다. 니코틴 따위의 유해 물질을 그나마 멀리할 수 있다는 생각이 들었기 때문일 것이다. 그 파이프, 담뱃대에 붙어 있는 것은 '-부리'일까, '-뿌리'일까. 그렇다, '-부리'이다. 담뱃대는 담배를 담는 '담배통', 연결 파이프인 '담배설대', 입에 물고 빼는 '물부리'로 이루어져 있다. '빨부리'도 같은 말이다. 발음은 물론 [물뿌리 / 빨뿌리]이다.

자반고등어인가 고등어자반인가

자반고등어, 미역자반

문화방송이 내보냈던 드라마 제목 가운데 〈자반고등어〉란 게 있다.[1]
이 일일연속극 첫 방송이 있던 날 여의도 문화방송 지하 구내식당
— 문화방송 사원들은 이곳을 '살롱'이라고 부른다 — 점심 차림이 바로
'자반고등어 정식'이었다. 그날 이후 때가 되면 구내식당 상차림으로
나오는 게 바로 '자반고등어 정식'이다.

'고등어자반'이 맞는가, '자반고등어'가 맞는가.

문화방송 구내식당 차림표가 표준어 테두리에서 벗어날 리 없으니까.
'자반고등어'는 일단 오케이. 이 드라마가 방송되기 전, 글쓴이 주위
사람들은 주로 '고등어자반'을 먹고 있었다. 우리 집 밥상에도 '고등어자
반'이 올랐었으니까. 그런데 일일연속극 〈자반고등어〉가 나간 뒤인 그즈
음엔 '자반고등어'를 먹고 있다. 일일 〈자반고등어〉는 정말 큰일을 해냈다.
드라마 내용도 좋았지만, '고등어자반'만 쓰던 이들에게 '자반 고등어'라
는 표현도 있다는 걸 알게 했으니 말이다. 글쓴이 곁에 있는 거의 모든
사람들이(문화방송 구내식당에서 밥을 먹는 사람도 물론 이에 들어간다)

---

1. 1996년 3월 4일부터 1996년 11월 8일까지 방송되었던 MBC 일일 드라마이다. 『위키백
과』에 나온 프로그램 '기획 의도'에 '옛날 드라마'임을 드러내는 표현이 나온다. 기획
의도: 같은 서울 한 골목 마을에 이웃해 사는 50대 상배남, 홀아비, 독신녀 등의 엎치락뒤
치락 우여곡절 이야기와 그로 인한 사랑 만들기를 그리는 드라마이다. '상배남'은
'상배–남'으로 '상배한 남자'를 가리킨다. '상배(喪配)'는 '상처(喪妻)'를 높여 이르는
말(『표준국어대사전』)이니 '상배남'은 '아내가 죽은 남자'의 뜻이다. 출연진은 백일섭,
김혜자, 김수미, 주현 등이다.

이제 고개를 한 번쯤 갸우뚱할 때가 되었다. '콩자반(콩장)' 할 때는 '~자반'인데 '자반고등어'는 왜 '자반~'이 되는 걸까. '자반'이 앞에 섰다, 뒤로 갔다, 정말 왔다 갔다 하니 이상하지 않은가. '자반'의 뜻풀이를 보자.

1. 물고기를 소금에 절인 반찬, 또는 그것을 굽거나 쪄서 만든 반찬.
2. 해산물이나 나물 종류에 찹쌀풀이나 간장을 발라서 말린 것을 굽거나 기름에 튀기거나 한 반찬.
3. 짭짤하게 무치거나 졸인 반찬 따위를 일컫는 말이다. (『우리말큰사전』, 한글학회)

'자반고등어'는 뜻풀이 1번에 드는 말이고, '콩자반'은 뜻풀이 3번에 해당하는 낱말이다. 2번에 들어맞는 보기로는 '다시마자반'이나 '미역자반'을 꼽을 수 있는데, 다시마자반은 '부각'과 같은 뜻이다. '자반'이 여태 머릿속에서 앞서거니 뒤서거니 할지 모르니 이제 정리를 해보자. 이럴 때는 규범, 규정에 기대어 추스르는 게 좋을 터, 국립국어원의 도움을 받으려 한다.

문) 대화 중에 갑자기 툭 튀어나온 주제인데, 국어국문학과 학부 전공 수준으로는 답을 못 찾더군요.
1. '자반'의 어순.
'콩자반'이라는 반찬이 있습니다.
어릴 때 기억에, 리어커[2] 생선 장수 아저씨가 "이면수요, 자반고등어요~"하던 기억이 있어서 궁금했습니다.

---

2. '리어카'가 규범에 맞는 표기이다. 질문자의 원문을 밝히기 위해 그대로 옮겼다.

'자반'이 어느 경우에 앞에 붙고(콩자반), 어느 경우에 뒤에 붙을까요? (자반고등어) 그저, 언어 습관일 뿐인지, 요리나 재료의 특성에 따르는지 문득 궁금해졌습니다.

답) 표준국어대사전에 따르면 '자반'은 '생선을 소금에 절여서 만든 반찬감 또는 그것을 굽거나 쪄서 만든 반찬 / 조금 짭짤하게 졸이거나 무쳐서 만든 반찬 / 나물이나 해산물 따위에 간장 따위의 양념을 발라 말린 것을 굽거나 기름에 튀겨서 만든 반찬'을 의미합니다. 다만 질문하신 내용에 관한 정보가 없어 정확한 답변은 어려우나 표준국어대사전에 따르면 '자반고등어', '고등어자반' 모두 가능한 표현입니다. '자반고등어'는 '소금에 절인 고등어'를 의미하고 '고등어자반'은 '소금에 절인 고등어를 토막 쳐서 굽거나 쪄 만든 반찬'을 의미함을 참고하시기 바랍니다. (〈온라인가나다〉, 2021. 5. 3.)

요약하면 이렇다. 둘 다 사전에 올라 있는 규범 표기이다. '자반~'은 '소금에 절인~'이니 음식 재료이고 '~자반'은 '~반찬'이다.

『표준국어대사전』에 올림말로 오른 보기를 들어보자. 자반갈치, 자반고등어, 자반도어~刀魚, 자반민어, 자반방어, 자반밴댕이, 자반삼치, 자반연어, 자반비웃, 자반전어, 자반조기, 자반준치. 『우리말큰사전』에는 '자반병어'(뱅어와는 다른 물고기다. 병어는 제법 큰 물고기다. 뱅어포는 뱅어로 만든 게 아니다. '괴도라치'라는 바닷물고기의 잔 새끼를 모아 말린 것이 뱅어포다)도 나온다. '~도어刀魚'는 '~갈치'와 같은 뜻이다. '칼처럼 생긴 물고기'여서 그렇다. 참, '~비웃'은 무엇일까. '청어를 식료품으로 이르는 말(『표준국어대사전』)'이란다.

오이소배기는 싫어요

전, 부침개, 부친개

우리 명절 상에 빠지지 않고 오르는 게 있다. 생선이나 쇠고기 따위를 얇게 저며서 밀가루 반죽을 묻혀 기름에 부쳐 만드는 것. '저녀[저:녀]'라고도 하는데 한자어로는 '전유어煎油魚', '전유화煎油花' 또는 줄여서 '전煎[전:]'이라고 한다. 우리 음식이니 한자어 이름은 어쩐지 선뜻 다가오질 않는다. '부침개'라고 하면 귀에 쏙 들어온다. '부친개'라 하기도 하는데 이와 같은 방언으로는 지역에 따라 '지짐개', '부침이'라 하기도 한다.

오이소배기, 세 살박이

입맛 없을 적엔 찬밥에 새콤하게 익은 '오이소박이'가 제법 입맛을 돋워주기도 한다. 아, '오이 알레르기[1]'가 있는 분들께는 미안한 얘기가 되겠다. 오이소박이는 오이의 허리를 세 갈래나 네 갈래로 에어서 갖은

---

1. 알레르기(Allergie)는 2022년 10월 기준으로 규범 표기이다. 영어권 표기에 따른 '알러지(allergy)'에 대한 국립국어원의 설명을 요약하면 다음과 같다.

　독일에서 발행하는 두덴(Duden) 발음 사전에 따르면 발음기호는 [alεrgi]로, 이를 독일어 표기법에 따라 한글로 표기한 것은 '알레르기'임을 안내하여 드립니다. '알레르기'와 '알러지'의 쓰임을 확인하여 보면, 구글 검색에서 '알레르기'가 약 8,010,000건, '알러지'가 4,290,000건이고 '카인즈'(www.bigkinds.or.kr)를 통해 검색하였을 경우 '알레르기'가 41,002건, '알러지'가 4,916건으로 언론에서도 '알레르기'가 널리 사용되고 있음을 확인할 수 있습니다(2017. 3. 15. 기준). 'Allergie'는 독일어에서 들어온 용어로, 오래전부터 '알레르기'로 통용되어왔습니다. 전문 용어의 경우 해당 분야에서의 쓰임도 고려하며, 표준국어대사전 등재 당시 해당 분야 전문가의 감수를 받았음을 안내하여 드립니다. (〈온라인가나다〉, 2017. 3. 15.)

김치 양념을 소로 넣어 만들어 먹는 김치이다.

이처럼 우리말에는 무엇이 박혀 있는 짐승, 사람, 물건을 뜻하는 접미사 '-박이'의 쓰임이 있다. 오이소박이, 점박이, 그리고 차돌박이 따위가 그렇다. 차돌박이는 쇠고기 중에 차돌이 박힌 것처럼 희고 단단한 기름진 부위를 말한다. '오이소배기 / 점배기 / 차돌배기'는 접미사 '-박이'의 의미를 기억한다면 헷갈리는 일이 없을 것이다. 무엇인가가 박혀 있으면 '박이', 이렇게 기억하면 …….

그럼 '배기'는 언제 쓰는 말일까. 흔히 '세 살박이'라고 말하는데 나이는 박히는 게 아니니까 '박이'라는 접미사가 아닌 '배기'를 쓴다. 정리하면 이렇다. 나이를 따질 때는 '세 살배기', '다섯 살배기'가 맞고, 무언가 박힌 것을 이를 때는 '오이소박이', '차돌박이', '점박이'이다.

사리, 사라

이번에도 먹을거리에 대한 이야기를 해보자. 먹는 이야기는 아무리 해도 즐겁다. 글쓴이만 그렇지는 않을 것 같아서이다. 자, 슬슬 이야기보따리를 끌러볼까.

얼마 전에 라디오 작가에게 들은 얘기를 하려 한다. 청취자 사연으로 알게 된 사연이다. 이제 막 한글을 깨우치기 시작한 어린이가 엄마 아빠, 할아버지와 할머니와 함께 냉면집에 갔단다. 처음 배울 때는 뭐든지 참 신기하고 재미있고 또 자랑하고 싶은 게 사람의 마음이다. 그 어린이가 자라서 어휘가 늘면 이런 걸 두고 인지상정人之常情이라 한다. 자랑할 것 같다. 아무려나, 어른도 자랑하고 싶은 게 그러한데 어린아이는 오죽했을까. 차림표를 한 자 한 자 또박또박 소리 내어 읽었단다. 앙증맞은 손가락에는 힘깨나 들어갔을 테고, 조그마한 이마는 살짝 찌푸려지고 입술은 야무지게 오물거렸을 것이다. 그래, 무엇을 먹을래, 엄마의 물음에 열심히 치림표를 읽던 어린이가 드디어 답했단다. "전 냉면은 싫으니까, 여기 '냉면 사리'에서 냉면은 빼고 '사리'만 주세요"라고 야무지게. 그때 그 자리에 있던 어른들의 표정이 궁금하다. 여러분이 그 자리에 있었다면 어땠을까. 그 주문을 듣고 있던 아빠의 반응 아닌 반응이 놀라웠다. "저, 그럼 그 냉면은 아빠가 먹으면 되겠다." 어린이의 '냉면 빼 사리' 주문에 '냉면은 아빠 몫'이라고 한 부자의 대화를 곱씹으면 입가에 절로 웃음이 떠오른다.

떡 사리, 치즈 사리, 만두 사리

어린이가 주문한 '사리'는 어느 나라 말일까. 물론 우리말이다. 뒤에서도 살펴보겠지만, '사라' 탓에 '사리' 또한 일제강점기 이후 들어온 표현으로 오해하지 말자. '사리'는 '국수, 실, 짚으로 꼬아 만든 새끼 따위의 뭉치'를 이르는 토박이말이다. '꾸러미'와 크게 다르지 않은 표현으로, 사리의 원래 뜻은 그렇다. 『표준국어대사전』은 원뜻만 표제어로 삼고 설명하지만 『고려대한국어대사전』은 그의 다른 설명으로 '떡볶이나 냉면 따위의 기본 음식 위에 덧얹어 먹는, 국수나 라면 따위의 부가 음식'을 덧붙인다. '부가 음식'에 주목하자. '도끼빗 찔러 넣은 허리케인 박'이 활약했던 '신당동 떡볶이집'에는 '떡 사리 / 치즈 사리 / 만두 사리' 등등이 있다. '추가 건더기를 뜻하는 말로 의미가 확장되어 쓰이고 있는 셈이다.

그렇다면, '사라'는? 식당 같은 곳에서 '식사라'나 '사라'라 하는 경우는 아직도 흔하다. '사리'가 토박이말이니 '사라' 또한 그렇다 오해하지 말자. '사라ㅎㅎ, 皿'는 '접시'를 뜻하는 일본말이고, '식사라'는 한자 식(食, 먹을 식)과 일본어 '사라'가 합쳐진 말이다. 일본어 '쇼쿠-사라食しょく-皿ㅎㅎ'를 우리 한자음 '식'으로 바꿔 쓴 게 '식食-사라'이다. '앞 접시'나 '개인 접시'라 하면 좋겠다.

제2부

그땐 그랬지, 표준어 규정의 변화

짜장면의 복권

자장면, 짜장면

뒤에 계속 나오지만 짬뽕이 일본말, 그것도 오리지널 일본말이라는 걸 강조한다. 차라리 '우동'과 '오뎅'[1]은 일본 토박이 음식이니 그 나라 말을 그대로 써도 할 말은 있건만, '짬뽕'은 그 나라 것도 아닌데 우리가 무심히 쓰고 있다니. 조금은 부끄러운 생각이 드는 이들도 있을 법하다.

1988년에 표준어가 바뀌었다. 그게 끝이 아니다. 그날—표준어 개정안이 세상에 공포된 그날—이후로 계속 표준어 심의는 이어지고 있다. 지금도, 앞으로도 말이다. 표준어 규정을 두고 이어지던 표준어 심의에 '짜장면'이 도마 위에 올랐다. '짜장면'을 그대로 쓸 것이냐, 다른 말을 만들어 쓸 것이냐는 게 그날 표준어 심의 위원들의 화두話頭였단다. 낙착된 결론은 '자장면'이다. '볶은 장을 얹은 면'이란 뜻의 중국어 '작장면炸醬麵, zhajiangmian'이 있는데 1986년 국어연구소(국립국어원의 전신)는 'zh음을 ㅈ으로 쓴다'는 외래어 표기법에 따라 자장면을 유일한 표준어로 정했다. 당시 회의에 참석했던 관계자의 증언이다. 이 결정 탓에 이 땅에 짜장면이 들어온 1950년대 이후부터 많은 이들이 써왔던 '짜장면'은 졸지에 '표준어로 부를 수 없는 말'이 됐다. 어릴 적 어린이날 소원은 '짜장면'을 배불리 먹는 것이었다. 바로 그 짜장면이 표준말로는 '자장면'이 되어버렸다.

어느 게 더 급하고 중요한 일이었을까. 얼큰한 우리 맛과는 전혀 관계없는 일본말 '짬뽕', 일본 사람이 즐겨 먹는 '우동うどん'과 엄연히 다른 청요릿

---

1. 어묵을 넣고 끓인 일본의 먹을거리를 말한다. 시장이나 마트에서 팔고 있는 '오뎅'은 '어묵'이나 '생선묵'이라 하는 게 좋겠다.

집의 '우동', 이 일본말을 우리말로 바꾸는 것과 '짜장' 그 자체로 맛깔스러운 '짜장면'을 애써 '자장면'으로 원칙을 정하는 게. 나라면 — 아마 이 글을 읽는 여러분마저도— '짬뽕'이란 말을 바꾸는 게 더 앞세울 일이라고 꼽았을 것이다.

여기까지는 '옛날이야기'이다. '공식적'으로 부를 수 없던 이름 '짜장면'은 '자장면'과 복수 표준어로 인정되면서 2011년에 복권復權되었다. 간지럽히다(간질이다)를 포함해 39개가 함께 '복권'되었다. 39개는 다음과 같다. 앞엣것이 추가된 것이다.

간지럽히다 / 간질이다, 남사스럽다 / 남우세스럽다, 등물 / 목물, 맨날 / 만날, 묫자리 / 묏자리, 복숭아뼈 / 복사뼈, 세간살이 / 세간, 쌉싸름하다 / 쌉싸래하다, 토란대 / 고운대, 허접쓰레기 / 허섭스레기, 흙담 / 토담, −길래(구어적 표현) / −기에, 개발새발(개의 발과 새의 발) / 괴발개발, 나래(문학적 표현) / 날개, 내음(향기롭거나 나쁘지 않은 냄새로 제한됨) / 냄새, 눈꼬리(눈의 귀 쪽으로 째진 부분) / 눈초리(눈에 나타나는 표정, '매서운 눈초리'), 떨구다(시선을 아래로 향하다) / 떨어뜨리다, 뜨락(추상적 공간을 비유) / 뜰, 먹거리(사람이 살아가기 위해 먹는 음식을 통틀어 이름) / 먹을거리, 메꾸다 / 메우다, 손주(손자와 손녀를 아울러 이르는 말) / 손자, 어리숙하다(어리석음의 뜻이 강함) / 어수룩하다(순박함의 뜻이 강함), 연신(반복성 강조) / 연방(연속성 강조), 걸리적거리다 / 거치적거리다, 끄적거리다 / 끼적거리다, 두리뭉실하다 / 두루뭉술하다, 맨숭맨숭 · 맹숭맹숭 / 맨송맨송, 바둥바둥 / 바동바동, 새초롬하다 / 새치름하다, 아웅다웅 / 아옹다옹, 야멸차다 / 야멸치다, 오순도순 / 오손도손, 찌뿌둥하다 / 찌뿌듯하다, 추근거리다 / 치근거리다, 택견 / 태껸, 품새 / 품세, 짜장면 / 자장면.

그땐 '돌'과 '돐'이 달랐지

끼여들기, 고개 넘어, 생각건대

모처럼의 가을 나들이다.

파란 하늘에 딱 한 점밖에 없는 흰 구름이 몸도 마음도 상쾌하게 하는 가을날, 세 돐[1]이 지난 형님네 쌍둥이[2]와 함께 놀이동산에 가는 길이다. 한강 다리를 건너 성남을 지나 고속도로에 들어설 때까지만 해도 차량 흐름은 순조로웠다. 가끔 끼여들기[3] 하는 차들이 얄밉기는 했지만 말이다. 신호도 없이 무턱대고 끼어드는 차들 탓에 황급히 클락션[4]을 울려대는 것 정도는 참을 만한 일이니까. 고속도로에 들어서니 차들이 꼬리를 물고 서 있다. 고개 넘어[5]에서 사고가 난 모양이다. 천천히 움직이는 차량 흐름에 답답함을 느꼈던지 뒷자리에 탄 쌍둥이들이 물을 달라며 칭얼대기 시작한다. 교통 혼잡 지역을 어찌 아는지 예외 없이 노점상들이 물과 군것질거리를 팔고 있다. '차가운 음료수 있슴'[6]이란 문구가 눈에

---

1. 예전에는 '돌'과 '돐'을 주기와 생일의 뜻으로 구별해 썼지만, 지금은 '돌'만 통일해 쓴다.
2. '쌍둥이'가 맞다. 양성모음이 음성모음으로 바뀌어 굳어진 말은 음성모음 형태를 표준어로 삼는데, '-둥이'도 어원적으로 '童'에 '-이'가 붙은 '-동이'에서 비롯되었지만 뜻이 어원에서 멀어지면서 양성모음이 음성모음으로 변해 굳어진 '둥이'를 표준어로 삼았다. (표준어 규정 제8항) 업둥이, 바람둥이의 경우도 마찬가지다.
3. '끼어들기'가 맞다. 현행 한글 맞춤법에서는 'ㅣ' 모음 동화현상을 표기에 반영하지 않는다. '되였다', '하시요'도 '되었다', '하시오'가 맞다.
4. 경적(警笛). 규범 표기는 클랙슨(klaxon)이다. 미국의 경적 제조회사 로웰맥커널사에서 만든 상품명에서 유래했다.
5. 이 경우에는 '너머'로 써야 한다. '넘어'는 동사, '너머'는 명사로서 공간적인 위치를 나타내는 말이다.
6. 있다, 없다의 명사형은 있음, 없음이다. 어간에 명사형 꼴인 '~음'이 붙은 표기이다.

들이왔다. 친 원을 주고 물 한 병을 샀다. 이렇듯 답답한 도로 위를 달리다 보면 하늘을 날으는[7] 차가 있으면 좋겠다는 공상을 하기도 한다.

차가 꽉 막힌 도로를 기어가듯 더디게 달려 비로서[8] 고개 너머의 상황을 알 수 있었다. 잔뜩 늘어서 있는 차들 앞에 승용차 두 대가 옆구리를 맞대고 서 있었다. 접촉 사고였다. 사고 차량의 운전자 한 명이 다른 차 운전자에게 연신 삿대질을 해가며 '운전 않하면[9] 될 거 아냐. ……'해 댄다. 상대 운전자는 자신이 잘못했든[10] 걸 아는지 뭐라 대꾸는 하지 않고 넙죽대듯이[11] 허리를 굽혀 '네, 네'만 연발하고. 생각컨대[12] 허리 굽혀 사과하는 운전자의 잘못이 아닐지.

아뭏든 내 바램과 달리

아뭏든[13] 나와는 상관없는 일이었다. 어렵사리 사고 지역을 빠져나와 놀이동산으로 이어지는 국도로 접어들었다. 이곳부터 목적지까지 차량 흐름은 순조로와[14] 보였다. 드디어 놀이동산에 도착했다. 겨우 네 살

먹다, 입다의 명사형이 '먹슴', '입슴'이 아닌 것과 마찬가지다.

7. '나는'이 바른 쓰임이다. '녹슬은', '낯설은', '거칠은'도 각각 녹슨, 낯선, 거친으로 해야 맞다.

8. 비로소가 맞다.

9. '않'은 부정의 뜻을 더하는 보조용언 '아니하다'의 준말이고 '안'은 부정 또는 반대의 뜻을 나타내는 '아니'의 준말이다. '안'은 서술어와 띄어 쓴다. 이 경우에는 '안 하면'으로 써야 바른 표현이다.

10. '–든'은 선택의 뜻일 때, '–던'은 과거 회상의 의미로 쓴다. 이 글에서는 '–던'이 맞다

11. 넙죽대다: 넙죽거리다와 같은 뜻. 본뜻에서 멀어진 것은 어간의 원형을 밝히지 않는 게 원칙이다. '넓죽대다'는 '넙죽대다'를 잘못 쓴 것이다.

12. '생각하건대'의 준말은 '생각건대'가 맞다. '넉넉하지 않다', '못하지 않다'의 준말도 '넉넉지 않다', '못지않다'이다.

13. 한글 맞춤법에서 '아뭏든'과 '하옇든'은 소리 나는 대로 '아무튼', '하여튼'으로 적도록 했다.

14. '순조로워'가 바른 표기이다. '곱다', '돕다'처럼 단음절 어간 뒤에서만 '고와', '도왔다'

된 쌍둥이들은 모든 게 공짜일 거라는 내 바램[15]과 달리 유아용 탈것도 모두 돈을 받고 있었다. 주머니 가벼운 사람들에게 알맞는[16] 놀이터가 아쉬웠다. 오늘따라 주머니 가벼운 내가 웬지[17] 초라해 보였기 때문이다. 그래도 이번 가을 나들이는 즐거웠다. 깡충깡충 뛰노는 쌍둥이들의 웃음소리 덕분이다.

처럼 '와'로 적고 그밖에는 모두 '워'로 적는 게 맞다.

15. '바라다'의 명사형은 '바람'이다. '바램'은 '(빛이) 바래다'의 명사형이다.
16. 형용사 '알맞다'에 붙는 관형사형 어미는 '-은(ㄴ)'이다. '-는'은 동사와 결합하는 어미이다. 어떤 경우에도 '알맞는'이란 표현은 바르지 않다.
17. '왠지'는 '왜인지'의 준말이다. '웬'으로 쓰는 경우는 '웬일', '웬 떡'과 같은 경우이다.

시골말과 서울말

한가위 연휴가 시작되는 어느 해 토요일 저녁의 일이다. 문화방송의 오락 프로그램 〈무한도전〉을 보았다. 한가위를 코앞에 둔 때라서 그랬을까, 모처럼 식구들과 둘러앉아 함께 보았기 때문일까, 전라남도 함평의 산내리 어르신과 함께한 프로그램이 유난히 정겹게 다가왔다. 농촌을 찾아간 제작진도 푸근한 마음으로 촬영했을 거라 여기며 본 '무한도전'은 재미와 감동을 함께 주었다.

유재석을 비롯한 〈무한도전〉 출연자들이 그곳 어르신들과 함께 풀어가는 '그림 보고 설명하고 답하기'에는 '소녀시대', '신데렐라' 같은 얼핏 보기에 쉬운 문제도 있었다. 어르신들께도 그랬을까. 아니었다. '소녀시대'를 설명한 할머니는 '아가씨들이 주루룩 있어가지고 (다리를 쭉 뻗는 시늉을 하며) 이렇게 서서 ……'라는 설명에 답한 할아버지는 '서커스!'라 답했고 '계모가 구박하고 그러는 거?'하고 물으니 '콩쥐팥쥐', '백설공주' 심지어는 '심청이'라는 답까지 나왔으니까 말이다. 이 글을 읽는 여러분과 내가 상식이라 여기는 것들이 농촌에서 땀 흘려 일하는 어르신들께는 그렇지 않다는 '상식'을 일깨워 준 대목이었다. 우리 사회에는 아이돌 그룹과 외국 동화만 있는 게 아니라 '이미자'와 전래 구전 동화도 있다는 걸 곱씹게 한 장면이기도 했다. 표준어와 비표준어에 대한 인식이 반드시 옳지 않다는 걸 보여주기도 했고.

표준어는 '교양 있는 사람들이 두루 쓰는 현대 서울말(표준어 규정 제1항)'이다.

낯선 표준어들

'교양 있는 사람이 쓰는 말'은 어떤 것이고, '현대 서울말'은 또 뭘까. '규정'에 따르면 깡충깡충(깡총깡총), 상추(상치), 똬리(또아리), 귀지(귀에지), 천장(천정)처럼 표준어 규정에 '콕 찍어' 다룬 낱말 따위가 표준어(괄호 안의 것은 비표준어)이다. 어문 규정에서 다루지 않은 표현의 표준어 여부는 어떻게 가늠할까. 사전을 찾는 게 가장 쉽고도 확실한 방법이다. 그렇다고 일일이 사전을 찾아 표준어인지를 가리는 게 쉽지 않은 일이지만. 〈무한도전〉에 나온 표현 중에도 그런 게 있었다.

산내리 어르신이 '시방 우리가 ……'라 하니 '친절한 제작진'은 자막을 달아 뜻을 설명해주었다. '시방(지금)' ─ 이렇게 말이다. '시방'의 뜻이 어려워서 그러지는 않았을 거다. 호남 사투리로 오인한 제작진의 '과잉 친절'이 아니었을까 싶다. (표준어권의 젊은층이) 흔히 쓰지 않기에, 또는 빈번히 들으면서도 어감이 낯설게 여겨져 그럴지 모른다. 하지만, 시방時方은 '시방 한 말은 진담이야.', '떠납시다, 시방!'처럼 쓰는, '지금'과 같은 뜻의 엄연한 표준어이다. 이처럼 표준어인데 그렇지 않은 표현으로 오해하기 쉬운 보기 몇 개를 꼽아보자.

아따! 거시기 걸쩍지근하네

거시기
1. (대명사) 이름이 얼른 생각나지 않거나 바로 말하기 곤란한 사람 또는 사물을 가리키는 대명사.
2. (감탄사) 하려는 말이 얼른 생각나지 않거나 바로 말하기가 거북할 때 쓰는 군소리.

식겁하다(食怯하다) [식꺼파다]

(동사) 뜻밖에 놀라 겁을 먹다.

걸쩍지근하다 [걸쩍찌근하다]

1. (형용사) 다소 푸짐하고 배부르다.

2. (형용사) 말 따위가 다소 거리낌이 없고 푸지다.

아따

1. (감탄사) 무엇이 몹시 심하거나 하여 못마땅해서 빈정거릴 때 가볍게
내는 소리.

2. (감탄사) 어떤 것을 어렵지 아니하게 여기거나 하찮게 여길 때
내는 소리. (『표준국어대사전』)

오래전, 후배 아나운서 두 명이 '뻘쭘하다'는 표현을 주고받는 걸
들은 적이 있다. 둘 다 부산 출신이기에, 그 표현은 경상도 사투리라고
여겼다. 굳이 표준어로 바꾼다면 '버름하다'쯤 될 거라 생각하면서. 당시
에는 그랬다. 세월이 흐른 지금, '뻘쭘하다'는 '(속되게) 어색하고 민망하
다'는 뜻으로 『표준국어대사전』에 표제어로 올라 있다. '표준어 지위'를
획득했다는 거다. 강원도 사투리에서 온 것으로 알려진 '뜬금없다(형용사,
갑작스럽고 엉뚱하다)'도 마찬가지이다.

'십 년이면 강산도 변한다'고 했다.

흐르는 세월은 산천뿐 아니라 우리 삶과 말도 변화시킨다. 인생이 그러하
듯 말도 생로병사生老病死한다. 오늘도 끊임없이 태어나고 있는 신조어新造語
의 생명은 언중이 받아들여 쓰느냐 아니냐에 달려 있다. 특정 지역의
사투리가 '전국구'가 되는 힘의 하나는 지역 보편성에 있다. 표준어도

그렇다. 1988년 어문 규범이 개정 고시되기 전에는 사투리였던 '멍게'와 '물방개'가 표준어가 되었듯이 '이쁘다(예쁘다)', '나래(날개)', '(손자와 손녀를 두루 이르는)손주'도 그렇게 되었다. 아직 '애기(아기)'는 아니지만.

태곳적 장맛비

등굣길, 귀갓길, 송홧가루

어느 기업의 사보를 보다가 반가운 지명을 만났다. 그즈음에 내가 다녀온 곳을 취재해서 '우리 땅 참맛 여행'을 엮었기 때문이다. 그곳은 강원도 정선. 내가 프로그램 촬영차 다녀온 곳도 같은 곳이다. 한자를 보면 '생선'이라 오독誤讀할 만한 땅이름 정선旌善. '강원도의 힘'이 느껴지는 그곳 덕분에 엮인 끈으로 실타래를 풀어가듯 이야기보따리를 풀어보려 한다.

'우리 땅 참맛 여행'의 머리글은 '태고적 원시 자연의 모습이 이런 것일까'로 시작한다. 맞다, 정선은 정말 그랬다. 태곳적이 아닌 '태고적'이라 한 게 옥에 티이기는 했지만 말이다. 태고적과 태곳적? 그렇다. 아득한 옛적을 뜻하는 태곳적(太古的)에는 사이시옷이 들어가는 게 맞다. 이번에 함께하는 정선 가는 길은 사이시옷을 실마리 삼아 함께 떠나보자.

우리 강토 곳곳에 숨겨진 아름다움을 찾아 떠나는 프로그램 〈뷰티풀 코리아〉 촬영도 벌써 횟수로 아홉 번째를 맞았다. 유월의 어느 이른 아침, 강원도 정선 가는 길. 시내버스에 붙어 있는 광고판 '등굣길 CCTV가 어디 있는지 알려주세요'가 눈에 띈다. 'CCTV의 광범위한 설치는 인권 침해 요소가 있다'는 주장보다는 '(성)범죄 예방에 도움이 된다'는 쪽에 무게가 실리는 세상이다. 도시 곳곳에 설치되어 있는 CCTV는 등굣길뿐 아니라 하굣길도, 취객의 귀갓길도 지켜보고 있을 것이다.

이번 여행의 동반인은 '그림 읽어주는 여자'로 널리 알려진 설치미술가 한젬마 씨. 서울을 벗어나 첫 휴게소에서 김치찌개를 먹었다. 아침밥이니 김칫국이 더 좋았으련만, 차림표에는 없어 아쉬웠다. 곧게 뻗은 고속도로를 달려 강원도에 접어드니 풍광이 예사롭지 않다. 영남, 호남과 다른 강원도의 산세가 느껴졌다. 고속도로를 빠져나와 오른쪽 왼쪽으로 연이어 굽어지는 길을 밟으며 달리니 비틀즈 노래 'The Long and Winding Road'가 떠오른다. 우리 삶도 이 노래 제목을 닮았다는 상념에 빠질 즈음 뒷자리에 탄 PD가 한마디 한다. "곧 장마가 온다는데, 앞으로 장맛비 내리면 어쩌지요".

정선 길목에 들어섰다. 말 그대로 첩첩산중이다. "아, 정선은 절벽이다." 한젬마 씨가 혼잣말처럼 내뱉은 외마디 말에 "그리고, 정선에는 소나무가 계시다."라고 존댓말로 되받았다. 굽이굽이 산길을 올라 도착한 곳은 몰운대没雲臺. 천하 절경이어서 구름도 쉬어갔다는 곳이다. 야트막한 산길 따라 오르니 몰운대 끄트머리에 아슬아슬하게 버티고 선 소나무 고목枯木이 우리를 맞는다. 비틀려 올라간 나무의 거죽이 수백 년 풍상을 그대로 드러내는 듯했다. 귀신처럼 버티고 서 있는 고목 너머 산에는 나뭇가지 사이로 바람이 부는 듯 송홧가루가 부옇게 날리고 있었다.

초점? 허점? 셋방

몰운내를 내려와 아우라지에 다다르니 어느덧 해가 서산에 걸려 있었다. 지는 해는 아우라지 강에도 반사되어 보름달처럼 빛나고 있었다. '여자강女子江'인 골지천과 '남자강男子江'인 송천이 만나는 아우라지에 떠가는 나룻배가 뗏목 다니던 남한강 천릿길을 떠오르게 했다. 줄배 이끄는 뱃사공의 구성진 정선아리랑 가락에 취한 것도 잠시, 이곳의 명물인 곤드레밥 먹으러 발길을 재촉해야 했다. 밥집에 도착하니 축구 중계방송을 한다. 대한민국과 아르헨티나의 경기. 상대 팀 공격수 메시를 막는

데 초점을 맞추고 우리 수비의 허점을 보완해야 했는데, 결과는 그렇지 못했다. 혹시, 촛점과 헛점? 아니다. 촛점, 헛점은 맞춤법에 어긋난다. 두 음절로 된 한자어 중에 사이시옷을 받쳐 적는 낱말은 곳간庫間, 셋방貰房, 숫자數字, 찻간車間, 툇간退間, 횟수回數, 이렇게 딱 여섯 개뿐이다. 축구 중계방송은 제대로 보지 못했다. 계속된 촬영 때문이었다.

일 끝내고 숙소로 향했다. 하룻밤 머물 곳은 전통가옥에 곳간이며 툇간까지 그럴듯하게 재현해 놓은 아라리촌이다. 나뭇잎 그러모아 불 지펴 모깃불 삼으면 좋겠다 싶은 생각도 잠시, 북엇국 끓여줄 터이니 아침 챙겨 먹으러 오라는 밥집 주인 말을 마음에 담고 잠자리에 들었다. 한옥에 누우니 어릴 적 방학 때면 놀러 가던 헛간이며 툇마루가 있던 외갓집 생각이 났다.

진한 글자로 강조한 낱말은 모두 사이시옷이 들어가야 한글 맞춤법에 맞는 표현이다. 사이시옷은 어떤 경우에 받치어 적을까. 국립국어원 누리집(korean.go.kr) 어문 규정의 한글 맞춤법 제30항을 참고하면 된다. 하지만, 제대로 익히려면 어렵다. 아니, 헷갈린다. 그래서인지 북한은 기발(깃발), 내가(냇가), 코등(콧등), 해불(횃불)처럼 아예 사이시옷을 쓰지 않는다. 그렇다고 북한의 어문 규정이 바람직하다는 것은 아니다. 사이시옷은 그만큼 다루기 어렵다는 것, 그래서 남북한이 머리 맞대고 풀어야 할 숙제로 남아 있다.

먼지털이와 쓰레받이

그을리다, 그슬리다

또 원고 독촉을 받았다. 글 쓰는 걸 업으로 삼는 사람이 아닌지라 원고 독촉이 새삼스러울 리 없건만, 이번만은 달랐다. '4월 1일에 독촉 전화를 하지 ……'라는 생각을 했으니까. 만우절에 원고 독촉을 받으면 짐짓 거짓이라고 능치며 이번 호 원고를 보내지 않으려 했으니까 말이다. 진짜? 아니다. '가벼운 거짓말로 서로 속이면서 즐기는 날(『우리말큰사전』)'인 만우절을 핑계로 여러분과 만나는 귀한 이 자리를 파할 수는 없는 일이다. 4월을 마무리하며, 만우절을 그냥 넘긴 '서운함'에 괜한 소리 한마디 늘어놓았다.

4월은 '가벼운 거짓말로 즐기는' 만우절로 시작해서 청명과 한식, 식목일을 거쳐 곡우 그리고 2004년에는 수성과 금성, 화성에 초승달까지 한데 어우러지는 이른바 '우주쇼'의 장관도 함께할 수 있었던 달이다. 이 글의 초고를 쓰던 해에는 '우주쇼'가 4월에 있었지만 18년이 지난 2022년에는 6월 26일에 비슷한 장관이 밤하늘에 펼쳐졌다. 수성과 금성, 화성, 목성, 토성이 흰 줄로 늘어서는 이런 현상은 2022년에서 또 18년 이후인 2040년에 볼 수 있다고 한다.

'봄볕에 그을리면 보던 임도 몰라본다'는 따가운 봄날의 햇볕에 바다 건너온 황사로 얼굴 따갑고 목 따갑던 한 달이기도 하고 4월에 떠오르는 말, 따사로운 봄날에 빼놓을 수 없는 말을 짚어보자.

봄볕에 '그을리면' 보던 '임'도 몰라본다고 했다. 따옴표 붙인 자리에 '그슬리면', '님'을 넣으면 어떻게 될까. 거기서 거기인 거 같지만 뜻은 진히 달라진다. '그을리다'는 볕이나 연기에 쐬어 검게 된다는 뜻이다. 그래서 볕에 그을린 검은 살갗은 건강에도 좋고 보기에도 좋다. 하지만 그슬린다면? 그슬린다는 불에 태운다는 뜻. 그래서 '그슬린 피부'는 살갗을 불에 살짝 구운 상태를 가리키는 말이다. 살갗을 불에 그슬린다면? 식인종이나 좋아할까 ……, 끔찍한 일이다.

임과 님

'님'과 '임'은 어떻게 다를까. '님'은 사람을 일컫는 말 뒤에 붙어 높임의 뜻으로 쓰는 말이다. 선생님, 부모님, 총장님이 그런 보기이다. 달님, 해님, 토끼님처럼 어떤 대상을 인격화하여 높이거나 다정스럽게 부를 때 쓰는 말이기도 하고. 사모하는 사람을 가리킬 때 쓰는 말은 '임'이 맞다. 봄볕에(바른 발음은 [봄뼈태]) 그을리지 않으려면 허허벌판을 벗어나 나무 빼곡히 늘어선 숲길을 걷는 게 좋다. 봄날의 싱그러움을 한껏 맛볼 수 있을 테니까. 나무 많은 곳, 수풀에서 숲 기운을 쐬는 건 '삼림욕'이 맞을까, '산림욕'이 맞을까. 이 또한 거기서 거기인 듯하지만, 정확하게 짚는다면 '삼림욕'이 맞다. 森(나무 빽빽할 삼)의 뜻을 안다면 그리 어렵지 않게 맞힐 수 있는 문제이기도 하다. 삼림욕은 토박이말로 '숲미역'이라고도 한다. 웬 미역? 냇물이나 바닷물 같은 데 들어가서 몸을 씻었거나 놀거나 하는 일인 미역에서 온 말이다. 먹는 미역과 물놀이 미역(줄여서 그냥 '멱'이라고도 한다)이 어떤 관계냐고? 그 관계는 나도 모른다. 아무튼 숲미역(삼림욕)은 바닷말(해초)인 미역과 전혀 다른 말이다. 아무튼, 어쨌든, 하여튼, 여하튼, 어떻든 목욕과 비슷한 미역과 먹는 미역은 다르다.

복수 표준어 … 아무튼, 어쨌든, 하여튼

아무튼, 어쨌든, 하여튼, 여하튼, 어떻든 — 이 다섯 낱말이 모두 같은 뜻인가? 그렇다. 그렇다면 다 맞는 말인가? 또한 그렇다. 모두 엄연한 표준어이다. 이렇게 2개 이상을 표준어로 정한 것을 복수 표준어라고 한다. 하지만 '아뭏든', '어쨋든', '하옇든', '어떠튼'은 비표준어이다. 여하튼, 하여튼은 '여하如何', '하여何如'에 '든'이 붙어 만들어진 말이다. 그래서 '하옇든'처럼 쓰면 안 된다. '어쨌든'은 '어찌하였든'의 준말로 과거를 나타내는 '−였(었)−'의 쌍시옷 받침을 살려 써야 바른 표기이다. 그래서 '어쨋든'은 틀린다. '어떻든'은 '어떠하든'의 준말로 복수 표준어로 인정한 같은 뜻 낱말 다섯 개 가운데 유일하게 '히읗'이 표기에 살아 있는 말이다. 복수 표준어에는 또 어떤 게 있을까. 표준어 규정(제5절, 제26항)은 복수 표준어를 '한가지 의미를 나타내는 형태 몇 가지가 널리 쓰이며 표준어 규정에 맞으면, 그 모두를 표준어로 삼는다'라고 규정하고 있다. 내친김에 자주 쓰는 복수 표준어 몇 개를 더 들어보자.

세 개의 복수 표준어도 있다

먼저 두 개가 모두 표준어인 복수 표준어이다. 고깃간=푸줏간(고깃관, 푸줏관, 다림방은 비표준어), 넝쿨=덩굴(덩쿨은 비표준어), 딴전=딴청, 만큼=만치, 보조개=볼우물, 뾰두라지=뾰루지, 우레=천둥(우뢰, 천동 같은 한자의 음차音借는 비표준어), 중신=중매, 자물쇠=자물통(자물쇄는 비표준어), 혼자되다=홀로되다 따위가 있다. 눈대중=눈어림=눈짐작, 철따구니=철딱서니=철딱지를 비롯해 몇 가지는 세 개가 표준어인 복수 표준어이다. 복수 표준어에는 '해웃값=해웃돈'처럼 없어져도 좋을 것, 그러나 오랜 역사를 지니고 있는 말도 있다. 해웃돈(해웃값)은 '술좌석에서 치르는 화대'로 표준어 규정에는 풀이해 놓았다. 『우리말큰사전』에는 '노는 계집을 상관相關한 값'으로 나와 있고.

먼지털이, 쓰레받이

어쨌든('어쨋든'이 틀린 말임은 이미 알아보았다) 표준어로 인정한 낱말은 딱 하나씩만 있는 게 아님을 확인했다. 복수 표준어가 오히려 헷갈리게 한다는 사람도 있긴 하겠지만 표준어 규정도 엄연한 법인지라 정한 대로 따라야 하는 게 이른바 언중言衆이 해야 할 도리이다. 다시 한번, 어쨌든, 4월의 문턱을 넘어선 요즘 집 안팎 봄맞이 청소로 부산한 집이 많을 게다. 집 안 청소에 빼놓을 수 없는 게 먼지떨이와 쓰레받기, 빗자루며 걸레다. 빗자루는 빗자루고, 걸레는 걸레 …… 뭐, 틀리려야 틀릴 수 없는 낱말이다. 문제는 먼지떨이와 쓰레받기. 쓰는 이에 따라 '먼지털이'와 '쓰레받이'라 하기도 하지만 '-털이'와 '-떨이'의 뜻을 새겨 보면 답이 나온다. '달려 있거나 붙어 있는 것을 쳐서 떼어 내'는 것을 '떨다'라 한다. 그래서 먼지를 '떨어내는 도구'는 '먼지떨이'가 된다. 쓰레기를 '받는 기구'는 '쓰레받기'가 맞고.

봄볕에 '그을리지' 않으려면 '삼림욕' 하러 숲길을 걷는 게 좋고, 봄날 집 안팎 청소에 쓰는 도구는 '먼지떨이'와 '쓰레받기'임도 확인해봤다. 어쨌든(하여튼, 여하튼, 아뭏든)처럼 두 개 이상이 표준어인 복수 표준어란 게 있는 것을 살펴보았다.

강더위 강추위

[납냥] 특집

여름이다. 그래서 덥다. 그래도 그냥 더위는 참을 만하다. 무더위가 문제다. 푹푹 찌는 더위가 무더위다. 무더위는 '무척 더운 더위'가 아니라 '몹시 찌는 듯한 더위'를 가리키는 말이다. '연일 계속되는 가뭄에 무더위가 기승을 부리고 있다'는 말은 그래서 앞뒤가 안 맞는다. 비 한 방울 내리지 않고 해만 쨍쨍한 더위는 '강더위'라고 해야 맞다. 여느 해보다 일찍 찾아든 더위는 '일더위', 복날이 낀 달의 더위는 '복달더위', 되게 찌는 더위는 '된더위'라고 한다. 한창 심한 더위는 '한더위' ⋯⋯. 시쳇말로 '한더위 하는' 더위다. 시작부터 더위 얘기를 하고 나니 덥다.

더위에 지칠 때 생각나는 게 '납량'이다. '납량 특집'으로 우리에게 익숙한 낱말 '납량'의 바른 발음은 [나뱡]이 아니라 [납냥]이다. 어렵게 발음 사전 뒤적일 거 없다. '섭렵'을 [서볍]이 아닌, [섭녑]이라 읽는 것과 마찬가지니까. 섭렵은 [섭녑], 납량은 [납냥]. 쉽다.

납량納涼(더위를 피하여 서늘한 바람을 쐼)하러 갈 만한 곳은 어딜까. 산 좋고 물 좋은 계곡? 파도 일렁이는 바다? 아니면 그냥 괴나리봇짐 하나 싸 들고 어느 곳이건 훌쩍 떠나볼까. 어디로 가서 피서를 하든 떠나기 전에 알아두어야 할 우리말 몇 가지 짚어보자.

우레, 개펄과 갯벌

아주 깊은 계곡에 가면 반딧불을 볼지도 모른다. 꽁무니에 반딧불

밝히는 벌레(곤충) 이름은 '반디', '반딧불이'라고 한다. 개똥벌레도 똑같은 벌레다. 개똥벌레의 불(반딧불)은 고맙게도 뜨겁지 않다. 산을 찾아 야영을 한다면 골짜기(계곡)는 피해야 한다. 천둥 번개 친 뒤 소나기라도 퍼붓는다면 계곡물이 불어 사고당할 수 있기 때문이다. 천둥과 한뜻의 말은 '우레'다. '우뢰'는 표준어가 아니다.

바다가 좋다면, 올해는 서해 쪽으로 가보자. 개펄이나 갯벌을 만날 수 있을 테니까. 개펄과 갯벌은 어떻게 다를까. '개펄'은 갯가의 개흙 땅, 간석지를 말한다. '간사지'라고 주장하는 이도 가끔 있다. 석潟(개펄 석) 자의 생김이 사寫(베낄 사) 자와 비슷해서 그럴 거다. '갯벌'은 갯가의 넓은 땅이다. 개펄과 달리 구성 성분이 꼭 진흙일 필요는 없다. 모래밭일 수도, 자갈밭일 수도 있는 땅이다. '개펄⊂갯벌'인 셈이다. '개뻘'은? 갯벌의 오기誤記이다. 우리 바다엔 '무수기'도 있고 '미세기'도 있다. 미세기는 '썰물과 밀물'을, 무수기는 '밀물과 썰물의 차'를 가리키는 말이다. 둘 다 버리기 싫은 토박이말이다. 자연을 벗 삼아 떠나는 나 홀로 여행엔 괴나리봇짐이 제격이다. '개나리봇짐'이 아닌 괴나리봇짐이다. 봇짐은 '등에 지려고 물건을 보에 싼 짐'을 말한다.

더위에 생각나는 말을 살펴보았다. 더위도 쫓을 겸 '추운 얘기'하나 덧붙인다. 강더위는 비 한 방울 없이 해만 내리쬐는 가뭄더위라 했다. 그럼 강추위는? 그렇다, 강더위에 맞선 말로 눈도 오지 않으면서 몹시 추운 추위를 말한다. 접두사 '강強—'이 붙은 '강強추위'는 '눈이 오고 매운바람이 부는 심한 추위'로 2016년 이후에 『표준국어대사전』 올림말이 되었다.

안녕하세요, 문화가이드 강재형입니다

변주곡, 광시곡, 조곡

1990년대 한동안 매일 오전 10시 55분 MBC FM에 다이얼을 맞추면 내 목소리를 들을 수 있었다.

'안녕하세요, 문화 가이드 강재형입니다'로 문을 여는 〈문화 가이드〉. 연중무휴, 일 년 365일 하루도 빠지지 않고 나가는 프로그램. 자료 찾고, 모으고, 원고 만드는 시간이 적잖게 들던 프로그램이다. 그런 만큼 애착을 갖고 했던 일이기도 했고 오래전에 했던 토막 프로그램을 두고 이야기를 길게 늘일[1] 생각은 없다. 음악을 듣고, 그림을 보고, 연극 공연을 지켜보며 느낀 안타까움을 짚어 보려 한다. 털어놓을 만한 자리가 마땅치 않아 하지 못한 그 안타까움을 이제 털어 내려 한다. 털어 낸다고 당장 달라지는 건 아니지만.

문화 가이드를 먹여 살리는 건 공연 정보다. 언제 어디서 누가 무엇을 공연한다고 소개할 게 있어야 하니까 말이다. 공연 정보, 보도 자료에 담긴 내용을 뜯어보면 아쉬울 때가 많았다. 21세기에는 이른바 '케이 컬처K-culture'가 세계를 주름잡으며 우리 문화계에서 쓰는 표현과 용어가 사뭇 달라졌지만 말이다. 당시에는 우리나라의 문화를 이끌어 간다는 사람들이 내세우는 자료가 그것밖에 안 된다는 게 안타까웠다. 먼저 노래 제복을 보자. 파가니니 주제에 의한 변주곡Rhapsody on a Theme of Paganini — 라흐마니노프의 곡이다. 일본 투 번역이다. 일본 사람이 번역한

---

1. 본디보다 더 길게 하다는 뜻. 고무줄을 길게 늘이다. '늘리다'는 '줄이다'의 맞선 말.

것을 토씨만 비꿔서 그대로 들어온 제목이라 해도 지나친 말이 아니다. 구글이나 파파고의 번역기는 '파가니니를 주제로 한 랩소디'를 제시한다. 변주곡variation이나 광시곡rhapsody은 한자에 대한 이해가 많지 않은 세대에게는 오히려 제 뜻을 밝히기 어려울 수도 있다.

춘희, 마적

바흐의 무반주 첼로 조곡이나 카르멘 조곡組曲도 비슷한 경우이다. 일본 투 '조곡組曲,〈みきょく보다 그냥 '모음곡'이라고 하면 된다. 이 또한 인터넷 번역기에 입력하면 훨씬 이해하기 쉬운 결과가 나온다. Six Suites for Unaccompanied Cello(J. S. Bach)를 위와 같은 인터넷 번역기에서는 '무반주 첼로를 위한 6개의 모음곡'이라고 알려준다. '동백꽃 아가씨'인 '춘희椿姫(つばきひめ)'를 그냥 '라 트라비아타'라고 하자는 얘기는 다음에 짚어 볼 터이니 다른 오페라 가운데 일본 투 제목 하나를 또 들어보자. '마적魔笛'이 그것이다. 모차르트의 오페라 'Die Zauberflöte, The Magic Flute'는 '마술 피리'로 풀어쓰면 그만이다. 일본 투인데다가 어려운 한자 말인 '마적'보다 훨씬 낫지 않은가.

주페Franz von Suppé의 '시인과 농부Dichter und Bauer'에 나오는 '경기병 서곡light cavalry overture', 이 제목은 딱히 바꿀 우리말이 없는 듯하다. 어쩔 수 없이 써야 한다면 제대로 쓰자. '경비병警備兵 서곡'이 아니라 '경기병輕騎兵 서곡'이다. 경기병은 '날렵하게 행동할 수 있도록 가벼운 차림(輕, 가벼울 경)을 하고 말을 탄 병사(騎兵)'이다(『고려대한국어대사전』). 하긴 앞서 보기로 든 이런 제목들만 어디 일본 투인가. 교향곡, 관현악곡, 서곡序曲, Overture, 간주곡間奏曲, Intermezzo, 그리고 경음악輕音樂, Light music, 몇 인조人組 (밴드) 따위는 모두 일본에서 들여다 그대로 쓰는 말이다. 서양 것을 일본이 먼저 받아들이고, 그것을 우리가 또 받아들이는 문화

114

흐름 속에서 어찌 말글 생활만 따로이기를 바라겠는가. 지금 뾰족한 대안이 없다고 제쳐 둔 말도 언젠가는 우리 것으로 바꾸는 날이 오기를 기대한다.

2대의 피아노를 위한?

일본 투 제목만 나를 안타깝게 하는 건 아니다. 외국말을 직역한 음악 제목도 빼놓을 수 없는 얘깃거리다. '2대의 피아노를 위한 협주곡'은 어딘지 어색하다. '피아노 두 대를 위한 협주곡'으로 하든가, '피아노 두 대로 연주하는 협주곡'으로 풀어주는 게 낫다. '다섯 대의 자동차 / 자동차 다섯 대'에서 뒤의 표현이 우리말에 더 어울린다.

일본 투인 곡 제목을 바꾸고, 우리 입맛에 맞게 번역해 연주한다 해도 양악은 서양의 문화일 뿐이다. 제목 따위로 골치 아플 일 없는 우리 음악도 이제 대접받을 때가 되었다. 국어 시간에 배우는 말은 한국어인데, 음악 시간에 배우는 건 온통 서양 음악 아닌가?[2] 우리 음악은 너무 고리타분하고 무겁다고? 무엇이든지 처음엔 다 눈과 귀에 설게 마련인 법. 많이 듣고 제대로 익히려 들면 어느새 우리 가까이 있는 우리 음악을 느끼게 될 게다. 또 우리 음악이 고리타분하기만 한 것도 아니고.

---

2. 대개 '음악' 하면 서양 음악을 떠올린다. 나도 '음악 시간에 배운 건 서양의 가락뿐이었으니까. 그래서 '국악'이라고 해야만 우리 음악을 일컫는 줄 안다.

아카시아는 없다

아카시아는 아까시

오래전 있었던 일과 관련된 이야기를 하려 한다. 이미 지난 세기가 되어버린 서기 1994년의 일, 이른바 '남산 되살리기 운동'의 하나로 남산 외인 아파트를 철거한 그때 일이다. '외인 아파트 철거 작업'은 철거라기보다는 폭파 해체라는 말이 더 어울리는 말 그대로 '사건'이었다. 건물을 순식간에 주저앉게 할 만한 곳에 '귀신같이' 폭약을 심어놓고 눈 깜짝할 사이에 잿더미로 만들었으니까 말이다. 그래서 '폭파 예술'이라는 말까지 심심찮게 오르내렸었다. 남산 외인 아파트 폭파 해체와 우리말이 무슨 상관이 있냐고? 상관은 없다. 폭파 해체를 전후한 '남산 되살리기 운동'도 우리말과 별 관계가 있는 것도 아니고. 그렇다고 전혀 관계없는 것도 아니다.

그날 ― 남산 외인 아파트를 폭파 해체하던 날 ― 저녁, 남산 아파트 폭파 소식과 함께 남산 제 모습 찾기 움직임에 관한 보도가 있었다. '애국가 노랫말에서도 알 수 있듯이 남산의 주인은 소나무였는데, 이제는 아카시아가 그 자리를 빼앗았다'는 기사였다. 일제 강점 당시 '산림녹화의 치적을 홍보할 요량으로 제국주의 일본이 아카시아를 심었기 때문'이라는 내용도 당시 보도는 덧붙였다. 방송이 그랬고, 신문 또한 예외가 아니었다. 그러나 유감스럽게도 그 기사는 '오보'였다. '철갑을 두른 듯'했던 남산 위의 소나무 기세가 꺾인 것은 사실이지만 '아카시아'라는 나무는 남산은 물론 우리나라 어느 곳에서도 찾아볼 수 없는 나무이기 때문이다. 21세기에 들어선 얼마 전까지도 그랬다. 그렇다면 지금은?

온 세상에 녹음이 가득할 때 흰 꽃송이가 탐스럽게 늘어져 좋은 향기를 뿜어내는 북아메리카 원산의 큰 키 나무는 유감스럽지만 '아까시나무'이다. '아카시아'는 아프리카나 오스트레일리아 등지의 열대 사막에서 자생하는 키 작은 떨기나무일 뿐이다. '열대 사막'에서나 자랄 수 있는 아카시아가 '바람 서리 불변하는' 남산에 뿌리를 내리고 사는 건 애당초 불가능한 일이다. 흐드러지게 흰 꽃을 피워 꽃향기와 그늘, 좋은 꿀을 우리에게 안겨주는 나무는 아카시아가 아니라 아까시나무다.

'얼마 전까지 그랬다' 했다. 『표준국어대사전』은 우리가 알고 있는 그 나무를 '아까시나무'로 설명하면서 '아카시아'를 '아까시나무를 일상적으로 이르는 말'로 올려놓았다. 비교적 최근의 일이다. '편집 이력'을 확인할 수 없어 그때가 언제인지는 나도 모른다. 전문 용어와 표준어, 속칭이 서로 다른 경우, 그 가운데 하나를 사용할 때에는 나머지 이름도 함께 밝혀 줄 필요가 있다는 의견에 따른 것으로 보인다. 특정 표기만 고집할 경우 헷갈릴 수 있기 때문이다.

다시 '춘희'에 대하여

나무 심기 좋은 봄날에 즈음해 나무 이름 얘기를 했다. 내친김에 나무 이름에 노래가 엮이는 오페라 제목도 하나 짚어보자. 베르디의 유명한 오페라인 '라 트라비아타La Traviata'가 바로 그것이다. '라 트라비아타'의 번역 제목은? '춘희椿姬'. 그렇다. 다들 그렇게 알고 있고, '꼬부랑말'보다는 번역한 '한자어'를 존중해야 한다는 이도 없지 않다. 그런데 과연 그럴까.

'라 트라비아타'의 한자어 번역인 '춘희'는 일본 사람이 제 나라 입맛에 맞게 한자로 옮긴 것을 우리나라의 누군가가 '아무 생각 없이' 수용한 것일 뿐이다. '라 트라비아타'는 이탈리아 말로 '방황하는 여인'이란 뜻으로 알려져 있다. 이탈리아어와 오페라에 정통한 전문가에게 물었다.

그의 이름은 이의주, 활발하게 활동하고 있는 오페라 연출가이다.

'라 트라비아타'의 뜻은 무엇인가. 'Tra: 무엇무엇 사이, Via: 스트리트 (거리), Ta: 여성명사', 그대로 옮기면 '길 위의 여인(거리의 여인)'이다. 그럼 '춘희椿姬'는? '춘희'의 춘椿은 우리나라에서는 참죽나무를 뜻하는 것으로, 직역하면 '참죽나무 여인(또는 아가씨)'쯤 될 게다. '거리의 여인 / 길 위의 여인 / 방황하는 여인'과 '참죽나무 여인'이라 ……. 오페라의 원작 격인 소설 제목을 살펴보면 '춘희'가 어떻게 나왔는지 짐작할 수 있다.

> 춘희(椿姬): 【문학】 프랑스의 소설가 뒤마가 지어 1848년에 발표한 장편 연애 소설. 늘 동백꽃을 달고 있는 병든 창부娼婦 마르그리트Margueritte 와 청년 아르망Armand의 비극적 사랑을 그렸다. (『표준국어대사전』)

사전은 같은 제목의 오페라를 '2번' 뜻으로 풀었고, 소설을 '1번'으로 먼저 설명한다. 뒤마[1]의 소설 원제목은 『La Dame aux Camélias동백꽃을 들고 있는 여인』이다. 이 작품을 일본에서 번역한 것이 '춘희'가 되었고 이것이 소설을 바탕으로 한 오페라 제목에 그대로 남은 것이다. 오페라에도 동백꽃이 등장한다.

오페라의 여주인공[2]인 비올레타가 상대역인 알프레도에게 '꽃이 시들면 다시 돌아오라'는 얘기와 함께 꽃 한 송이를 건네준다. 이 장면에서 소품으로 등장하는 꽃이 바로 동백꽃이다.

우리나라에서는 동백꽃을 동백冬柏이라 부르지만 일본에서는 '춘椿'이

---

1. 알렉상드르 뒤마 피스(Alexandre Dumas fils, 1824~1895). 『삼총사』, 『몽테크리스토 백작』 등으로 유명한 알렉상드르 뒤마의 아들이다.
2. 프리마 돈나(prima donna)라고 한다. '프리 마돈나'가 아니다.

동백꽃을 뜻한단다. 그래서 '춘희椿姬'는 일본에서 '동백 아가씨'란 뜻이다. 그러니 일본에선 '동백꽃이 사랑의 정표로 나오는 오페라'를 '춘희'라고 한 게 '훌륭한 번역'인 셈이다. 하지만 우리에게는 아니다. '귤도 강하나를 건너면 탱자가 되는'[3] 것처럼 그럴듯한 오페라 제목 '동백 아가씨(춘희)'도 바다를 건너면 '참죽나무 여인'이 되어버린다. 일본 사람들이 제 나름으로 번역한 제목을 별생각 없이 받아 써왔던 우리가 반성할 일이다. 그래서인지 요즘 무대에 오르는 제목은 '춘희'보다 '라 트라비아타'를 많이 쓴다. 방송에서도 그렇다. "다음 들으실 곡은 베르디 오페라 '라 트라비아타' 중에 나오는 아리아 '축배의 노래'입니다." 이렇게 말이다.

---

3. 남귤북지(南橘北枳). 남쪽 땅의 귤나무를 북쪽에 옮겨 심으면 탱자나무로 변한다는 뜻. '회하'라는 강을 기준으로 남·북을 구별한다. 그래서 속담으로 풀어 쓰면 "귤이 회수를 건너면 탱자가 된다." 같은 뜻으로 귤화위지(橘化爲枳)라고도 한다.

적어도 방송인이라면

바라겠습니다

고백할 게 있다. 그것도 하나가 아니라 여러 개 있다.

고백 하나. 오래전 라디오 방송을 하다가 '빵꾸'란 말을 해버렸다. 표준말도 아닐뿐더러 방송에선 더욱 가려서야 할 '빵꾸'를 입 밖에 내버렸단 얘기다. 그것도 한두 명이 아닌 수백만 명이 함께 듣는 라디오 생방송에서 말이다.

고백 둘. 프로그램을 마무리하면서 '…을 바라겠습니다'라고 내뱉은 적도 있었다. 다른 사람의 얘기를 받아 한 것도 아니고 '자발적으로' 그랬다. '바라겠습니다'라고 하는 게 뭐가 문제냐고? 희망을 담은 말 '바라다'에 '겠'이라는 원망顯望 보조어간을 또 붙인 어색한 꼴이 되었다.

고백 셋. 출연자가 한 이야기 가운데 '끝내준다!'란 말이 있었다. 그 말을 바로 따라서 그대로 '끝내췄다'고 되받아 방송했다. 남은 뭐라 하든 '대단하다' 따위의 말로 바꿨어야 하는데 그랬다. '끝내주다'는 표준어 사정 원칙에 규정한 이른바 '교양인'이 쓰는 말이 아니기 때문이다. '(속되게) 아주 좋고 굉장하게 하다'(『표준국어대사전』), '(속된 말로) (무엇이) 매우 멋지거나 훌륭하다'(『고려대한국어대사전』)에서 보듯이 사전도 '속된 표현'으로 다루고 있다.

이런 실수를 할 때마다 '아차' 하는 생각에 가슴이 철렁 내려앉긴 했다. 그랬으면서도 '하찮은 말 한마디' 바로 잡자고 '사과 멘트'를 한다든가, '다시 합시다'라며 녹화 테이프를 멈추게 할 엄두를 못 냈다.

마지막, 고백 넷. 방송에서, 〈우리말 나들이〉[1]에서, 그리고 이 자리에서 방송 말을 바로 써야 한다고 내내 외치면서 나 자신도 '그렇고 그런 말쟁이'가 되어버렸다. 말 따로 행동 따로 했던 내 고백과 반성은 이쯤에서 접어 두자. 고백하고 사죄하는 게 능사는 아니니까.

이 글을 읽어 내려오면서 '밴댕이 소갈머리'를 떠올린 이들도 없지 않을 것이다. 별걸 다 갖고 신경 쓴다며 한 대 쥐어박고 싶은 분도 있을지 모르고. 하긴 '빵구'면 어떻고 '끝내주면' 또 어떤가. 품위 있게 표준말만 해대면 시청취자도 하품만 할지 모르는데, 가끔이나마 '끝내준다'고 한들 어떤가. 그래도 그게 아니다. 온 국민 앞에 나서서 방송하려면 말에 대한 한 시시콜콜 따지고 캐물어야 한다. 적어도 마이크 잡고 앞에 나서는 이른바 '방송인'이라면 그렇다.

차 많이 막히시지요

무심코 써온 다음 말을 살펴보자.

① 주일날, 하나님

② 4~5개

③ 길이 막힌다, 차가 막힌다.

보기로 든 말은 모두 맞는 말일까. 당연히 아니다. 제대로 가려 쓰지 못하는 말도 있고, 뜻도 모른 채—남들이 쓰니까—아무 생각 없이 하는 말도 있다. 이제 하나하나 찬찬히 따져보자.

① '주일(날)'과 '하나님'은 기독교(더 정확히 말하면 개신교)에서 쓰는

---

1. 1997년부터 날마다 방송하는 〈우리말 나들이〉로 널리 알려져 있다. 글 쓸 당시 〈우리말 나들이〉는 문화방송 사내 간행물이었다. 한 쪽짜리 유인물이 지상파 방송 프로그램의 뿌리가 된 것이다.

말이다. '일요일'이고 '하느님'이나. 교회당이나 신자끼리만 '하나님'이라 해야 남에게 실례가 안 된다. 다른 종교 신자와 얘기할 때는 삼가야 할 말이다. 방송에서는 말할 나위 없다.

② 한두(1~2), 두세(2~3), 서너(3~4), 네댓(4~5), 대여섯(5~6), 예닐곱(6~7), 일고여덟(7~8)이라고 읽는다. '4~5개'는 '너덧 개'가 아니다. '네댓 개'다. '너더댓 개'는 넷이나 다섯 가량을 뜻한다. 어림짐작 수란 말이다. 일고여 덟은 줄여서 '일여덟'이라고도 한다.

③ 교통 정보를 유심히 들어보자. '길이 밀리는데요, 차가 막힙니다'라고 한다. 기가 막힌다. 차가 밀리니까, 길이 막히는 거다. '차가 밀린다', '(그래서)길이 막힌다'가 논리상 맞는 말이다. 그런데 아무 생각 없이 뜻도 모르며 잘도 쓴다. 반듯한 문장의 기본은 주어와 술어가 일치하는 것이다. '차, 많이 막히시지요'란 광고도 보았다. 세상에 말의 앞뒤가 안 맞는 건 그렇다 치고, '자동차'가 많이 '막히시다'니. 운전하는 소비자를 높인다는 게 엉뚱하게 '자동차'를 상전으로 받들어 버렸다. '길 막혀서 짜증나시지요'라든가, '차가 밀려, 답답하시지요'라고 해야 할 말이다.

'남들이 쓰니까 나도 그냥 쓴다'는 생각일랑 이제 그만 접어 두자. 방송은 가까운 이들끼리 나누는 '수다'가 아니다. 고르고 또 고른 말만 방송에 써야 한다. '너나 잘해'라고? 나는 '바담풍'해도 여러분은 '바람풍' 해 주길 바라는 마음으로 하는 얘기다.

야로, 야료, 야지

야로, 야료, 무슨 문제가 있기에?

야로란 말뜻은 무엇인가. 전에는 나도 잘 몰랐다. 야로란 말을 쓸 일도 거의 없었고. 야로의 말뜻을 알게 된 건 같은 방에서 일하는 한 선배 아나운서 때문이다.

문화방송 라디오 프로그램을 진행하고 있는 MC와 DJ 몇 명이 한자리에 모여 방송할 때가 있다. '야로'란 말이 나온 날은, 그래서 내게 쓸거리를 만들어 준 그날 방송은 〈별이 빛나는 밤에〉 특집을 녹음하는 날. 그 자리엔 이문세 씨, 손숙 씨, 강석 씨, 김혜영 씨, 그리고 아나운서로는 유일하게 'ㄱ' 씨가 함께하고 있었다. 그 방송 중에 '야로'란 말이 나왔다. 다른 이도 아닌 'ㄱ' 아나운서의 입에서 말이다. '(나를 자꾸 한쪽으로 몰아세우는 걸 보니) 분명 무슨 야로가 있어!'라고 한 게 '야로'가 나온 말의 전부다. 그때 장내 분위기가 어땠을까. 한마디로 포복절도, 출연자 모두가 배꼽 잡고 웃었단 얘기다. 왜 웃었을까.

'야로'란 말을 (아나운서 아닌) 다른 사람이 했으면 아무렇지도 않았을 텐데, 아나운서가 그런 말을 히니까, 너무 뜻밖이이시 그랬나 보다. (아나운서 아닌) 다른 이가 그 말을 했다면, 그냥 넘어갈 일이었건만, 엄근진(엄격-근엄-진지) 아나운서 입에서 그 말이 나왔으니 그랬을 게다.

오해 부르는 말도 피하자

아나운서가 걷는 길은 험하다. 모든 길이 그렇다는 게 아니다. 말

한마디 흰마디를 내뱉으며 걸어가는 '방송 말 길'이 험하다. 아나운서 아닌 방송 출연자나 진행자가 한 말은 그러려니 하며 넘어가면서, 아나운서가 한 말에 대해선 때로 지나칠 정도로 민감하단 얘기다. 나도 '야로' 때문에 당한 한 선배처럼 말 한마디 잘못해서 혼난 적이 있으니까.

〈퀴즈 아카데미〉란 프로그램을 진행할 때 'A팀이 (틀린 답을 답해서) 점수를 까먹었다'라고 했던 일, 그리고 〈장학 퀴즈〉에서 '쏘주'라고 한 일. 이 말 두 마디 때문이다. 시청자의 항의 전화를 받아야 했으니까. "아나운서가 '까먹는' 게 뭐냐, '쏘주라는 된소리'를 내면 되느냐"라는 게 그 항의의 내용이었다. '쏘주'라고 했다가 시청자에게 한 소리 들은 덕분일 것이다. 이후 나는 포장마차에서도 '소주 한 병 주셔요'하게 되었다. 그런데 '까먹었다'는 말꼬투리를 잡아서 내게 항의한 시청자에겐 할 얘기가 있다. '감점'이라는 한자말이나 '점수가 내려갔다', '점수를 잃었다'처럼 바꿀 말이 없는 건 아니지만, '까먹었다'가 몹쓸 비속어는 아니지 않은가. 점잖은 말이라고 우길 낱말도 아니긴 하지만 말이다.

그나저나, 당시 쟁쟁한 출연자들은 아나운서가 한 '야로' 말 한마디를 두고 법석이었을까. 말뜻부터 밝혀보자. '야로'는 남에게 숨기고 있는 우물쭈물한 셈속이나 수작을 말한다. 야로에 점 하나 더 찍은 '야료'는 생트집을 하고 함부로 떠들어대는 일을 말한다. 서로 시비의 실마리를 끌어 일으킨다는 뜻인 야기요단惹起鬧端의 준말이기도 하다. 야로, 야료, 둘 다 무슨 문제가 있기에? 아마 일본말인 '야지' 또는 그와 비슷한 표현으로 알았을 것이다. 야지野次,やじ는 '떠드는 짓'이나 '놀림'을 뜻하는 일본말이다. 한국에서는 흔히 '야지놓다' 형태로 쓰이는 표현 '야지'는 우리말 '헤살'로 바꿀 수 있는 말이다. 헤살은 일을 짓궂게 훼방함이다.

새벽 두 시는 새벽인가

새벽은 해 뜰 녘

새해는 새롭게 시작하는 해이다. 새해는 늘 '새 마음'을 갖게 하지만 서기 2000년의 첫 새해는 유난했다. 그냥 새해도 아니고 새천년의 첫 단추를 끼우는 새해였으니까. 이름하여 뉴밀레니엄, 새천년, 새 즈믄해가 열린 거다. 새해를 열면서 가장 바빴던 곳 가운데 하나가 방송사였다. '공식적'으로 새해 첫 해가 떴다는 남태평양의 키리바시에서부터 우리나라에서 '헌 천년'의 해가 가장 늦게 진다는 소흑산도 근처의 백령도에 이르기까지 안 간 곳이 거의 없었으니까. 어디 밖에서 뛴 사람들뿐일까. 서기 1999년 12월 31일 낮부터 이튿날 늦은 오후까지 스튜디오 곳곳에서 눈코 뜰 새 없었던 제작진도 바빴긴 매한가지다. 어쨌든 새해는 무사히 열렸고, 걱정했던 2000년 인식 오류 문제도 큰 탈 없이 지나갔다. 이른바 'Y2K 문제'[1]없이 방송 프로그램 또한 전파를 타고 잘 퍼져나갔고 …….

새해에 어울리는 말은 어떤 게 있을까. 여러 낱말 가운데 새벽은 어떨까. 그래, 먼저 새벽을 골라보자. 새벽을 새벽답게 쓰지 않는 이들이 많기에 그렇다. 새벽을 새벽답지 않게 한 보기를 넣 개 들어보자.

오늘 새벽 2시 인천 중구에서 화재 사고가 발생했습니다. (뉴스 기사)

---

[1] '2000년 문제'를 가리킨다. 영어 'year 2000 problem' 그러니까 Y는 연(年, year) K(엄밀하게 는 소문자 k)는 1,000을 나타내는 '킬로(Kilo)'의 뜻이다. 컴퓨터의 메모리가 비싸던 시절인 1960년대부터 데이터양을 줄이기 위한 방편으로 10단위 두 자리만 입력했기에 발생할 문제를 가리킨다. 1962의 경우 '62'만 썼기에 2000년 이후 '00'은 1900년으로 컴퓨터가 인식할 수 있었기 때문이다.

내일 새벽 1시, 기대하셔도 좋습니다. (텔레비전 프로그램 예고)

새벽이 아름다운 이유 (라디오 심야 프로그램 제목)

어디가 못마땅하기에 새벽답지 않게 새벽이란 말을 썼다는 걸까. 새벽의 정확한 뜻을 알면 궁금증이 풀린다. 사전을 찾아보자. '먼동이 트려 할 무렵'이 새벽의 뜻(한글학회 『우리말큰사전』 CD-ROM판, 1996)이다. 새벽은 먼동이 트려 할 즈음, 그러니까 해 뜰 녘을 이르는 말이다. 새벽은 심야深夜(깊은 밤)가 아니다. 당연히 자정을 넘긴 뒤의 밤시간을 이르는 말도 아니다. 그럼 위의 보기는 어떻게 바꿔야 좋을까.

오늘 오전 2시 인천 …… / 내일 오전 1시 …… / 한밤이 아름다운 이유

이렇게 바꿔야 정확한 표현이 된다. 깊은 밤시간을 새벽으로 만들 방법이 있긴 하다. 어떻게? 남극이나 북극에 가까운 백야 지대를 찾아가면 될 일이다. '먼동이 트려 할 무렵'인 새벽의 뜻풀이는 20세기까지의 일이다. 깊은 밤, 대개 자정을 넘긴 이후를 새벽이라 하는 쓰임이 많아지면서 '새벽 한 시' 따위의 표현도 사전이 인정한 것이다. 『표준국어대사전』은 새벽의 2번 뜻으로 '(주로 자정 이후 일출 전의 시간 단위 앞에 쓰여) 오전의 뜻을 이르는 말'을 추가했다. '흔히 특정 수사와 결합한 시간 단위 앞에 쓰여, 그 시간이 자정 이후부터 날이 밝을 무렵 사이의 이른 시간임을 나타내는 말'로 설명한 『고려대한국어대사전』의 경우도 마찬가지이다.

햇빛과 햇볕

새해에 어울리는 말 가운데 빼놓을 수 없는 게 '해돋이'란 말이 있다. 한자어 일출日出과 일몰日沒을 쓸 자리에 '해가 돋아온다'는 뜻의 해돋이, '해가 넘어간다'는 뜻인 해넘이. 이제부터라도 살려 쓸 좋은 우리말이다. 해 얘기를 꺼낸 김에 햇빛과 햇볕, 햇살 그리고 '햇님'에 대해 알아보자. 햇빛은 (바른 발음은 [해삐츤]) 일광日光과 같은 말로 뜻 그대로 해의 빛을 말한다. 햇볕은 (바른 발음은 [해뼈튼]) 해의 내리쬐는 기운, 사람의 얼굴을 까맣게 태우는 볕이다. 햇살은 해가 내쏘는 빛살(광채光彩)이고. 그럼, 햇님은? '해를 인격화해 높이거나 다정하게 일컫는 말'은 해님이 맞다. 당연히 발음도 [핸님]이 아니라 [해님]이라고 해야 한다.

의례 성대묘사라고 하는데

의례 · 의레, 케케묵다, 휴계실

백남봉, 남보원, '쓰리보이' 신선삼.

50대를 넘어선 사람이라면 모르는 이가 없는 사람들이다. 이름하여 '원맨쇼'의 대가들. 혼자서 북 치고 장구 치는 사람. 이런 재주를 두고 '혼자서 사물놀이[1] 한다'고 나름대로 일컫는 이도 있다. 이미 다 닳아빠진 이른바 '원맨쇼'를 들먹이는 건 'ㅏ' 다르고 'ㅑ' 다르단 얘기를 꺼내려고 해서이다. '원맨쇼'의 기본은 '성대묘사'라 한다. '성대묘사'는 '성대聲帶로 우리 귀에 들리는 모든 소리를 묘사한다'는 뜻으로 하는 말일 게다. '묘사描寫'는 그려내는 것이고 '모사模寫'는 흉내 내는 것이다. 어느 게 더 '원맨쇼'에 들어맞는 표현인가. 사전의 뜻풀이를 놓고 보더라도 '성대모사'가 바른 말이다. 'ㅛ'가 아니라 'ㅗ'가 맞는다는 얘기다.

이처럼 단모음이 들어갈 자리에 복모음을 쓰면 안 되는 보기를 몇 개 더 들어보자.

의례 · 의레, 게시판, 케케묵다, 휴계실.

으레,[2] 게시판, 케케묵다, 휴게실이 맞는 표기이다.

---

1. 우리 악기 4개 —북, 장구, 꽹가리, 징— 로 하는 연주. 흔히 '풍물놀이'라고 한다. '사물놀이'는 원래 '김덕수패'를 가리키는 고유명사였다. 1978년 그 패에서 꽹과리를 치던 김용배, 민속학자 심우성의 제안으로 붙인 이름이다. 심우성은 KBS에서 아나운서를 하기도 했다.

컴퓨터의 우리글 자판(글쇠)을 두들길 때도 시프트 키를 누르지 않고 치는 게 훨씬 편하다. 으레, 게시판, 케케묵다, 휴게실. 이 네 낱말은 시프트 키(윗글쇠 키)를 누르지 않고 쳐야 맞는 말이 찍혀 나온다. 굳이 새끼손가락 고생시켜 가며 의례, 계시판, 켸켸묵다, 휴계실이라고 칠 일은 없지 않은가. 케케묵다란 낱말을 쉬지 않고 10번만 찍어보자. 새끼손가락에 쥐가 날 정도 아닌가. 왼쪽 손가락이든 오른쪽 손가락이든.

삼가해 주십시요

주차를 삼가해 주십시요

깡패 — 조직 폭력배, 요즘은 그냥 '조폭'이라고도 한다 — 세계를 배경으로 다룬 영화 '넘버3'. 이 영화엔 '기특한 깡패'가 나온다. 일본 야쿠자의 '오야붕(왕초)'에게 독도는 우리 땅이라고 가르치는(?) 깡패다. "너희들 이제 내 앞에서 '쪽바리' 말 쓰지 말아! 오카네는 '쩐(전錢을 된소리로 읽음, 돈의 속어)', 사시미는 '연장(회칼을 뜻한다)', 오야붕은 '큰 형님'이라고 해!" 이렇게 '동생'들에게 준엄하게 타이르는(?) 깡패다. 이 말을 들은 야쿠자의 대사가 이어진다. "쪽바리란 말 삼가해 주십시오"라고. '삼가해 주십시오'라고? '삼가주십시오' 해야 맞다. '조심스럽게 하다, 조심하거나 하지 않다'는 뜻의 기본형은 '삼가다'이다. 그래서 바른 활용은 '삼가주십시오'이다.

어미 '—오'와 '—요'

'넘버3'가 일본말 찌꺼기의 칙칙함을 드러낸 것에 비하면 '해가 서쪽에서 뜬다면'이란 긴 제목의 영화는 한결 산뜻함으로 다가온다.

임창정(야구 심판이 꿈인 의무 경찰이다)은 연애편지를 쓸 때도 맞춤법을 꼭 지키는 '기특한' 인물이다. 하루는 후배 경찰에게 묻는다. "'오늘은 왠지'할 때 '우엔지'일까, '오앤지'일까?" 그래, 정답은 뭘까. '오앤지'인 '왠지'가 맞다. '왠지'는 '왜인지'의 준말이니까. 그럼, '웬'은 언제 쓰는 걸까. '어떠한, 어찌된'의 뜻일 때는 '웬'이 맞다. '웬일이니, 웬걸, 웬

떡이야' 할 때 쓰는 표현이다.

임창정(드디어 야구 심판이 되었다)은 데이트를 하면서도 주차 금지 표지판의 문구, '주차하지 마시요'가 틀렸다고 꼬집는다. '-요'는 '이오'의 준말로 받침 없는 말에 붙어 쓰이는 말이다. '이것은 나무요, 저것은 풀이다' 할 때처럼. 높임의 뜻을 담아 쓰는 종결어미는 '-오'가 맞다. 그래서 '주차하지 마시오' 해야 바른 문장이다. '-요'는 연결형, '-오'는 종결형. 이렇게 기억해도 크게 틀리지 않는다. 그럼 '주차를 삼가해 주십시요', '주차를 삼가주십시오' 둘 중에 어느 게 바른 표현일까. 그렇다, '주차를 삼가주십시오'가 정답이다.

제3부

한자말, 일본말, 국적도 없는 말

환각제이자 여주인공, 헤로인

영어 바로 쓰기

우리에게 이제 영어는 낯선 말이 아니다. 중고등학교 6년 동안 한시도 손에서 놓지 않는 것이 바로 영어 단어장이고, 대학 들어가서도 영어, 영어, 영어, 오직 영어 실력 쌓기에 여념이 없는 게 우리네 사회다. 조기[1] 교육에 대한 관심이 부쩍 늘면서 초등학교에서도 영어를 가르치기 시작했고 '그래야만 하는가' 따위의 시비는 이 자리에선 하지 말자. 그럴 자리가 아니니까. 어찌 되었건 세계화 바람과 함께 불고 있는 '영어 바람'은 가히 '태풍'급이다.

방송에 나오는 영어가 아무렇지도 않게 받아들여진 건 어제오늘의 일이 아니다. 방송에 출연한 사람도, 배경 무대에 쓰인 글자도, 심지어는 화면 밑에 흐르는 자막에도 영어가 판을 치고 있다. 영어 모르는 사람은 자신들이 만드는 프로그램을 볼 자격이 없다고 생각하는 걸까. 청각 장애인을 위한 수화 방송[2]을 꼬박꼬박 챙겨야 하는 방송사에서 말이다. 우리나라 국민 가운데 청각 장애인이 더 많을까, 영어를 모르는 사람이 더 많을까. 영어를 모르는 사람이 청각 상애인보다 아식은 훨씬 많은 게 우리나라다. 영어를 모르면 TV조차 제대로 볼 수 없는 나라가 바로 이 시대의 우리나라다.

괜찮다, 괜찮다, 다 괜찮다.

---

1. 조:기(早期)는 긴 발음이다. '조오기'란 얘기다. 짧은소리 '조기'는 물고기를 가리키는 말이다. 축구 동아리, '조:기(早起)' 축구회도 길다.
2. '수화 통역'은 대개 방송 화면 오른쪽 아래에 들어간다.

영어를 그렇게 함부로 늘어놓고, 써 내려가기도 다 괜찮다. 세계 공용어인 영어를 널리 퍼뜨린다는 게 꼭 나쁜 일이 아닐 수도 있으니까. 그런데, 제대로 알지도 못하고 내뱉는 영어는 괜찮지 않다. 정말 괜찮지 않다.

영화 여주인공은 히로인?

영웅을 영어로 하면 히로hero. 남자 영웅은 역시 히로. 그렇다면 여자 영웅(여장부, 여걸), 여자 주인공은 히로인? 아니다. 헤로인heroine이다. '여주인공'을 영어로 하는 것까지는 좋은데 '히로인'은 아니다. 이런 말은 영어에 없으니까. 여주인공, 여걸을 뜻하는 영어 헤로인heroine은 환각제 '헤로인heroin'에 영어 철자 'e'가 더 붙은 낱말이다. 우리말로나 영어로나 발음은 똑같지만 말이다. 영어 쓰려면 바로 알고 쓰자. 뇌새[惱殺][3] 시키는 여주인공은 때로 '뽕' 맞은 것만큼이나 남자들을 설레게 할 때도 있으니, 뽕[4]–헤로인과 여주인공의 발음은 같다고 익혀두는 것도 좋은 방법이다.

'여자 주인공을 이르는 외래어는 말은 헤로인이다' 끝. 이러면 좋았을 것을 『표준국어대사전』에 여주인공의 뜻으로 '헤로인'은 나오지 않는다. 국립국어원이 운영하는 온라인 개방 사전 『우리말샘』은 같은 뜻으로 '히로인'을 제시한다. Heroine의 발음은 [heroʊɪn]이고, 이를 한글로 옮기면 '헤로인'이 맞다. 문제는 필자도 한때 위원으로 활동했던 '정부·언론 외래어 심의 공동위원회'에서 외래어 표기를 '히로인'으로 결정했다. 2016년 6월 29일 제127차 회의 때의 일이다. '헤로인'이라고 하면 마약과 동음어여서 그랬을 것이라 추측한다. 그릇된 표기인 '히로인'이 널리

---

3. '뇌살'이 아니다. '몹시 애타고 괴롭게 함'의 뜻인 이 낱말에서 살(殺)은 쇄로 읽는다.
4. 환각제의 하나인 히로뽕([일본어]←hiropon)에서 나온 말. 환각제 ─ 히로뽕, (흡입용) 본드나 부탄가스 따위 ─ 를 두고 이르는 속어(俗語).

쓰인다는 ‘관용 존중’을 앞세웠기 때문일 수도 있다. 온라인으로 제공하는 『고려대한국어대사전』과 여러 종이사전은 여전히 ‘헤로인’을 표제어로 삼고 ‘1번 뜻’으로 마약을 ‘2번 뜻’으로 여주인공이라 설명하고 있다.

아이들은 몰라도 되는 한자말 표지판

쓰레기 투기

고속도로를 달려 여행하다 보면 별것도 아닌 것에 눈길이 간다. 수원에 다녀올 때 눈길을 끈 푯말 하나를 보기로 들어보겠다.

'쓰레기를 투기하는 자는 법규에 따라 벌금 100만 원에 처함'이란 문구가 바로 그것이다. 이 문구도 정확히 표기하려면 '쓰레기를 무단으로 투기하는 ……'으로 해야 한다. 쓰레기를 쓰레기통에 버리는 게 위법은 아니지 않은가. 그건 그렇다 치고 이 협박성 문구가 뜻하는 바는 충분히 헤아리고도 남음이 있다. 그래도 왠지 괘씸한 마음 금할 길이 없다. 푯말 문구 그대로를 풀어 보면 '쓰레기를 버리는 놈은 우리가 정한 법에 따라 100만 원을 내야 한다'라는 얘기 아닌가. 같은 말을 하더라도 이렇게 했으면 어떨까. '쓰레기를 함부로 버리는 분은 벌금 100만 원을 물어야 합니다'라고 말이다.

쓰레기를 버리고 거두어 가는 일조차 높으신 양반 위주로 되어 있는 게 우리나라이다. 적어도 말만 놓고 보면 그렇다. 이른바 '관 주도 행정'이 골간을 이루고 있다는 얘기다. 쓰레기 분리수거 — 이 말도 행정기관이 주체임을 드러내는 말이다. '분리수거分離收去'는 '나누어서 거두어 간다'는 뜻이다. 이 말도 제대로 하려면 '분별 수거分別收去'가 되어야 하지만, 이것까지 트집 잡을 생각은 없다. '분리'든 '분별'이든 나누어 버리는 건 우리 시민들이니까. 문제는 '수거收去'에 있다. '거두어 간다'는 쪽에 무게 중심이 실려 있는 낱말이다. 시민을 앞세우지 않고 행정부가 주체라는 발상이 아쉬운 '쓰레기 분리수거'. 그래도 세월이 흐르면 조금씩 나아지리라는 바람을 안고 살아 보자. 내일이 되면 또 내일의 해가 뜬다는 말도 있잖은가.

서행 …… 서쪽으로?

나는 한동안 우리나라에 서쪽으로 가는 길이 제일 많은 줄 알았다. 국민학교 — 지금으로 따지면 초등학교 — 2학년 때까지 그랬다. '서행'이란 표지판이 길 중간중간에 잊을 만하면 서 있었으니 말이다. 이렇게 '오해'했던 사람이 어디 나 하나뿐이었겠는가. 한자로 만든 말은 이제 쉬운 우리말로 바꾸어 가자. '우회'와 '서행' 따위의 말을 쉬운 말로 바꾸자. 한자 없이 그냥 쓰면 '오른쪽으로', '서쪽으로'라는 뜻이 되기도 하니까. '돌아가시오', '천천히'라고 하면 될 말이다. 교통 정보를 알려주는 리포터들도 이제 '원거리 우회하시기 바랍니다 ……', '서행하셔야 한다 ……'는 '리포트'를 그만둘 때가 되었다. 리포터들은 이른바 한자 세대가 아니라 한글세대 아닌가. '(다른 길로) 돌아가시기 바란다', '천천히 가셔야 한다'로 하면 뜻도 잘 전해지고, 듣기도 편할 게다.

도로에 꽂혀 있는 어설픈 푯말 문구의 보기는 또 있다.

'사고 다발 지역'이란 교통 표지판이다. '다발多發'은 '(같은 시간에, 한꺼번에) 많이 발생한다'는 뜻이다. 연쇄 충돌(추돌)사고가 아닌 다음에야 무더기로 사고가 날 일이야 있겠는가. '사고 빈발頻發 지역'이라고 해야 적절한 표현이다. 정말 바람직한 문구는 '사고 잦은 곳'이다. 고가도로高架道路는 [고가도로]로 읽는다. 고까도로라고 하면 비싼 길(高價道路)이 되어버린다. 하긴 고가도로엔 공사비깨나[1] 들어가야 할 터이니 고까도로일 수 있겠나.

---

1. 이름씨 밑에 붙어 '어느 정도'의 뜻을 나타내는 도움토(조사). '꽤나'가 아니다.

한자 좋아하다 망신당한 방송인

춘래불이춘

봄이다. 하지만 지금이 춘삼월 호시절은 아니다. 춘삼월은 봄이 끝날 무렵인 음력 삼월을 이르는 말로 초여름의 산들바람 부는 철을 이르는 말이다. 양력 삼월에 쓸 수 있는 말이 아니란 이야기다. 오뉴월도 음력 오월과 유월을 가리키는 말이니 한여름, 그러니까 양력 칠월이나 팔월을 뜻한다. 그래서 '오뉴월 감기는 개도 아니 앓는다'라는 말이 나왔다. 어쨌든 봄이다. 봄이면 빼놓을 수 없는 실화實話가 있다. 어느 방송인지 말할 수는 없지만 오래전 어떤 방송 진행자가 문자 쓴답시고 '춘래불이춘' 이라 했던 일이 바로 그것이다. '봄은 왔건만 봄 같지 않다'는 곧, 계절이나 절기는 제때 왔지만 거기에 어울리는 상황이 아니라는 말의 한자어인 춘래불사춘春來不似春의 사似를 이以로 잘못 알고 써서 망신당한 일이다. 쉬운 우리말 썼으면 아무 탈 없었으련만 괜히 현학衒學[1]하려다 망신당한 일이다.

'춘래불사춘'은 전한前漢때 흉노족의 임금의 아내로 선발되어 끌려간 왕소군王昭君을 두고 노래한 시의 한 구절에 나온 말이다. 요즘은 앞서 보았듯이 상당히 광범위하게 쓰이는 말이다. '봄은 왔지만 봄 같지 않다'고 느끼는 이에게 봄의 기운을 전하려면 어찌해야 할까. 개나리나 철쭉, 수선화 같은 봄꽃 한 다발을 안겨 주던가, 떨어진 입맛 돋워주는[2] 맛깔스러

---

1. 학문이 있음을 자랑하여 뽐냄.
2. 돋우다: 기분이나 느낌, 욕구 따위를 부추기거나 일으키다. 흔히 쓰는 '돋구다'는 안경을 '돋구다'라고 할 때 쓰는 말이다.

운 봄나물을 권하는 것도 한 방법이 될 게다. 봄꽃 하면 대개 개나리, 진달래, 철쭉, 그리고 제주의 유채꽃을 떠올리게 마련이다. 예스러운 걸 즐기는 이들은 매화쯤을 꼽을지도 모르고. 빠질 수 없는 꽃이 또 있다. 진해의 꽃놀이로 유명한 벚꽃이다. 봄날 살랑이는 봄바람에 흔들리는 꽃에 어울리는 우리말을 짚어보자.

꽃봉오리, 산봉우리

꽃은 봉오리와 몽우리와 망울에서 비롯한다. 봉우리나 몽우리 또는 멍울과 꽃은 물론 나란히 할 수 없는 사이이다. 그렇다. 망울만 맺히고 아직 피지 않은 꽃을 꽃봉오리라 한다. 꽃봉오리의 준말이 봉오리이고, 어린 꽃봉오리를 꽃망울이라 한다. 망울은 꽃망울의 준말이고, 몽우리와 같은 말이다. 봉우리는 산봉우리의 준말로 산의 뾰족하게 솟아오른 머리를 이르는 낱말이다. 몽오리는 몽우리의 오기誤記이고 멍울은 둥글게 엉기어 뭉쳐진 굳은 덩이, 또는 살가죽이나 림프샘 따위에 둥글게 엉기어 굳은 덩이를 가리키는 말이다. 멍울의 작은 말이 망울이기는 하지만 그렇다고 꽃망울의 큰말이 꽃멍울은 아니다. 봉오리–봉우리, 몽우리–몽오리, 망울–멍울. 헷갈린다. 이것저것 모두 알려 하면 괜히 혼란스러우니 꽃봉오리와 산봉우리만 기억해 확실히 쓰는 것도 나쁘지는 않겠다.

방년, 묘령

꽃에 어울리는 말은 봉오리, 몽우리, 망울이라고 했다. 꽃에 어울리는 낱말은 또 어떤 게 있을까. 노래패 이름으로 널리 알려진 꽃다지가 있다. 꽃다지는 봄철에 노란 꽃이 피는 식물 이름이기도 하지만 오이나 가지, 참외 따위에 맨 처음 열린 열매를 뜻하기도 한다. '꽃띠'는 그럼 어떤 말일까. 굳이 설명하지 않아도 어떤 뜻인지 앎 직한 낱말, '한창 젊을 때의 나이를 이르는 말'이다. 방년芳年(이십 전후의 한창나이)이나 묘령妙齡과 비슷한 표현이다. 묘령은 '스무 살 안팎의 여자 나이'로 뜻이 좁아지기는 한다. 꽃나이란 말도 있다. 여자의 한창 젊은 나이를 비유하는 말이다.

꽃이 들어가는 말 가운데 눈살 찌푸리게 하는 말도 없지는 않다. 꽃뱀과 꽃제비가 그렇다. 꽃뱀은 '남자에게 짐짓 접근하여 몸을 맡기고 금품을 우려내는 여자'를 일컫는 곁말이라고 한글학회판 『우리말큰사전』은 풀이하고 있다. 속칭 '제비'와 한 부류인 여자를 가리키는 말쯤 되겠다. 그럼 '꽃제비'는? 북한과 중국의 국경지대에서 하루살이로 근근이 살아가는 탈북 소년을 현지에서 가리키는 신조어新造語이다. '꽃제비'란 말에는 꽃의 아름다움도 '꽃뱀'이나 '제비'의 환락이나 부도덕함도 전혀 담겨 있지 않다. 북쪽의 '꽃제비'들이 수제비라도 배불리 먹을 수 있으면 좋겠다는 생각을 하면 가슴이 아프다. '꽃제비'[3]는 시대의 아픔이다.

화훼

---

3. 꽃제비의 어원에 대해서는 정확히 알려진 게 없다. 북한은 이들의 존재 자체를 공식적으로 부인하고 있으며, 북한 사전 등에도 이 단어가 올라 있지 않다. 꽃제비라는 말은 1990년대 중반부터 주민들 간에 유행된 신조어이다. 꽃제비라는 용어의 연원에 대해서는 여러 의견이 존재한다. 2001년 3월 발표된 북한의 장편소설 『열병광장』에 꽃제비에 대한 설명이 등장한 바 있다. 이 소설에서 넝마 같은 옷을 입고 시장 바닥을 헤매는 집 없는 아이들을 꽃제비로 부르고 있는데, 소설은 이 말이 이미 광복 시기부터 쓰였고 러시아어에서 변형된 것임을 보여주고 있다. 이 소설에 따르면 꽃제비의 어원이 "소련사람들이 유랑자, 혹은 유랑자들이 거처하는 곳을 가리켜 말하는 '코체브니크(КОЧЕВНИК)', '코제보이(КОЧЕВОЙ)', '코제비예(КОЧЕВЬЕ)'라는 말을 (아이들이) 제멋대로 해석하고 옮긴 것"이라고 그 어원을 밝히고 있다. 이 외에도 중국조선족에 따르면 꽃제비의 제비는 '잡이·잽이'로, 낚아챈다는 의미라는 주장이 있는가 하면, 중국말로 거지를 의미하는 '화자(花子)'에서 '꽃'이라는 말이 유래한다는 설도 있다. 식량난과 경제난이 심화되던 1990년대 중반부터 꽃제비가 급증하였다. (『한국민족문화대백과』, 한국학중앙연구원)

방송과 신문 기사에 나오는 화훼라는 말도 있다. 보통 사람은 잘 쓰지 않는 화훼花卉(꽃 화, 풀 훼)의 뜻은 꽃이 피는 풀이다. 그래서 기사 제목인 '화훼 농가 수출 전망 밝아'나 '양재동 화훼 상가'는 '꽃 재배 농가 ……'와 '양재동 꽃 상가'로 바꿔 표현하는 게 좋겠다. 어려운 한자어 화훼의 남용은 삼가야 할 일이다.

여관에서 만납시다

동음이의어의 코미디

온갖 프로그램을 다 해보았다. 라디오와 텔레비전의 갖가지 프로그램을 두루 맛보았단 얘기다. 누구라도 '아 그 프로그램 ……' 하며 고개를 끄덕일 대단한 프로그램은 아니더라도 말이다. 라디오의 시각 고지[1]부터 중계차와 시경 교통 정보, 그리고 야구 중계에서 이른바 MC까지. 텔레비전의 리포터나 뉴스 캐스터, MC나 스포츠 캐스터에 이르기까지 말이다. 모두 다 내겐 값진 경험이다. 이렇듯 두루 섭렵한 프로그램 가운데 〈퀴즈 아카데미〉란 게 있다. 〈장학 퀴즈〉도 있고. 한때 문화방송의 대표적인 이른바 아카데믹 퀴즈 프로그램을 한 셈이다. 젊은이들의 톡톡 튀는 감각과 번득이는 재치와 함께 할 수 있어서 특히 좋았다.

〈퀴즈 아카데미〉엔 '스피드 퀴즈'란 꼭지가 있었다. 60초 동안 짝 가운데 한 명은 낱말을 설명하고, 또 한 사람은 답하는 꼭지다. 설명이 만만하지 않으면 '통과'를 외치는 바로 그 꼭지다. 뜻밖의 설명과 답이 이어질 때가 적잖았다. 그 가운데 기억나는 몇 대목을 떠 올려 보자. 짝을 이룬 학생 가)가 설명하고 나)가 답한다.

가) 절에 가면 볼 수 있는 것. 왜 있잖아, 머리 빡빡 깎고…….

나) (자신 있는 표정으로 당당하게 답한다) '중'.

실로폰) 땡!!

---

1. '지금 시각은 몇 시 몇 분입니다'라고 말하는 것. 그냥 시간을 알려주기 위해 하는 '멘트'가 아니다. 시각 고지는 다음 프로그램으로 넘어간다는 신호이기도 하다.

가, 나) (동시에 한숨 내쉬며) 아아 …….

주최 측(제작진)이 제시한 낱말은 '스님'이었다. '중'이나 '스님'이나 거기서 거기, 같은 뜻이긴 하다. '중'이나 '스님'이나 '승려', '도승' 모두 '절에 살면서 불도를 닦는 사람'이다. '중'은 격을 좀 낮춰 부르는 것뿐이다. 그래도 '중'을 맞게 해야 한다고 우기는 사람은 아무도 없었다. 출연 학생도, 응원단도 그냥 머쓱한 표정을 지었을 따름이다. 그도 그럴 것이 '스피드 퀴즈'는 뜻이 아니라 제시한 '낱말'을 답하는 꼭지인 까닭이다. 이번엔 '모²로 가도 서울만 가면 된다'를 실천한 보기를 든다. 역시 가)가 설명하고 나)가 답한다. 여학생이 가), 남학생은 나)다.

문제 1.
가) 키스를 한자 성어로 하면, 네 자(4字).³
나) 설왕설래舌往舌來.
실로폰) 딩동댕 …… (정답).
문제 2.
가) 자기, 나 매일 어디 앞에서 만나지? (손가락 펴 들며) 두 자 …….
나) (아무 거리낌 없이) 응, '여관'.
실로폰) 딩동댕 …….
출연자, 방청객 모두) 함성과 웃음의 도가니 …….

제시 낱말은 물론 '설왕설래'와 '여관'이다. 출제 의도는 '설왕설래說往說來'와 '여관女館'이었지만 말이다. 그렇더라도 흠잡을 데 없이 완벽한 '정답'이다. 동음이의어同音異義語를 답하면 안 된다는 법이 퀴즈 아카데미에는

---

2. '모'는 주로 '모로'의 꼴로 쓰여 옆쪽의 뜻을 나타냄. 보기) 모로 눕다.
3. '4자(字)'는 '넉 자[넉:–]'로 하는 게 표준말이다. '석 자(3字)[석:–]'도 마찬가지다.

없었으니까. 문제는 그때 TV를 지켜보던 시청자들의 생각이다.

둘이 보통 사이가 아닌 게 틀림없다. 분명 '그렇고 그런 사이'다. 그래도 그렇지 나 같으면 떨어지더라도 '통과'하고 말겠다. 상금과 상품에 눈이 멀어도 단단히 멀어 버렸다.

뻔뻔한 청춘들 ……, 쯧쯧쯧.

이렇게 '가볍게' 생각한 이는 '상상력의 빈곤'을 탓해야 한다.

둘이 보통 사이가 아닌 건 틀림없다. 뽀뽀가 아닌 '진한 키스'를 떠벌린 게 그렇고, 하루도 빼놓지 않고 만난다는 것이 그 확증이다. 하지만 만나는 곳은 '그렇고 그런' 여관旅館이 아니었다. '여관女館', 여학생 회관이었다. 여학생 회관을 두 자로 줄여 '여관'이라고 했다는 거다. 실망(?)하시었는가. 그래도 뭔가가 있기를 바랐는데 ……

내음, 보듬다

'중'과 '스님', '여관旅館'과 '여관女館'을 되짚은 까닭은 다른 데 있다. 말이야 되든 안 되든, 틀린 말이든 비속어든 뜻만 통하면 된다는 생각은 이제 접을 때가 되었다. '절에 사는 사람'을 '중'이라 하면 손해 보는 세상을 탓하는 건 이 자리의 얘깃거리가 아니다. 기왕이면 '스님'이라고 높여 일컫는 게 바람직하다고 생각하니까. 하지만 '모로 가도 서울만 가면 된다'는 마음가짐은 되돌아볼 때가 되었다. 이제 우리도 먹고살 만하니까. 그래서 삶의 질에도 눈을 돌릴 때가 되었으니까. 그래서 또 말(言語) 다운 말을 해야 대접받아야 할 때가 되었으니 말이다.

1988년에 문교부가 고시한 한글 맞춤법과 표준어 규정에 밝힌 표준어의 뜻매김(定義)은 이렇다.

교양있는 사람들이 두루 쓰는 현대 서울말.

146

이전 표준어의 정의는 '표준말은 대체로 현재 중류 사회에서 쓰는 서울말로 한다'[4]였다. 언뜻 보면 별로 달라진 게 없는 듯도 하건만 그게 아니다. '교양 있는 사람'이 쓰는 말이 표준말이다. 뒤집어 따져 보면 표준어를 제대로 쓰지 못하는 이는 '비교양인'이란 얘기다. 대통령, 국회의원, 장군, 대학교수, 회장님 가릴 것 없이 표준말을 제대로 못 하면 '교양 없는 사람'이 되어버린다는 뜻이다. 표준어 규정 1장에 따르면 그렇다.

고향 사람 만나 사투리로 정담 나누는 모습은 보기 좋다. 그렇다고 아무 데서나 사투리를 거침없이 내뱉는 일이 바람직한 건 아니다. 똑같은 사투리지만 때와 장소는 가려 써야 한다는 얘기다. 우리 조상의 숨결이 숨 쉬는 방언도 엄연한 문화유산이다. '냄새'보다는 '내음'이, '끌어안다'의 느낌보단 '보듬다'의 그것이 맛깔스러울 때도 있는 법. 이를 아끼고 제대로 살려서 후세에 물려주는 일 또한 결코 소홀히 할 수 없는 일이긴 하다. 그래도 쓸 때와 삼갈 때는 가려야 하는 거 아닌가. 다른 데도 아니고 더욱이 방송에선 말이다.

---

4. 조선어 학회가 1933년 '한글 맞춤법 통일안' 총론 제2항에서 정한 표준어 사정 원칙. 1988년 문교부가 국어 어문 규정을 개정 고시하기 전까지 '맞춤 / 마춤'은 뜻에 따라 표기가 달랐다. '일정한 규격으로 물건을 만들도록 미리 주문하여 만듦'은 '마춤', '서로 떨어져 있는 부분을 제자리에 맞게 대어 붙임'은 '맞춤'이던 것을 '마춤'을 버리고 '맞춤'만 쓰도록 하였다(한글 맞춤법 6장 제55항).

'하고 회' 먹자

아나고는 붕장어

결혼식을 마치고 갓 부부가 된 사람이 함께 가는 여행. 외래어 허니문ʰᵒⁿ⁻ᵉʸᵐᵒᵒⁿ, 이 말을 한자어로 옮긴 밀월여행蜜月旅行과 동의어인 '신혼여행'을 풀이한 설명문이 참으로 건조하다.

신혼여행. 바다 건너가 첫날밤을 맞는 이들도 있지만 구석구석 정겨운 이 강토를 누비며 신혼의 달콤함을 나누는 이들도 있다. 그래서 인천공항과 김포공항의 문턱 또한 쉴 날이 없다. 신혼 첫 아침을 동해에 떠오르는 태양 맞이로 시작하려는 기특한(?) 생각의 한 신혼부부. 전망 좋은 바닷가에 숙소를 정한 이들의 대화를 살짝 엿들어보자. 해는 아직 떠 있다. '첫날밤'은 아직 더 기다려야 하는데 …….

> 신랑: 우리 '아나고 회' 먹을까?
> 신부: 아니 '하고 회' 먹어.

'아나고 회'를 먹자고 제안한 신랑의 말을 '(무엇무엇을)안 하고' 회를 먹자는 뜻으로 받아들인 신부의 볼에 홍조가 띠었음 직하다. 무슨 말이냐고? 신랑은 '생선회'의 종류를 얘기했건만 신부는 '일(?)의 우선순위'로 오해했다는 말이다. 이렇게 설명해도 머리만 갸우뚱한다면 나도 어쩔 수 없는 일이다.

말은 커뮤니케이션의 수단이다. 자신의 뜻을 정확히 상대방에게 제대로 전달하는 게 대화의 목적이다. '아나고 あなご, 穴子'와 '안(아니) 하고'의

148

발음이 비슷한 탓에 '동문서답'의 결과가 나왔다. 신랑이 '아나고'를 걸러내지 못한 게 문제였다. 말머리는 부드럽게 시작했는데 몸통 쪽으로 가면서 너무 딱딱해지는 건 아닌지 모르겠다. 아무튼, 일본말인 '아나고'의 우리말은 '붕장어'이다.[1]

껍질과 껍데기

그 신혼부부가 붕장어회를 제대로 먹었는지, '하고' 먹었는지, '안 하고' 먹었는지 확인할 길은 없다. 어쨌거나 어둠 깔린 바닷가로 나선 신랑과 그의 각시. 서로 상대의 허리와 어깨를 감싸 쥐듯 손을 두르고 나란히 산책한다. 둘의 뜨거운 마음을 아는지 모르는지 파도는 쉬임 없이 밀려왔다 나가고 ……. 파도에 밀려온 예쁜 조가비를 주워 든 신부가 콧소리 섞어가며 한마디.

어머, '조개껍질' 예쁘다 …….

조개껍질이 예쁘다? 글쎄, 이 또한 그냥 넘길 수 없는 표현이다. 뭐가 문제? '껍질'이 걸린다. '아나고 회' 때문에 '밝히는 여자'가 되어버린 신부는 '껍질'과 '껍데기'도 구별 못 해 신랑에게 또 한 소리 들어야 했다. 조개의 기죽은 '껍데기', 귤이나 사과의 거죽은 '껍질'이나. 딱딱한 건 '껍데기', 물렁한 건 '껍질'로 이해하면 된다.

---

1. 전남, 경남 등 넓은 지역에 분포하고 있는 밀로 '붕장어'가 있습니나. 이 밀이 '아나고'를 가리키는 우리말 표준어입니다. 정약전(丁若銓)의 『자산어보(茲山魚譜)』(1815)에 따르면 '아나고'의 우리나라 한자어 이름은 '해대리(海大鱺)'이며 속음으로는 '붕장어(䱋長魚)' 입니다. 여기에서 '붕(䱋)'은 취음(取音) 표기이므로 한자어가 아닙니다. 이 '붕장어'는 사전에 표준어로 올라 있으며, 『국어 순화 자료집』(국립국어연구원, 1991)에도 '아나고 회'는 '붕장어회'로 고쳐 쓰도록 하였습니다. (국립국어원 〈온라인 가나다〉)

쭈꾸미와 꼼장어

다른 날도 아닌 신혼여행 첫날 '조개껍데기' 따위로 마음 돌아설 신랑이
어디 있을까. 우리 주인공 신랑도 물론 너그러운 마음으로 신부의 '우리말
무심증無心症'을 잘 받아주었다. 어느새 신부는 조개껍데기 하나 주워들고
저만치 앞장서 깡충거리며 뛰어간다. 육십년대 영화의 주인공처럼 '나
잡아봐~라~~'할 듯이. 분위기 제대로 파악한 신랑, 괜히 비틀거리며
신부의 꽁무니만 뒤따른다. '잡힐 듯이 잡힐 듯이 잡히지 않는' 신부와
까르르 웃음을 섞어가며 말이다. 그렇게 모래밭을 한동안 주유周遊하던
두 사람, '삼십 촉 백열등'이 손짓하는 포장마차로 이끌리듯 들어간다.

> 신랑: 자기 뭐 먹고 싶어?
>
> 신부: (아주 조심스럽게, 또 틀릴세라 신랑의 눈치를 봐가며) 붕장어회
>
> 말고, 쭈꾸미나 꼼장어 먹자, 응?

뭐, '쭈꾸미'에 '꼼장어'라고? 신랑의 얼굴에 어둠이 드리워진다. 차라
리 오징어나 해삼, 멍게를 먹겠다 했으면 아무 탈 없으련만, 신부의
독특한 입맛을 우리말 실력이 따라가지 못하는 게 안타깝다. '낙지과의
연한 동물. 모양이 낙지와 똑같으나 몸이 더 짧고 둥글며, 맛이 그만
못한(『한 플러스 국어사전』, 성안당) 연체동물은 '주꾸미'가 맞다. 그렇다
면 '꼼장어'의 바른말은 '곰장어'일까. '먹장어를 일상적으로 이르는 말'
(『표준국어대사전』)이 '곰장어'이니 사전을 따르자면 '먹장어'라 해야
제대로 된 말이 되는 셈이다.

이제 신부는 할 말이 없다. 아니 말을 하고 싶어도 주눅이 들어 제대로
입 벙긋 못할 처지가 된 게다. 풀이 죽어 있는 신부를 안쓰럽게 바라보면

신랑이 어렵게 입을 연다. 어색한 웃음을 흘리면서 ······.

신랑: 자기야, 틀린 거 알았으면 됐어! 앞으로 안 그러면 되지 뭐.
우리 출출한데 모밀국수 먹으러 갈까?
신부: 뭐, 모. 밀. 국. 수?

신부의 눈에 빛이 난다. 이제 반격의 기회를 잡았으니까 말이다. 연패連敗
끝에 반전을 꾀할 수 있는 대목이다. '모밀국수'가 아니라 메밀국수가
맞는다는 걸 신부는 MBC의 〈우리말 나들이〉 프로그램을 통해 알고
있었다.

신부: 찹쌀, 멥쌀이 있듯이 밀에도 멥밀(메밀)이 있다는 거 몰라?
이효석의 소설 '메밀꽃 필 무렵'도 안 읽어봤구나, 자기는 ······. 메밀국수,
메밀묵이라고 해야지!!

그렇다. '끝이 좋으면 모든 게 좋다Ende gut ist alles gut'는 독일 속담을
좌우명으로 간직한 신부가 야무지게 마무리한다. 앞으로 '미싯가루' 타
달라, '알타리 김치' 먹고 싶다, '찌게' 끓여 먹자 ······. 이러면 안 돼!!
미숫가루, 총각김치, 찌개라고 해야 하는 거 잊지 마!

서더리탕, 복지리

'어물전 망신은 꼴뚜기가 시킨다'는 말이 있다. '과물전(과일가게) 망신
은 모과가 시킨다', '둠벙(웅덩이의 사투리) 망신은 미꾸라지가 시킨다'도
같은 의미를 담고 있는 말이다. 못난 것일수록 그와 함께 있는 동료를
망신시킨다는 뜻이다. 꼴뚜기와 모과, 미꾸라지가 듣는다면 기가 막힐

얘기다. 자신들을 형편없는 미물로 취급한 셈이니 말이다. 죄 없는 꼴뚜기나 모과, 미꾸라지는 왜 그런 대접을 받게 되었을까. 모르긴 몰라도 그들의 생김새가 사람의 잣대로 보았을 때 보잘것없어서 생긴 속담이 아닐까 싶다. 어쨌거나 꼴뚜기는 이렇게 말할지 모른다. '크기나 맛이 낙지보다야 못하지만, 주꾸미보다는 내가 낫다'라고.

볼품은 물론 없고 꼴뚜기나 주꾸미에 견주어 별 쓸모없는 게 있다. 서덜이다. 횟집 차림표에 나오는 '서더리탕'의 재료가 되는 게 바로 서덜이다. 서덜은 무엇일까? 생선살 발라서 회 떠내고 남은 뼈, 대가리 따위를 이르는 말이다. 그래서 '서더리탕(규범 표기는 서덜탕)' 먹으면서 생선살 뒤지는 이나 '서덜은 어떤 생선이냐'고 묻는 이는 뭘 모르는 사람이다.

쫀득쫀득하게 섭히는 생선살을 맛보려면 얼큰한 복매운탕이나 '복지리'가 제격이다. '복+매운+탕'이 복을 넣어서 맵게 끓인 탕이라는 건 쉽게 알겠는데, '복+지리'는 무슨 뜻일까. 음식 이름 '지리'는 국어사전을 아무리 뒤져도 나오지 않는 낱말이다. '지리'는 일본어이니까. '지리[5)]'는 생선이나 두부 따위를 넣어 삶아서 초간장에 찍어 먹는 냄비 요리를 가리키는 일본어이다. 얼큰한 것은 매운탕이라 하니, 그렇지 않은 것은 '싱건탕'이나 '맑은탕'이라 하면 어떨까. '싱건탕'은 『국어순화용어자료집—일본어투 생활 용어』(1997)에 나온 것이고 '맑은탕'은 '국립국어원 제14차 말다듬기위원회 회의'(2013. 4. 24.) 결과이다. '싱건탕' 세력은 십여 년 만에 싱겁게 꼬리를 내린 셈이다.

오뎅을 허하라

돋구다, 돋우다

얼큰한 걸 좋아하는 이가 아니더라도, 매콤한 국물에 갖은양념을 한 짬뽕 한 그릇이 생각날 때가 있을 것이다. 고량주 한 잔 곁들이면 더 좋고 굳이 짬뽕이 아니어도 좋다. 입맛을 돋울 만한 무엇이라도 있으면 그게 어딘가. 입맛을 돋우는 음식이라고 했다. 이 문장이 어딘지 모르게 낯설다는 느낌이 들지 않으시는지. '입맛을 돋구다'는 어떤가. 입맛에 맞으시는가?

> 입맛을 돋우다.
> 입맛을 돋구다.

위 두 문장 가운데 어느 게 맞는 말일까. 눈치 빠른 이는 위 문장을 골랐을 게고, 고집 센 누구는 아래 것을 찍었을 것 같다. 정답은 '입맛을 돋우다'이다. '(의욕이나 흥미 따위를) 더 나게 하다'는 뜻은 '돋우다'이다. '돋구다'는 '(안경의 도수 따위를) 더 높게 하다'는 뜻이다. 사람 열받게 만드는 일도 '화를 돋우는' 일이다.

눈치 빠른 이가 정답을 맞혔을 거라고 했다. 이 꼭지를 읽어 내려오면서 눈치챈 이상한 낱말은 없는가. 있다, '짬뽕'이 그렇다. 제목에서부터 따옴표로 꽁꽁 묶어 놓은 말이 바로 '짬뽕'이니까 말이다. 결론부터 말하자. '짬뽕'은 일본말이다. 그것도 오리지널 일본말이다.

짬뽕

'짬뽕ちゃんぽん, Champon: 한데 섞음. 중국 요리의 하나' 우리말 사전의
뜻풀이가 아니다. 일본어 사전의 뜻풀이다. 뜻도 발음도 우리가 알고
쓰는 우리 것과 같지만, 엄연한 일본말이다.

중국 음식 초마면炒碼麵, ChaoMaMian이 원조인 우리나라의 짬뽕과 일본
짬뽕ちゃんぽん의 맛은 모두 다르다. 우리나라의 짬뽕은 물론이고 중국의
짬뽕(초마면)도 먹어보았다. 일본 것은 '나카사키 짬뽕'으로 알려진 음식
이다. 우리 것에 비해 중국 것은 매운맛이 덜하고 야채가 많이 들어간다.
동양 3국의 짬뽕 맛 비교는 미식 전문가의 몫일 터, 본론으로 돌아가자.

우리가 쓰는 모든 말을 토박이말로 바꿀 수는 없다. 고유명사처럼
섣불리 바꾸면 안 되는 말도 있다. 짬뽕은 어떻게 하면 좋을까. 어렵지
않다. 그냥 '짬뽕'을 인정하면 된다. '오뎅'처럼 일본에서 유래한 음식인데
'오뎅'은 솎아내야 한다며 목소리 높이는 이가 '짬뽕'을 두고는 아무
소리 하지 않는 것도 이상하기는 하다.

'다쿠앙たくあん, 沢庵'을 대체한 단무지가 있다. 따지고 보면 일본 음식
타쿠앙과 우리가 먹는 단무지는 다른 것이다. 한국의 단무지는 '초절임'
방식으로 만들어 촉촉하고 일본의 다쿠앙은 '쌀겨 절임' 방식으로 만들어
꾸덕꾸덕한 편이다. 일본의 다쿠앙이 한국에서는 단무지로 변신한 것이
다.

다쿠앙과 단무지는 다르다

'단무지'라는 새 낱말을 만든 이는 누굴까. 자료를 찾아보니 '다쿠앙たく
あん, 沢庵'을 '단무지'로 순화하자는 기사가 나온다. (동아일보, 1955년 8월
5일) '냄비국수(나베우동)', '나무도시락(오리벤또)', '생선회(사시미)',

'초밥(스시)', '간이안주(쓰기다시)'도 함께 등장한다. '왜식 명칭 통일'을 추진하고 있는 부처는 놀랍게도 치안국治安局이었다.

돼지털, 디지를 ……

디지틀조선일보

〈조선일보〉를 받아 들고 오늘도 고개를 내저었다. 또 '디지틀'이다. 하긴 디지틀조선일보란 회사가 간판을 내리지 않는 한 '디지틀'은 영원할 것이다. 왜 디지틀인가.

동네 뒷골목에 있는 구멍가게도 아니고, 우리나라 신문 가운데 최고임을 스스로 자랑하는 조선일보에 어인 '디지틀'인가. 조선일보사가 돈을 내서 만든 회사 디지틀조선일보에 알아보았다. 전화를 받은 젊은 직원의 말을 생각나는 대로 이 자리에 옮겨본다.

> 맞긴 디지털이 맞지요, 그거 우리도 다 압니다.
> 그래도 디지털 하면 왠지[1] 돼지털 생각이 나고,
> 남들 하듯이 디지탈 하자니 탈 날 거 같고,
> 그래서 오리지널 영어 발음대로 디지를 할까 하다가
> 이건 또 좀 심한 것 같아서 디지틀로 정했습니다.

아주 당당하게, 그따위 것은 따져서 뭐 하느냐는 투로 대꾸했다. 적당히 비아냥거리는 말투로 말이다. 그럴 줄 알면서도 혹시나 해서 전화를 했던 나는 역시나 하는 쓸쓸함을 추스르며[2] 전화를 끊을 수밖에 없었다. 디지털이 맞는 표기다. 외래어 표기법에 따르면 그렇다. 돼지털이

---

1. '웬지'로 잘못 쓰는 경우가 많다. '왠지'는 '왜인지'의 준말.
2. 추스르다: 일을 수습하여 처리하다. '추스리다'는 비표준어임.

떠오르고, 뒤탈 날까 봐 …… 어쩌고 하는 디지틀조선일보. 일주일에 한 번씩 조선일보에 특집판을 끼워 낸다. '디지틀조선일보'라는 이름을 보란 듯이 달고 말이다. 이 특집판이 나오는 날, 조선일보 다른 면을 살펴보자. 다른 기사엔 '디지털'이라고 쓴다. 어찌 된 일인가. 디지틀조선일보는 간판 내리면 안 되고, 조선일보는 돼지털이든, 뒤탈이 나든 관계없다는 얘기인가. 회사 이름은 고유명사이니 법적으로는 문제 삼을 일 아니긴 하다. 규범도 법이니 따르는 게 바람직하기는 하지만 말이다.

헬리콥터가 싫으면 잠자리 비행기

다이어트, 징크스, 네고

봄에서 여름으로 이어지는 가뭄만큼이나 우리를 답답하게 했던 '헬리콥터 추락사건'의 잔상이 사라질 무렵 살 빼기에 성공했다는 유명 연예인의 '다이어트 방법' 공방이 튀어나왔다. '운동으로 살을 뺐다'는 주장과 '지방흡입 시술했다'는 폭로(?)가 팽팽히 맞서 이 시대 여성미女性美의 기준에 대한 논란까지 불러온 사건이다. 그럼 이 사건에서는 무엇이 문제? 말 그대로 '다이어트 유감'이다. 다이어트diet의 사전 뜻풀이를 보자.

> diet: ― n.
> ① 일상 음식; 상용 사료; 음식(물), 식품, 식이. ② 규정[특별]식;
> 식이 요법. ③ (보통 a ~) 제한식, 감식. 미용식.
> · be on a ~ 제한식[감식] 중이다.
> · go on a strict ~ 엄격한 제한식을 하다.
> ― v. (~ed, ~ing) v.t.
> ① …에게 (치료별로) 규정식을 먹이다, 식이 요법을 시키다.
> (금성출판사 영한사전)

눈을 씻고 찾아봐도 '체중 감량'이란 뜻은 없다. '다이어트'는 먹는 것과 관계있을 뿐이다. 그래서 '나는 요즘 달리기로 다이어트 한다'는 표현은 앞뒤가 맞지 않는 말이다. (살을 빼기 위해서는) 제대로 알고 먹는 다이어트에 적당한 운동을 함께 해야 한다.

뜻도 제대로 모르고 대충 둘러대 쓰는 '얼치기 외래어'가 또 있다. 바로 스포츠 경기의 '보이지 않는 힘'을 빗댄 표현 중의 하나인 '징크스'이다. 징크스. 외래어는 분명한데 정작 자신 있게 철자를 확인해 줄 수 있는 사람은 별로 없는 낱말이기도 하다. 그래서일까, '징크스'는 제대로 쓰이는 일이 별로 없는 '징크스'를 갖고 있다. 징크스?

'월드컵 축구대회는 경기를 개최한 대륙의 나라가 우승한다는 징크스를 갖고 있다', '프로농구 챔피언 결정전에는 덩크슛을 먼저 넣은 팀이 이긴다는 징크스가 있다', '경기 당일 아침 영구차를 보면 운이 좋다는 징크스가 있다', '출근길에 ○을 밟으면 횡재수가 있다는 징크스가 있다' ― 이처럼 '징크스'는 널리 쓰이고 있다. 이렇게 때와 장소를 가리지 않고 두루 애용하는 징크스의 원뜻은 뭘까.

'Jinx'는 그리스의 마법에서 재앙을 불러내기 위해 사용했던 개미핥기새wryneck의 이름에서 유래한 낱말로, 불행이나 재수 없는 일을 야기하는 물건이나 사람을 뜻하는 표현이었다. 그래서 '징크스'는 나쁜 상황이 반복되는 경우만을 의미한다. '(불운을 가져오는) 재수 없는 것(사람), 불운, 불길'(동아 출판사 영한사전) ― 징크스의 뜻과 쓰임새는 사전의 풀이를 보면 보다 확실해진다. 내친김에 어렴풋한 짐작만으로 제 뜻을 버려둔 채 오남용誤濫用하는 친근한(?) '얼치기 외래어'를 더 둘러보자.

'네고' ― 말의 생김으로 뵈서 토박이 말이 아님은 분명한데 영어사전을 아무리 뒤져도 '네고nego'란 낱말은 찾을 길이 없다. 그럴 수밖에 없다. '네고'는 영어 '니고우시에이션negotiation'에서 머리만 잘라 놓은 일본투 줄임말인 까닭이다. 국적 불명의 '네고'는 '협상, 교섭'이란 말로 당장이라도 바꿔 쓸 수 있는 말이다. '네고'라는 말을 입 밖으로 내뱉는 세일즈맨에게는 늘 '클레임'이 걸리는 '징크스'라도 생겼으면 좋겠다.

모든 국어사전은 다 틀렸다

프로, 퍼센트

제목 그대로다. 우리말, 방송 말 바로 쓰자고 여기저기 기웃거리며 돌아다닌 결과 얻어 낸 작지만 무시 못 할 결론이다. 모든 국어사전이 틀렸다. 국어사전에 올라 있는 모든 말이 틀렸다는 건 물론 아니고, 일부가 그렇단 얘기다. 그것도 어떤 낱말은 약속이라도 한 듯 틀린 말을 똑같이 찍어내고 있다. '프로'란 낱말이 그렇다.

백분율을 나타내는 단위로 많이 쓰는 게 바로 '프로'이다. 더 나아가서 '프로테지'라고도 한다. '프로'는 글쓴이가 확인한 모든 사전에 '프로센토 (포)의 준말 ←procento'로 나와 있다.[1] 졸저 『애무하는 아나운서』를 펴낸 1990년대 중반까지 그랬다. 어떤 사전은 아래 사진에서 보듯 2000년대까지도 그랬다. 이 풀이만 놓고 본다면 퍼센트(퍼센티지)와 같은 뜻으로 국어사전에 올라 있는 어엿한 들온말(외래어)이라고 할 수 있다. 여기서 그냥 그러려니 하고 덮어 둘 문제가 아니다. 확인 가능한 모든 국어사전을 들췄다고 했잖은가. 사전에 나온 '프로(프로센토)' 항목의 사진을 살펴보자.

이제 '프로'의 실체를 밝혀보자.

---

1. '(포)'는 '포르투갈어'가 어원임을 뜻한다. 북한의 사전도 당시 우리의 그것과 다르지 않다. 『조선말대사전』은 '프로'를 표제어로 삼아 기호 '%'의 이름. 전체 수량이 100분의 얼마인가를 가리킬 때 쓴다'로 설명하고 있다. 원말은 '프로센트'임을 가리키며 'procento(뽀)'라고 '뽀르뚜갈어' 표기도 밝혔다. '퍼센트'의 포르투갈어는 'porcento'이고 procento'는 체코어이다. 이 또한 '일본어사전'을 거르지 않고 따르는, 일제강점기 유산을 지우지 못한 결과이다.

『국어새사전』, 동아출판사, 1958.

『동아새국어사전』, 동아출판사, 2001.

『한플러스사전』, 성안당, 1997.

『엣센스 국어사전』, 민중서림, 1994.

『새우리말큰사전』, 삼성출판사, 1985.

일본이 개항 초기에 서양 문물을 받아들이는 창구는 네덜란드와 포르투갈이었다. 당시 잘 나가던 네덜란드와 포르투갈을 통해 서양 문물을 빌아들인 일본이 나름대로 줄여 쓴 말이 '프로'이고, 일세 강점 35년을 거친 우리가 이 말을 그대로 받아들였다. 일제강점기에 자연스레 이 '프로'를 받아들인 우리는 미군정 때, 백분율을 뜻하는 영어 '퍼센티지percentage'의 어미를 따다가 '프로테지'란 국적 불명어를 만들어냈다.

대충 둘러본 '프로'와 '프로티지'(프로테지)의 실체는 이렇다. '프로'와 '프로티지'의 실체를 밝혀낸 것은 그렇다 치고, 국어사전의 어디가 어떻게 잘못되었기에 감히 '틀렸다'는 말을 하는 건가. 그것도 국어학 전문가도

이넌 이니운서가 말이다.

국어사전에 하나같이 등장하는 '프로: 프로센토Procento의 준말'이 틀렸다. 포르투갈어에 '프로센토procento'는 없다. 'porcento'란 낱말만 있을 뿐이다. 포르투갈 발음 원칙에 따라 군이 외래어 표기를 해야 한다면 '포루센투'가 된다. 현지음에 가깝게 소리 나는 대로 적으면 '뽀르센뚜'쯤 될 것이다. 포르투갈 말에선 알파벳 'O'가 초성이 아닐 경우 '우'로 소리 난다. '리우데자네이루Rio De Janeiro'처럼 말이다. 포르투갈 말인 '뽀르센뚜'는 영어의 '퍼센트percent: 백분의 얼마에 상당하는가를 표시하는 말(기호는 %)'과 똑같은 뜻의 낱말이다.

이런 내 주장을 들은 어떤 이는 이렇게, 또 저렇게 따져 물었다. 편의상 이렇게 따진 이를 1번으로, 저렇게 따진 이를 2번으로 놓고 얘기를 풀어가겠다.

1. 국어사전에도 올라 있는 '프로: 프로센토의 준말'에 대해 군이 트집 잡을 필요가 있느냐. 영어에서 온 퍼센트도 들온말이고 포르투갈에서 들어 온 '프로'도 들온말인데 국적에 따라 차별 대우를 할 필요가 있느냐.

이는 영어만 챙기려 드는 언어 사대주의에서 비롯된 발상이 아니냐.

2. 리우데자네이루로 발음하는 게 맞다면, 포르센투Porcento도 푸르센투로 발음해야 한다. 포르투갈 발음의 원칙은 무엇이냐.

1번과 2번에 대한 답은 다음과 같다.

1. 포르투갈에서 쓰는 백분율은 '포르센투'이다. '85%'처럼 숫자를 붙여 읽을 때는 복수複數로 간주해서 '85포르센투스Porcentos'로 말한다. 퍼센티지Percentage와 같은 포르투갈 말은 '포르센타젬Porcentagem'이다. 포르

투갈에서는 '프로'는 물론이고 '포르'라고도 줄여 말하지 않는다. 포르투갈 대사관에 문의해 확인한 내용이다. 영어와 포르투갈 말이 섞인 '프로티지'란 국적 불명어는 당연히 쓰지 않는다. 우리에게 '프로'의 씨를 뿌린 일본에서조차 이제 '프로'는 잘 쓰지 않는다. 일본 개항 초기에 서양 문물을 전해 준 포르투갈의 흔적을 일본 문화에서 지금 찾아보기란 어려운 일이니까. 일본은 '프로' 대신 '파센토ㅅㅋ'(퍼센트의 일본 발음)'를 쓰고 있다. 'procento'를 포르투갈어로 보고 사전에 올린 까닭을 알 길은 없다. 외국어 철자 확인이 쉽지 않던 시절에 사전 편찬자가 귀동냥이나 어설픈 확신으로 사전에 실었을 것이라 추측할 뿐이다. 구글번역 등을 통해 확인해보니 'porcento'는 체코어이다. '프로센트'는 네덜란드어 'procent'에서 유래한 것으로 보는 게 합리적이다.

2. 포르투갈어에서 모음 'O'는 단어 끝에서만 'U(우)'로 발음한다. '리우데자네이루'의 표기는 리우 데 자네이루Rio de Janeiro. 우리는 이 땅 이름을 하나로 읽지만, 뜯어보면 낱말 3개가 모여 이루어진 말이다. 모음 'O'는 보시다시피 아시다시피 모두 낱말 끝에 붙어 있지 않은가. 그래서 리우 데 자네이루가 되고, 포르센투라고 하는 게다.

우리말 사전을 찍어 낸 출판사에 이 사실을 알렸다. 모든 출판사에 한 건 아니고, 편찬·출판 관계자와 연락이 닿은 곳에만. 그들의 답변은 이랬다. '지금은 고칠 수 없고, 나중에 개정판 낼 때 고려해 보겠다.' 사전의 글자 몇 개 바로 잡는 게 큰일은 큰일인가 보다. 틀린 것인 줄 뻔히 알면서도 '개정판' 찍을 때나 가능하다는 걸 보니 말이다. '프로'의 어원이 포르투갈어 'porcento'이라는 잘못된 정보는 20세기의 문턱에서 바로 잡히기 시작했다. 1999년에 초판이 나온 『표준국어대사전』이 그 시작이다.

앞으로 '종이사전'의 개정판이 나올 가능성은 적다. 온라인 사전이 대세가 되었으니 그렇다. 온라인 사전의 장점의 하나는 변경 사항을 수시로 반영할 수 있다는 것이다. '변경 시점'과 어떻게 바뀌었는가, '변경 내용'을 확인하기 어렵다는 게 단점이기는 하지만 말이다. 2022년 현재 온라인 사전의 '프로' 항목을 보면 다음과 같다. 어원을 '홀란드('네덜란드'의 영어)'로 쓴『고려대한국어대사전』의 설명은 낯설고, 굳이 '원어'를 영어 'percent'로 밝힌『연세한국어사전』의 설명은 생뚱맞기는 하다.

프로 ¹ [네덜란드어]←procent 　『표준국어대사전』

프로 ³ procent

형태　　[ㅅ{홀란드어}procent]　　　『고려대한국어대사전』

프로 3 [의존명사]

　　　　　　　　　　　　　　　　『연세한국어사전』

퍼센트.
  • **참고:** 기호는 '%'
  • **원어:** (영) percent

덧붙임: 이 글의 '초고'를 쓸 당시의 국어사전은 그랬다. '사전은 틀렸다'는 위 주장은 국어학계와 사전 편찬자에게도 전달되었고 결과는 아시는 것과 같다. 2022년 현재 '믿을 만한 국어사전'은 '프로'를 '네덜란드에서 온 외래어 procent'임을 밝히고 있다. 앞에서 살펴본 포르투갈어가 아닌 네덜란드어. 수십 년 동안 '포르투갈 어원'이었다가 '네덜란드 어원'으로 바꾼 건 위 글에서 따져 본 것과 무관하지 않다.

'실버리 아다지오'여 영원하라

데후, 쇼바

'실버리 아다지오silvery adagio'는 '은빛 아다지오'란 뜻이다. 내 첫 승용차에 붙여 준 이름이다. 1980년에 나온 중고 '제미니'가 바로 그것이다. 차 색깔이 은색이니 '실버리'라 했을 터, '아다지오'는 왜 붙였을까. 당시 단골 카페에서 툭하면 신청해 듣던 음악 제목에서 따온 것이다. 토마소 알비노니Tomaso Albinoni의 '오르간과 현을 위한 아다지오Adagio In G Minor (For Strings And Organ)'가 그 곡이다.[1] 학교 앞 카페에 그 음반이 있었을까. '신청곡'을 들을 수 있는 곳이면 '선물'이랍시고 주인에게 건넸다. 이후엔 '신청곡' 아니어도 내가 들어가면 자동으로 틀어주던 곡이 되었다. 단골 '레코드(LP) 가게'의 매상에도 도움이 되었을 만큼 꽤 여러 장의 음반을 구입했었으니까.

실버리 아다지오. 꽤 있어 보이는(?) 애칭을 지닌 5년 된 중고차를 어찌어찌 구해서 타고 다녔다. 이 차 덕분에 참 많은 걸 느끼고 배웠다. 느끼고 배운 그 많은 것들을 이 자리에 모두 옮길 생각은 없다. 이곳은 신변잡기를 늘어놓으러 빌린 '판'이 아니기 때문이다.

---

1. '알비노니의 아다지오'로 널리 알려진 곡이지만 실제 작곡자는 이탈리아 작곡가이자 음악사 학자인 레모 지아조토(Remo Giazotto, 1910~1998)이다. 알비노니가 아니라 지아조토? 사연은 이렇다. 알비노니의 작품 목록을 만든 지아조토가 독일 드레스덴의 한 도서관에서 알비노니의 교회 소나타 일부 악보를 발견한다. 이 악보에 자신의 음악을 덧입혀 이 곡을 완성한다. '알비노니 주제에 따른 현과 오르간을 위한 아다지오'인 것이다. 지아조토는 그럼에도 '알비노니가 없었으면 탄생할 수 없었으니 알비노니의 곡이 맞다'고 생전에 주장했다고 한다.

서의 폐물에 가까웠던 '실버리 아다지오'를 끌고 다니면서 우리나라 중고 자동차 부품상을 두루 돌아다녔다. 그때는 '중고차엔 중고 부품이 제격'이라고 생각했으니까. 값도 새것에 비해 훨씬 헐한 것도 이유였다. 이러저러한 이유로 중고 부품상 — 대개 폐차장에 딸려 있는— 을 누비며 한숨이 새어 나온 게 한두 번이 아니다. 중학교 기술 시간에 배운 자동차 부품 이름만으로는 원하는 부속을 살 수 없었기 때문이다. '데후'나 '쇼바' 는 있어도 '차동기어'나 '완충기'는 없다는 게 내가 안타까워했던 점이다. 설계나 기술이야 어찌 되었든 우리가 만들고, 외국에 수출까지 하는 자동차가 널려 있는 마당에 번듯한 우리 용어 하나 없다는 게 기가 막히기도 했다. 하긴 어디 없어서 못 쓰는 건가, 있어도 안 쓰는 거지.

학교에서 배운 대로 '개스킷[2] 하나 주셔요, 하면, '개스킷? 아 가스케또 ……'하며 물건 내주고, '차동기어에 들어가는 기어 뭉치요' 하면 '그게 뭔데요' 한다. 한참 내 설명 아닌 설명을 듣고 나서야 '아, 데후에 들어가는 통기아 ……'하고 말이다. 자동차 정비 업계(특히, 빠떼리 가게라고 하는 경정비 업소)에서 널리 쓰이는 일본말 보기를 더 들어보자.

엥코ㅊㅅㄷ: 영어 empty에서 온 듯함.

빵꾸ㅅㅈㅋ: puncture.

모도시ㅂㄷㄴ: 제자리로 돌리다.

다시방ㅈㅅㅂㄴ: dashboard,[3] 계기반.

---

2. 엔진 본체(실린더 블록)와 뚜껑(실린더 헤드)을 나사로 조일 때 그 사이에 넣는 얇은 판.

3. '계기판'은 '나침판'과 함께 한동안 비표준어였다. 자료를 검색해보니 2015년 이후에 '복수 표준어'가 된 것으로 보인다. 국립국어원이 펴낸 『국어생활』 2호(2015년 2월)에 '나침판'을 '나침반'의 잘못으로 적시한 내용이 나온다. 온라인 『표준국어대사 전』(https://stdict.korean.go.kr)은 '계기판/계기반', '나침판/나침반'을 모두 표제어로 다 루고 있다. 이 사전의 '편집 이력'을 보면 2018년 7월에 '설명문 수정'한 것을 알 수 있으나 '복수 표준어 인정'이 언제인지는 확인하지 못했다.

고오바이こおばい: 경사면.

시로토しろと: 초보자, 신입 사원.

빽(빠꾸)미러バクミラ: back-mirror, side mirror가 맞는 말.

엥코, 백미러

'엥코'라는 일본말은 '기름이 떨어졌다' 하면 될 일이고, '고오바이'는 '고갯길, 언덕길' 하면 되는 말이다. '시로토'는 초보 운전으로, '빽미러'는 '뒷거울'[4]로 하면 되고 '빵꾸'의 오리지널 영어가 '펑크'라고 지레짐작하면 안 된다. 영어 '펑춰puncher'의 철자 5개만 따와 만든 말이 일본말 '팡쿠'다. 우리가 '펑크'하는 것도 '눈 가리고 아웅[5]하는' 셈이다.

shock-absorber(완충장치)를 일컫는 '쇼바', differential gear(차동기어)를 가리키는 '데후' 따위는 '변형된 일본 발음'이다. 자동차 바퀴를 가리키는 영어는 '림rim' 또는 '휠wheel'이다. 바퀴를 '호이루'라고 하기도 한다. '휠'의 일본 발음이다. 피스톤에 끼는 둥근 고리 모양의 '링ring'은 '링구'라고 한다. '오무기어(웜 기어)', '세루모타(시동모터)', '후렌다(펜더)'도 같은 경우이다. 흔히 '휀더(휀다)'라 하는 펜더fender는 흙받기[6]를 가리키는 말이다. 승용차 엔진룸 양쪽의 철판을 두고 이르는 이 용어를 영국에서는 '윙wing'이라고도 한다. 날개를 뜻하는 바로 그 말이다.

---

4. 미장원에서 뒷머리 매무새를 보는 '뒷거울'에서 따온 말이다.
5. 고양이 울음소리는 '야옹'이고 '야옹'이다. '아웅'은 호랑이 소리 '어흥'의 다른 표현이다.
6. '흙받이'는 비표준어다.

영어로 도배한 신문 들춰 보기

마이더스, 머니 앤드 머니

글쓴이가 이 글을 쓰는 날은 방송의 날이다.

방송의 날 글쓴이는 신문을 들춰 보았다. 기사 내용이 궁금하기도 했지만 문장과 표현은 반듯한지 살펴보기 위해서다. 신문이 참 많기도 하더라. 내가 챙겨 본 일간지만도 13개. 대충 들춰 보면 얼마 안 걸릴 줄 알았더니만, 웬걸 밤을 꼬박 새워 버렸다. 어지간한 일간지(스포츠, 경제신문 포함)는 모두 40면 안팎으로 찍어내니 그럴 만도 하긴 하다.

방송의 날 신문들은 하나같이 추석 귀성길 안내를 싣고 있다. 한국일보 37면엔 '추석'이란 말이 16번이나 나왔다. 다른 신문도 사정은 비슷하다. 그게 마음에 안 든다. 자상한 안내는 고맙지만 한결같이 '추석秋夕'이란 말뿐이라 그렇다. 한두 번쯤이라도 '한가위'란 좋은 우리말을 씀 직한데 말이다. 중앙일보는 기특하게도(?) '한가위'란 말을 제법 썼다. 한겨레신문도 그랬다.

얼마 전 우리 신문에 '섹션'이란 말이 유행처럼 번지더니 '섹션'에 이어 이제 거의 모든 신문이 어설픈 영어로 신문을 도배(?)하고 있다. '테마신문 레인보우(조선일보)'가 한 보기이다. 이에 질세라 '섹션 인 섹션(중앙일보)'도 등장했다. '테마'나 '섹션'에 딸린 '라이프 테크(서울신문)', '머니 앤드 머니(매일경제신문)', '중기中企 플라자(한국경제신문)', '클릭21(중앙일보)', '라이프 테크(서울신문)'도 문제이긴 마찬가지다. 외래어 표기법에 어긋나는 것도 있다. '디지틀조선일보'와 '마이더스(동아일보)'가 그 보기다. '디지털digital'과 '미다스midas'가 맞는 표기다. 외래어는 원발음에 가깝게 정한다는 원칙에 따른 것이다. 어떤 데는 우리말 없이 아예 영어로만 써놓았다. 'Economy(경향신문)', 'Travel(경향)', 'Sports(조선일보)' — 영어 모르는 사람은 신문도 읽지 말라는 얘긴가.

틈틈히, 번번히, 출시—시판

우리말 바로 쓰기를 염두에 두고 신문사 돌아가는 걸 보면 씁쓸함만 남는다. 얼마 전 각 신문사가 팔 걷어붙이고 나선 일이 교열부 폐지나 축소였다. 인건비를 줄여보자는 생각에서 비롯한 일일 게다. 우리말에 대한 신문사의 깊이가 그 정도밖엔 안 되는 게 안타깝다. 그러다 보니 기사 본문은 물론 제목에서도 오자誤字가 많이 늘었다.

'주십시요(주십시오)', '매스콤(매스컴)'[1] 같은 오자도 나오고, '서설이 (시설施設이)'처럼 전혀 다른 낱말로 바뀌기도 한다. '틈틈히(틈틈이)', '번번히(번번이)'처럼 접미사를 잘못 쓰는 경우도 자주 나오고, '달걀 껍질(껍데기)' — 껍질은 물렁한, 껍데기는 단단한 겉을 이르는 낱말이다 — 에서 보듯 뜻을 잘 모르고 쓰는 경우도 생긴다. 월급 몇 푼 줄여보려다가 우리말 망칠지도 모를 일이다.

양주 2본, 승부

우리 신문에 '시판' 대신 '출시'가 판을 치고 '병甁'이나 '개個, 선線'을 몰아내고 '본本'이 자리 잡은 것은 일본말의 영향 탓이다. '본本'은 '가늘고 긴 것을 세는 단위'란 뜻의 일본말이다. '타이어 1본本', '양주 2본本'은 '1개'와 '2병'으로 바로 잡아야 한다. '승부'도 일본말 투이긴 마찬가지다.

---

1. 매스컴도 일본말 투 낱말이다. 대중매체는 매스 미디어(mass media)라고 해야 한다.

승부勝負의 우리말 뜻은 '이기고(勝) 짐(負)'밖엔 없다. '대결'을 뜻하는 승부는 일본말, 승부勝負, しょうぶ에만 있다. 그래서 '승부를 가린다'는 표현은 우리말이지만, '마지막 승부, 한판 승부'같은 쓰임은 일본말 투이다. '승부'는 그래서 뜻에 따라 가려 써야 할 낱말이다.

007 ⋯ 공공칠, 영영칠?

불우 이웃

추운 겨울날이면 따뜻한 햇볕이 누구보다 그리운 이들이 있다. 흔히 '불우 이웃'이라 부르는 이들이다. 불우_{不遇} 이웃 ― 한자 뜻만으로 본다면 '때를 만나지 못하여 불행한' 이웃이다. 개중에는 정말 '때를 만나지 못한' 이도 있긴 하겠지만 그늘진 삶을 사는 이를 두루 이르기에는 적당하지 않은 표현이다. 불우 이웃보다는 '어려운 이웃'이라 하는 게 어떨까 싶은데 여러분 의견은 어떠신지 모르겠다. '불우 이웃'하면 떠오르는 게 빨간 '사랑의 열매'와 성금 모금을 위한 ARS 번호이다. 한때 방송사에서 함께 쓰는 ARS 전화번호는 700−0800. 여러분은 이 번호를 어떻게 읽으시는지. '칠백에 공팔백', '칠공공 공팔공공', '칠영영에 영팔영영', '칠백에 영팔백' …….

누구는 "아라비아 숫자 '0'은 '영_零'이니, 칠영영 ……만 맞다"고 주장한다. 일리 있는 듯하지만 과연 그럴까. 수학에서 '0'은 '영'으로 읽어야 마땅하지만 전화번호나 차량 번호 따위의 '기호'일 경우 '공_空'으로 읽어도 되기 때문이다. 숫자의 개념으로 쓰느냐, 상징 기호로 쓰느냐에 따라 읽기도 달라질 수 있다는 것. '007'이 '영영칠'보다는 '공공칠'로 더 유명한 것도 그런 까닭이다. '007의 고향'인 영국에서 '제로 제로 세븐^{zero zero seven}'이라 하지 않고 '더블 오 세븐^{double O seven}'하는 것을 봐도 그렇다.

귀신 씨나락 까먹는 소리

발자국도 소리가 난다고?

세상 만물 치고 움직이는 것 가운데 소리 나지 않는 것은 없을 게다. 바람이나 내쉬고 들이켜는 숨에도 소리는 있게 마련이니까. 바람 소리, 숨소리가 그 소리다. 소리가 나지 않는다는 '용각산[1]'이라고 소리가 없겠는가. 다만 아주 작은 소리이기에 우리 귀로 듣지 못할 뿐일 게다. 소리가 날 수 없는데 '들린다는' 소리도 있다. 바로 발자국 소리다. '자국'엔 소리가 없다. 자국은 자취를 뜻한다. 자취는 남기거나 끼쳐진 표, 또는 그 자리를 말한다. 발자국은 자취를 남길지언정 소리를 내지는 않는다. 걷는 걸음이 소리를 남기지 않을 리 없다. '발걸음 소리'가 그 소리다. '뚜벅뚜벅 걷는 발자국 소리'를 들었다는 사람은 거짓말쟁이다. 우리 귀에 들리는 소리는 '발걸음' 소리밖에 없으니까. '뽀드득'으로 떠오르는 눈 밟는 소리도 '발걸음 소리'다. '발자국'과 같은 뜻으로 쓰는 '발자욱'은 틀린 말이다. 이제, 정리하면 이렇다. 발자국은 '흔적'이니 소리가 날 리가 없다. 그래서 '발걸음(발을 옮겨서 걷는 동작) + 소리'로 하는 게 정확한 표현이다. 그런데 말이 어디 그런가. '문 닫고 나가', '쥐약 / 감기약 / 농약 경우처럼 관용적 표현이 있다. '나가서 문 닫아'는 가능하지만 '문 닫고 나가'는 행위는 불가능하다. '쥐약'은 쥐를 '죽이는 약', '감기약'은 감기를 '낫게 하는 약', '농약'은 농사의 이모저모에 다양하게

---

1. "이 소리가 아닙니다, 이 소리도 아닙니다. 용각산은 소리가 나지 않습니다." 이 광고로 꽤 유명한 가루약이다. 인기를 끌었던 외화(지금으로 치면 '미드') 〈형사 콜롬보〉 한국어 더빙을 맡은 성우 최응찬의 목소리로 널리 알려졌다.

쓰이는 '농업에 필요한 약'으로 '약'의 쓰임과 뜻이 다르다. 『표준국어대사전』은 '자취 소리'를 표제어로 삼으면서 '발자국 소리'로 설명한다. "'발걸음'과 '발자국', 어디에 '소리'를 붙이는 게 옳은가"에 대한 애기의 마무리는 다음으로 갈음하려 한다.

> 문) 발자국 소리가 맞는 표현인가요? 발자국은 흔적인데 거기에 소리를 붙이는 게 맞는 말인가요?
>
> 답) 표준국어대사전의 의미를 토대로 본다면 '발자국'은 '발로 밟은 자리에 남은 모양/발을 한 번 떼어 놓는 걸음을 세는 단위'를 뜻하므로 '소리'와 어울려 쓰면 의미상 어색한 듯합니다. 그러나 '발자국 소리'가 이미 관용적으로 흔히 쓰이는 표현이므로 단정적으로 틀린 표현이라고 하기는 어려울 듯합니다. '발자국' 자체가 소리를 낸다는 의미라기보다는, '발자국을 찍으며 내는 소리' 정도의 의미로 '발자국 소리'로 표현한 듯합니다. (국립국어원 누리집 〈온라인 가나다〉, 2021. 7. 25.)

'귀신 씻나락 까먹는 소리'는 어떤 소릴까. 잘 모르겠다. 아니 나는 전혀 모른다. 귀신이 '씻나락 까먹는 소리'를 들어본 적이 없으니까. '귀신 씨나락 까먹는 소리'는 어떨 때 쓰는 말인가. '조용하게 몇 사람이 수군거리는 소리를 비꼬는 말 / 분명하지 아니하게 우물우물 말하는 소리를 비유적으로 이르는 말 / 이치에 닿지 않는 엉뚱하고 쓸데없는 말'이다 (『우리말샘』).[2]

'씨나락'은 못자리에 뿌리는 볍씨를 남쪽 지방에서 일컫는 낱말이다.

---

2. 국립국어원 〈온라인 가나다〉에 '귀신 씻나락'에 관한 재미있는 질문이 있어서 이 자리에 옮긴다. 김동리의 소설 '무녀도'에 나오는 '귀신 시나위 가락 소리'에서 파생된 '귀신 씻나락 까먹는 소리'가 표준어인가요? 아울러 아래 말들도 표준어인가요? 김밥 옆구리 터지는 소리 / 개 풀 뜯어먹는 소리 / 개구리 옆 발길질하는 소리 / 지렁이 하품하는 소리.

(『우리말샘』) 볍씨의 사투리란 얘기다. 『표준국어대사전』은 '씻ㅣ나락[씬나락]'을 '(일부 속담이나 관용구에 쓰여) '볍씨'를 이르는 말'로 설명한다.

도깨비 머리 뿔

귀신이 나오는 우리 옛말 보기를 몇 개 더 들어보자. '귀신보다 사람이 더 무섭다', '귀신도 빌면 듣는다', '귀신 듣는데 떡 소리 한다',[3] '귀신 피하려다 호랑이 만난다'.

보기에서도 알 수 있듯이 우리 귀신은 사람 잡아먹고, 피 빨아 먹는 나쁜 귀신이 아니다. 잡귀의 하나인 도깨비도 짓궂긴 해도 사람을 해치는 몹쓸 귀신은 아니다. 우리 귀신은 그렇다. 서양 귀신은 무섭기만 하고, 저주를 내리고, 피 빨아 먹는 유령이 태반이지만 말이다.

우리 귀신은 그믐밤에 나온다. 달빛도 없는 캄캄한 밤에 소복[4] 입고 나타난다. 사지는 멀쩡한 채 머리만 풀어헤치고 말이다. 우리 귀신을 만난 적은 없다. TV에서 하는 납량 특집[5]극을 보면 그렇단 얘기다. 서양 귀신은 달을 좋아한다. 달밤에 그것도 휘영청 밝은 보름달 밤을 좋아한다. 이것들은 대개 형체가 불분명하거나 다리가 없다. 서양 귀신 또한 만나본 적 없다. 외국 영화에서 나오는 서양 귀신들이 대개 그렇더란 얘기다. 원래 우리 옛날이야기 속 도깨비들 머리엔 뿔이 없다는 게 정설이다. 그림책에 나오는 뿔 달린 도깨비는 일본 도깨비란다. 이건 민속학자들의 믿을 만한 설명이다.[6]

---

3. 어떤 사람 앞에서 그가 좋아하는 것을 말함이란 말. 주린 귀신 듣는데 떡 이야기하기.
4. 소복(素服). '흰옷'이란 뜻이다. 흰 소복은 '흰 하얀 옷'이 된다. 그냥 '소복'이라고 하면 된다. 흰옷 모두를 소복이라고 하면 안 된다. 소복은 상복(喪服)을 가리키는 말이기 때문이다.
5. 납량(納凉)의 발음은 '남냥'이다. '나량'이 아니다. '나량'으로 읽는 낱말은 '납양(納陽)'이다. 납양은 '볕을 쬔다'는 뜻이다.

귀신 얘기 나온 김에 귀신의 대표 격인 몽달귀신과 처녀 귀신, 달걀귀신에 대해 알아보자. '몽달귀'라고도 하는 몽달귀신은 총각이 죽어서 되었다는 귀신이다. 도령귀신이라고도 한다. 처녀 귀신은 처녀 귀신이고, 달걀귀신은 그냥 달걀처럼 생겼다고 상상되는 귀신이다. 왜 하필 달걀 모양인지는 글쓴이도 잘 모르겠다.

---

6. 한국인이 일반적으로 상상하는 도깨비는 다음과 같은 특징을 보인다. 이러한 모습은 대개 한국 전래 동화책이나 교과서에서 등장한다.
① 머리에 뿔이 솟아 있다.
② 원시인 복장을 하고 있다.
③ 도깨비방망이를 잡고 있다.
　하시만, 현대에 와서는 이 도깨비의 모습이 일제강점기 때 들어와 한국의 도깨비로 잘못 알려진 일본의 '오니'라는 주장이 제기되고 있다. 이화여대 인문학 연구원에서는 일본의 '오니'가 변형된 국적 불명의 도깨비를 벗어나 한국 고유의 도깨비를 복원하는 프로젝트를 진행하고 있다. 교육인적자원부는 이 사안을 재검토한 후 오류라고 밝혀질 경우 초등학교 교과서를 수정할 예정이라고 밝혔다. 또한, 도깨비에 대한 이야기 중 일부는 일본의 설화에서 온 이야기로 일본이 식민 정책의 일환으로 이러한 이야기를 교과서에 실어 오늘날까지 이어져 내려왔다는 말도 있다. EBS에서는 한국의 도깨비는 머리에 뿔이 달려 있지 않고, 피부도 붉지 않으며, 사람들에게 해를 주지 않는 존재라는 이야기를 〈역사채널e〉라는 TV 프로그램을 통해 제시하였다. (『위키백과』 '도깨비' 항목 중 '일본 오니와의 혼동')

6월에 감옥으로 오세요, '징역 유월'

집행유예 10월

　뉴스에 흔히 등장하는 기사 중의 하나는 '징역 몇 년'이라는 법조 관련 소식이다. '징역 3년에 집행유예 3년' ― 이런 기사 말이다. 이런 기사의 '원전原典'인 검사의 구형이나 판사의 선고에서는 이상한(?) 형량이 나온다. '징역 유월'이나 '집행유예 시월'이란 게 바로 그것이다. 미루어 짐작건대 '유월六月'과 '시월十月'을 일컫는 뜻일 게다. 유감스럽게도 이는 제대로 된 우리말이 아니다. '유월'과 '시월'은 일 년 열두 달 가운데 특정한 달, 그러니까 영어로 하자면 '준June'과 '옥토버October'를 가리키는 말이다. '법에 죽고 법에 사는' 법에 충실한 세상이라면 산들바람 부는 초여름에는 교도소가 미어터지고, 오곡백과가 무르익어가는 '결실의 계절'이 되면 징역살이에서 해방되는 이들 천지가 되지 않을까. '징역 유월'이라 하면 일 년 중 '6월'에만 감옥살이를 한다는 뜻이고 '집행유예 시월'이라면 마찬가지로 '10월'에만 집행유예 기간이란 뜻이니까. 엉뚱한 얘기를 한다고? '징역(또는, 자격정지나 집행유예) 유월(또는, 시월)'을 조금 더 따져보면 '유월'과 '시월'의 문제점과 그 해법을 찾을 수 있다.

　우리나라 근대법의 '모델'은 일본 법이다. 광복 이후 태극기 물결 일렁이고 '대한독립 만세' 함성이 터져 나오던 1945년, 그 당시 현실을 더듬어 짐작하면 이랬을 거다. 이렇다 할 우리 법률 체계는 물론 그럴싸한 법조문도 없는 형편이었던 이들이 '금과옥조'처럼 본보기로 삼았던 게 일본 법전이었을 것이다. 그 일본 법전에 나오는 게 '六月'과 '十月'. 한자 '월月'은 우리나라와 달리 일본에서는 특정한 표현에서 '개월'의 뜻으로 쓰일 때도 있다. 일본에서는 '六月'이 '6개월'을 뜻하기도 한다는 말이다. 그것도 제대로 헤아리지 못하고 일본 것을 '베껴 온' 제헌 당시 법조계의 불찰이 지금까지 영향을 미치고 있다. 제헌 당시 말(용어)에 대한 무심無心이 지금껏 우리 법을 우리 것 아니게 만든 셈이다.

    법조문(판결문)의 '유월'과 '시월' 표현을 두고 대법원의 판사와 이야기를 나눈 적이 있다. '시비'를 먼저 건 쪽은 나였지만, 나와 그 판사에게 '유월'과 '시월'은 이미 시비 대상이 아니었다. 그 판사도 이미 '일본 것을 잘못 베껴온 사실'을 알고 있었기 때문이다. 그렇다면 바꿔야 하지 않을까. 대법원에 있던 그의 대답 아닌 대답은 이랬다. '판사는 판결로 말한다. 판결은 법전의 틀을 벗어날 수 없다. 유월, 시월이 그릇된 것인 줄 알면서도 바로잡지 못하는 건 법전이 바뀌지 않기 때문이다. 법전의 개정이 선행되어야 한다.' 안타까운 일이다. 코앞의 잘못을 알면서도 '법'에 얽매여 바로잡지 못하니까 말이다. 그래도 방송과 신문은 할 수 있다. 그럼 우리는 어떻게 해야 하느냐고? 1990년대 문화방송 신입 사원 교육 때부터 나는 이렇게 주장했다 — 그냥 '징역 3개월', '집행유예 10개월'이라 하면 된다. 그래서일까. '징역 3개월, 집행유예 10개월'은 문화방송에서만 듣고 볼 수 있는 보도가 아니다. 다른 매체에서도 접할 수 있는 법조 기사에서도 등장하는 표현이니까. 판사에게는 법전이 '준거의 틀'이 되지만 방송, 언론인에게는 '옳은 것'이 '바른 잣대'가 되는 것이다.

아직도 수입해 쓰는 일본말

소데나시

싫다. 우리말 속의 일본어 솎아내기? 이런 글을 쓰는 게 싫다. 〈방송과 시청자〉란 잡지에 '해방 50년, 방송 50년' 기획 기사에 한 꼭지를 보탠 적이 있다. '아직도 버리지 못하는 일본말, 찌꺼기를 버립시다'가 그 글의 제목이었고 세월이 흘러 세기가 바뀐 당시에도 나는 같은 주제의 글을 또 써야 했다. 마냥 같은 얘기를 한자리에 몇 년의 시차를 두고 옮겨야 하는 게 싫다는 말이다. 싫다. 광복 이후 줄곧 외쳐왔던 '일본어 순화 운동'은 여전히 유효하다. 정부 수립 직후 보란 듯이 내놓았던 '일본어 순화안'은 오십몇 년이 흐르고 흐른 지금도 별로 달라진 게 없다. 그렇다고 일본어 찌꺼기가 하나도 걸러지지 않았다는 말은 아니다. 다꾸앙이 단무지로 노견이 갓길로 고수부지가 둔치로 하나씩 제자리를 찾아가고 있으니까. 그래도 문제는 심각하다. 긴 시간 공들여 낱말 몇 개 순화해놓으면 짧은 시간에 훨씬 더 많은 일본말 수입된다. 도대체 일본말이 뭐기에 ……

한국에서 한술 더 뜨는 일본어 투 '끈 나시'

글을 쓰기 얼마 전에 일본에 다녀왔다. 우리말 속의 일본말 뿌리를 찾아보고 일본어 속의 우리말과 문화를 더듬어 보기 위해서이다. 의도는 현실로 이어졌다. 긴가민가했던 사실들을 직접 확인할 수 있었기 때문이다. 단지 사실만 확인한 건 아니었다. 먼 훗날 일본어의 옛말 연구 대상이

우리말, 한국어가 될지도 모른다는 막연한 두려움도 느꼈다. 마치 고대 백제의 말과 문화를 현대 일본에서 찾는 게 어렵지 않은 것처럼 오십몇 년 전 일본어는 일본보다 우리말 속에 더 진하게 남아 있다고 해도 지나친 말이 아닌 듯했다. 어떤 말이 그런가. 일제를 겪은 60대 이후 한국인의 말 속에? 아니다. '새파랗게' 젊은 세대가 즐겨 쓰는 말들이 그랬다. 그 보기를 하나 들어보자. '소데나시'가 그렇다. 소매를 가리키는 일본말 '소데そで, 袖'에 없음을 뜻하는 '나시なし, 無し'가 붙어 '소매 없는 옷'인 '소데나시そでなし,袖無し' ― 정작 이 말은 일본의 개성 있는 젊은이들이 모인다는 도쿄의 하라주쿠原宿에서도 듣기 어려운 말이다. 자기들 입맛에 맞는 말을 기가 막히게 잘도 만들어내는 일본의 '소데나시'는 '노스리브 ノースリーブ, no-sleeve'라 통했다. 물론 원어(영어)로는 '슬리브리스sleevless(소매 없는)'이다. 한여름 시원하게 입을 수 있는 옷을 가리키는 영어 슬리브-리스를 일본인들은 '노-스리브no-sleeve(일본인들이 만들어낸 이른바 재페니시)로 잘도 만들어 보란 듯이 쓰고 있건만 '소데나시'란 '오리지널 일본어'는 일본이 아닌 이 땅에서 활개 치고 있다. 우리나라의 '소데나시'는 '소데나시'만으로 끝나는 게 아니다. 어깨끈만 달린 '소데나시'는 '끈-나시'란 기발한(?) 말로 대한민국의 여름을 주름잡고 있다. '테이스터스 초이스'가 '탁월한 선택'이란 광고를 본 초등학생이 '테이스터스'의 뜻을 '탁월한'이라 확신했다는 것[1]과 궤를 같이하는 엉뚱함과 무심함이 철철 넘치는 상상력의 소산이다. 각설하고, 그럼 소데나시는 뭐라 해야 하냐고? '소매가 없는 윗옷. 또는 그런 소매'는 '민소매'이다. (『표준국어대 사전』)

오뎅은 오뎅이다

---

1. Taster's Choice: 탁월한 선택. choice가 선택이니 'taster's는 곧, '탁월한'이라는 뜻.

일본과 우리는 말 그대로 '가깝고도 먼 이웃'이다. 역사로 기록되기 이전에도 그랬고 지금도 그렇다. 물론 앞으로도 그럴 게다. 문화는 높은 곳에서 낮은 곳으로 흐르는 법이다. 문화의 기본 매체인 말 또한 그렇다. 일본어의 어원을 따져 보면 제법 많은 말이 우리말의 그것과 잇닿아 있음을 알게 된다. 그 가운데 생활과 밀접한 낱말 몇 개만 보기로 들어보자. 일본어의 카와川는 우리 옛말 '가람'에서, 미즈水, 물 또한 물의 고어古語인 '미르'에서 왔다는 설이 있다. 낱말만 그런 게 아니다. '쿠다라나이百濟ない'라는 말이 있다. 직역하면 '백제가 아니다'는 뜻인 이 표현은 '하찮은 것'을 뜻하는 일본말로 지금도 남아 있다. 백제 문물을 숭상하던 시절, '백제의 것이 아니면 곧 하찮은 것'이란 인식이 수백 년이 흐른 지금도 일본 문화 속에 깊숙이 자리하고 있는 것이다. 그렇다. '인생은 영겁에 비하면 찰라'라는데 까짓 삼십몇 년 일본 지배받았다고, 그 영향으로 일본어가 우리말에 좀 남아 있다고 목소리 높일 일이 아닐 수도 있다. 우리 언어 현실을 냉정하게 돌아보면 더더욱 그렇게 말할 수 있다. 일상용어는 접어두고 20세기 이후의 신학문新學問 거의 전반이 일본어(일본이 만든 한자어)의 그늘에 있으니까 말이다. 그럼 도대체 어떻게 하자는 것인가.

'고데'는 일본말이니 '머리 지짐이'나 '인두'로 써야 하고, '빵꾸'도 일본 투 발음에서 온 것이니 '펑크'로 해야 한다는 고집은 이제 접을 때가 되지 않았을까. 미장원도 아닌 '헤어숍'[2]에서 '머리 인두로 지져 달라'할 사람은 내가 알기엔 없다. '빵꾸'나 '펑크'도 일본이 만든 얼치기 영어 '팡크punk'[3]의 변형인 건 마찬가지다. '오뎅'을 무조건 '어묵'이나

---

2. '헤어'라는 표현도 되짚어 볼 표현이다. 영어 hair는 머리카락이기도 하지만 그냥 '털(毛)'을 가리키기도 한다. 그래서 '헤어숍(Hair Shop)'은 '털 가게'가 되기도 한다. 미장원에 '헤어'가 판을 치는 것도 따지고 보면 일본어 '헤아(hair)'의 영향이다.

'꼬치'로 강요하는 것도 일종의 '오버'이다. 생선살을 갈아서 만든 건어묵이지만 이것에 다시마, 무 따위를 함께 넣고 끓여 낸 일본 음식은 '오뎅ぉでん'[4]이기 때문이다. 이탈리아의 '피자', 미국의 '햄버거'가 '서양 빈대떡', '다진 고기 낀 빵'이 아니듯 '오뎅'도 더 이상 시빗거리로 삼지 말아야 하지 않을까. '낭만주의'란 용어도 서양의 로맨티시즘romanticism을 일본이 한자어로 번역해 쓰기 시작한 말이다. 이 또한 '일본 것'이라고 배척해야만 바른길은 아닐 것이다. 이제 우리말 속의 일본말도 옥석玉石을 가려 솎아내는 지혜가 필요한 때다. 어떤 지혜? 다음을 읽어주시기 바란다.

짬뽕과 뗑깡

먼저 우리말에 대한 무심함을 경계해야 한다.

말은 생명을 지닌 유기체와 같은 것이어서 늘 살아 움직인다. 그래서 많은 이(언중言衆)가 즐겨 쓰고 다듬어야 살아남을 수 있다. 우리 것이 소중한 것임을 깨닫자. 영어 철자 틀리면 부끄러워하듯 우리 맞춤법과 표준어 모르는 것도 창피하게 여기는 사회가 되었으면 한다. 우리말 속의 일본어에 대한 무심함과 무지를 함께 더듬어 보자. '자부동'과 '고뿌'는 분명한 일본말이다. 그래서 '방석'과 '컵(또는 잔)'에게 자리를 내주고 이 땅에서 사라졌다. '짬뽕'과 '뗑깡'은 어떤가. 지금도 건재하다. 둘 다 일본말임을 이는 이기 드물이시 그렇다고 나는 생각한다. '짬뽕'은 중국 음식이 아니다. 일본 나가사키가 원산인 '일본식 중국 음식'이다. '짬뽕'의 또 다른 뜻인 '한데 뒤섞임' 또한 일본 사전에 올라 있는 오리지널

---

3. 영어 'punk'에 자동차 타이어와 관계있는 뜻은 없다. 일본에서 puncher(구멍 내다)를 줄여 제멋대로 부른 게 '빵꾸'가 되었다.
4. 일본 조림(또는 냄비) 요리의 일종이다. 가다랑어와 다시마로 우려낸 국물에 양념을 넣고 튀김, 동그랑땡, 곤약, 무, 감자, 어묵, 힘줄, 삶은 달걀 등 다양한 종류를 넣어 긴 시간 끓인다. (『네이버 일본어 사전』)

일본어이다. 그럼 '뗑깡'은? 지랄'병(한자로는 간질癎疾)의 일본 한자 전간顚癎癎을 일본 발음으로 읽은 게 '뗑깡'이다. 중국음식점에서 '짬뽕'[5]을 먹고, 귀여운 우리 아이들에게 '지랄한다'[6]고 아무렇지도 않게 말할 수 있는 이가 있을까. 언어생활에서는 '모르는 게 약'일 수 없다. '알면 바로잡을 수 있지만 모르면 고칠 수 없다'라는 평범한 진리는 우리말 속 일본어 찌꺼기 솎아내기에도 적용된다.

수순, 신병

다음으로는 앞서도 얘기했듯이 이른바 '옥석玉石'을 가려야 한다.

우리말 사전에 토박이말은 절반도 안 된다. 대부분이 한자어(넓은 의미에서 한자어도 외래어로 보는 학자도 있다)이고, 한자어 가운데 '일본식 한자어'의 비중이 적잖은 게 현실이다. 19세기 말 이후 밀려 들어온 서양 학문의 다리 노릇을 일본이 했기에 그렇다. '안구眼球', '대퇴부大腿部', '액화부腋花部' 같은 의학 용어[7]를 비롯해 수학, 과학, 농학, 심지어는 '은유隱喩', '체언體言' 따위의 국어학에 이르기까지 일본어의 영향은 우리 교과서에 깊고도 넓게 퍼져 있다. 군사 용어와 신문, 방송 용어에도 일본어의 흔적은 많이 남아 있다. 이렇듯 각계에 뿌리내리고 있는 말들을 '일본 것'이라고 해서 하루아침에 바꿀 수는 없는 노릇이다. 기왕에 널리 쓰이고 있고 딱히 대체할 낱말이 없다면 낱말 하나하나에 집착해 '순화'하

---

5. 우리나라 '짬뽕'과 일본의 '참퐁'은 전혀 다른 음식이다. 가장 큰 차이는 매운맛에 있다. 우리나라 중국음식점의 '우동' 또한 일본의 '사라(접시) 우동'이 원형(原形)이다. 일본 '사라 우동'에 흥건한 국물은 없다.
6. 일본에서도 요즘은 '뗑깡'이란 표현을 병원에서도 거의 안 쓴다. '지랄, 간질'의 직접적인 표현이 부담스럽기 때문이다.
7. 대퇴부(大腿部)는 '넓적다리', 액화부(腋花部)는 '겨드랑이'이다. 임파선(淋巴腺)도 일본용 어이다. 지금은 '림프-선'으로 바꾸어 쓰는 곳이 많아졌다.

기보다는 앞으로 들여올 새로운 용어를 진짜 우리 것으로 만들 궁리를 하는 게 더 나을 게다. 그렇다고 모든 걸 다 불문에 부치자는 건 아니다. '수순手順', '신병身柄'처럼 지금도 기자들이 '애용'하는 기사체 표현 — 주로 법조 기사에 많다 — 일지라도 원래 있는 우리말로 바꿀 수 있는 건 고쳐 써야 한다. '수순'은 '차례, 순서'로 '신병'은 '신원, (법률상) 지위' 따위로 적절히 바꾸어 쓸 수 있는 낱말이다. 다만, 기사의 소비자인 시청자와 독자가 이해하기 쉬운 용어가 무엇인가 고민할 필요가 있다.

말은 생각을 담아내는 그릇이다. '보기 좋은 떡이 먹기도 좋듯'이제 뜻을 바로 전하려면 반듯한 우리 그릇(말, 표현)을 써야 한다. 일본 대중문화 개방을 두고 시기와 시비를 논하기 전에 국어에 대한 우리 대접이 어떤지를 곱씹어봐야 한다. 국어에 '무지'하고 '무심'한 우리를 따끔하게 꼬집은 일본 재야 사학자의 한마디를 끝으로 덧붙인다.

"한국인은 중국을 모방했고, 일본인은 가나를 창조했다. (…) 현대의 한국인은 가나보다 훨씬 우수한 한글이라는 문자가 있어 독자적 문화가 있다는 반론을 할지도 모른다. 그러나 그렇게 주장하는 사람은 알고 있는 것인가. 세종대왕이라는 명군明君에 의해 창조된 한글이 한국사에서 얼마나 차별받아 왔는가를."[8]

---

8. 이자와 모토히코, 『역설의 일본사, 역설의 한일 고대사』, 고려원, 1995. 322쪽, 335쪽에서 인용한 내용. 훈민정음이 반포된 이후 400여 년 동안 대부분의 공문서는 한자로 기록되었다. 훈민정음이 비로소 대접받기 시작한 건 주시경 선생이 '한글'이라는 이름을 지어줄 즈음부터였다.

옛날 옛적 일어 번역본을 중역하던 시절에

치루치루, 미치루

이번엔 문제 풀이로 시작하자. 문제? 걱정하지 마시길, 여러분의 부담을 덜어드리기 위해 스무고개로 진행할 터이니 말이다. 그럼, 이제 스무고개를 시작해보자.

1. 먹는 겁니까? (지금 배고프시군요) 아닙니다. 2. 입는 겁니까? 아닙니다. 3. 어떤 성질입니까? 만질 수 없는 겁니다. 4. 사람과 관계있습니까? 그렇습니다. 5. 다른 것과도 관계있습니까? 그렇습니다. 6. (헷갈리는군요) 어느 것에나 다 있는 겁니까? 거의 그렇습니다. 7. 너무 어렵습니다. 힌트를 주시겠습니까? 이름입니다. 8. 어떤 이름입니까? 사람 이름입니다. 9. 그 이름을 가진 사람은 살아 있습니까? 그럴 수도 있고 아닐 수도 있습니다. 10. 산 사람일 수도 있고 죽은 사람일 수도 있다면, 흔한 이름입니까? 그렇지 않습니다. 11. 우리나라 이름입니까? (예리한 질문입니다) 아닙니다. 12. 그렇다면 문학작품 속의 주인공? (대단한 상상력이군요) 맞습니다. 13. 어느 나라 이름입니까? 정확히 모르지만, 동양권은 아닙니다. 14. 어느 나라 작가의 작품입니까? 벨기에입니다. 15. 벨기에라면, 유명한 작가가 별로 없는데, 혹시 메테를리히? 그렇습니다, 유식하시군요. 17. 메테를리히 작품 가운데 널리 알려진 건 별로 없는데, 그렇다면 '파랑새'의 주인공 이름? 맞습니다. 18. 알았습니다. '치르치르'? 아닙니다. 19. 그럼, '미치르'? 또한 아닙니다. 20. 그렇다면 ······.

스무고개를 다 넘었건만 정답을 밝히지 못했다. 정답은 '틸틸'과 '미틸'이다. 그렇다. '행복은 가까운 곳에 있다'는 교훈을 주는 동화 '파랑새'의 주인공 이름은 '치르치르', '미치르'가 아니다. '틸틸Tyltyl', '미틸Mytyl'이 맞다. 그런데 우리는 왜 '치르치르'와 '미치르'로 알고 있을까. 일본 탓이다. 일본이 서양 책을 번역하면서 옮긴 이름을 우리도 그대로 따왔기 때문이다. 원전原典을 직역한 게 아니라 일본이 번역한 책을 중역重譯했기에 생긴 오류다. 단순한 추측이 아니다. 70년대에 찍어낸 책에는 (분명히 우리나라 출판사에서 간행했고, 번역자도 우리나라 사람이지만) '치루치루', '미치루'라고 번역한 곳도 있다. 일본 번역본에 충실(?)했기 때문이다. '파랑새' 주인공인 남매의 일본 번역 이름이 'チルチル치루치루', 'ミチル미치루'이니까. 그럼, 일본에서는 왜 원전과 달리 이름을 번역했지? 일본엔 '티' 발음도, 'ㄹ' 받침도 없기 때문에 그렇다.

일본 대중문화를 두고 말들이 참 많다. 좋다는 이도 있고, 그렇지 않다는 이도 있고, 언젠가는 해야 하지만 민족 감정을 고려해서 뒤로 미뤄야 한다는 이도 있다. 일본 대중문화 개방에 대한 시비를 가리기 전에 '치르치르(치루치루)'와 '미치르(미치루)'의 이름부터 바로잡는 게 순서다. 광복을 맞은 지 오십몇 년 동안 우리는 동화 속 주인공 이름에 남아 있는 일본어 찌꺼기를 솎아내지 못했다. '중역重譯은 원전의 뜻을 제대로 담을 수 없다'라는 경구警句는 우리말 바로 쓰기에도 예외가 아니다.

소라색은 고둥색?

8·15를 앞두고 일본에 다녀왔다. 우리말 속의 일본어를 확인하기 위해서였다. 예상은 사실로 내 앞에 나타났다. 도쿄에서 가장 크다는 키노쿠니야쇼텡紀國屋書店에서 확인한 동화 '파랑새'의 일본어판에서 위 사실을 확인했다. 우리 할아버지와 아버지가 그랬듯이 우리 아이들도 일본 투

발음으로 그 동화를 읽고 있다니 기가 막혔다. 언짢은 미음을 달래며 서점을 나섰다. 태풍이 지나간 뒤끝의 맑은 도쿄 하늘. 그 하늘을 가리키며 일본의 한 젊은이는 하늘이 '소라이로そらいろ, 空色'이라 했다. 우리가 말하는 '소라색'은 '고둥'의 색이 아니라 '하늘색'의 일본말이다. 저녁을 먹기 위해 들른 도쿄 변두리의 '야키도리' 집 주인은 통역 없이도 우리가 먹고 싶은 게 무엇인지 잘도 알았다. '와사비' 넣은 '스시'에 '사시미' 한 '사라', 그리고 시원한 '지리'까지 말이다. 와사비(고추냉이)와 스시(초밥), 사시미(생선회), 사라(접시)는 그렇다 치자. 일본어임을 기왕에 알고 있었으니까. 그렇다면 '지리'도 일본말? 그렇다. 매운탕에 맞서는 '지리' 는 오리지널 일본말이다. '(매운)탕으로 하실래요, 지리로 하실래요?'는 이제 '매운탕, 맑은탕(또는 안 매운탕)'으로 바꾸는 게 어떨까.

우동, 카스테라

도쿄를 떠나 고도古都 교토를 거쳐 나가사키로 갔다. 나가사키의 명물은 '참퐁'과 '사라 우동', '카스테라' 그리고 전차. 나가사키는 또 '무댓포'란 표현의 근원지이기도 하다. 중국 음식으로만 알고 있는 '짬뽕'은 일본의 '참퐁'이 원조이고 중국음식점의 '우동' 또한 일본식 '사라さら,접시 우동'에 서 온 것이다. '어제 술을 짬뽕했더니 ……'의 '짬뽕'도 100% 일본어임은 물론이다. 북한에서 '단설기'로 다듬은 '카스테라'는 포르투갈의 빵인 '카스티야'에서 온 것이다. 우리나라 빵집에서도 볼 수 있는 '나가사키 카스테라'가 원조이다. 그렇다면 나가사키가 '무댓포'의 근원지라는 말은 또 뭔가. 일본말 '무댓포むてっぽう'의 한자 표기는 무철포無鐵砲. 철포鐵砲는 조총을 뜻하는 말이다. 이 조총이 일본에 처음 들어온 곳이 일본의 첫 개항지이면서 한동안 유일한 서양 교역항이었던 나가사키이다. 조총이 수입되면서 칼만 휘두르던 시대는 막을 내리게 되었고 그 이후 '(세상

바뀐 줄도 모르고) 조총鐵砲도 없이無 전쟁에 나서는 무모함'을 가리켜 '무댓포無鐵砲'라 했다. 16세기 일본에서 비롯한 말이 21세기 대한민국에서 '무대포 정신'으로 당당히 살아 숨 쉬고 있는 셈이다.

형형색색 예쁘게 단장하고 시내를 누비는 나가사키의 전차에서도 우리말 속 일본어를 더듬을 수 있었다. '보단ボタン'과 '부자ブザー'가 그것이다.

'버튼button', '버저buzzer'가 '보턴'과 '부저'로 통하는 것도 다 일본 영향이다.

토박이말만 우리말일 수는 없다. 다양한 외래어를 받아들여 우리 것으로 만드는 게 지혜로운 일일지 모른다. 그래도 옥석은 가려야 하는 법, 다른 건 몰라도 센터center와 배터리battery를 두고도 '센타'와 '밧데리 / 빠떼리'를 찾는 건 함께 생각해 봐야 할 일이다.

기특한 서울시 새 청사

부지(敷地)와 터

라디오 뉴스를 했다.

늘 하는 게 라디오 뉴스긴 하지만, 얼마 전에 한 뉴스는 내게 작은 보람을 안겨주었다.

하루에 보통 한 번꼴로 하는, 늘 하는 라디오 뉴스가 내게 안겨준 보람은 어디서 비롯되었는가. 그날 내가 한 뉴스는 서울시 새 청사를 어디에 지을 것인지 여기저기 알아보고 있다는 내용이었다. 건물 지을 터를 알아보는 게 감동을 안겨주었을 리 없고, 잘해야 거기가 거기인 라디오 뉴스를 내가 기가 막히게 처리했다는 자기만족에 빠져서도 아니다. 그 기사를 쓴 새내기 기자가 나를 그렇게 만들었다는 이야기다. 그 기사의 시작은 이랬다.

> 서울시 새 청사가 들어설 땅을 선정하는 작업이 이번 주부터 본격적으로 시작됩니다. (…) 현재 서울시 새 청사 후보지로는 뚝섬과 보라매공원 (…)

나는 이 기사를 전하면서 입가에 옅은 웃음을 지었다. 드디어 서울시가 조선총독부 경성부청 건물에서 '대한민국 수도 서울에 걸맞은 새집을 찾아 나서니 좋다'는 생각 때문은 아니다. 서울시가 새집 찾아 나선다는 말은 새로운 소식이 아니었으니까 말이다.

'부지'란 일본 한자를 쓰지 않으려 애쓴 흔적이 역력했다.[1] 문화방송의 새내기 기자 'ㄱ' 씨의 기사를 뜯어보면 말이다. 하긴 '부지'란 낱말이 쓸데없이 나왔다면 내가 고쳐 읽었을 게다. 우리말인 '땅'이나 '터'나 '지을 곳'으로. 그런데 그럴 필요가 없는 기사를 새내기 기자가 썼다. 그런데 아무 관계 없는 내가 왜 기특해하냐고? 후배가 선배들의 전철을 이어받지 않으려는 게 그 하나고, 또 다른 하나는 '잘 가르쳤다'는 흐뭇함이 밀려들었기 때문이다. 내 착각일지도 모르지만.

우리말, 방송 말 바로 써야 한다는 내용의 강의를 몇 차례 했다. 문화방송 신입 사원 연수도 그 가운데 하나로 남아 있다. 그때 그 말을 했다. '부지'는 일본말 찌꺼기인데 우리는 지금도 그 말 아니면 할 말이 없는 양 내내 부지를 되뇌고 있다고. '서울시 새 청사' 기사를 쓴 기자는 그날 신입 사원 연수에 함께 했던 신입 사원 가운데 하나였다. 뉴스를 하면서 기사 작성한 기자 이름을 보았으니까 ― 문화방송의 뉴스 원고(기사)는 전산 입력되고 기사를 쓴 때와 기사를 쓴 기자 이름이 함께 기록 된다 ― 알 수 있는 거다.

내 강의 때문이 아니라고 지금은 생각한다. 나의 그 짤막한 한마디가 그 기사 작성에 영향을 미칠 만큼 대단한 게 아니라고 생각하기 때문이다. 그래도 좋다. 작지만 큰 변화를 일으킬 수 있는 용기를 가진 젊은 방송인이 있다는 게 얼마나 다행한 일인가.

---

1. '부지(敷地)'는 『조선왕조실록』의 『순종실록』에 5번, 『순종실록 부록』에 7번, 모두 12번 나온다. '부지(敷地)'는 다른 실록에는 등장하지 않는다. 『순종실록』은 일제강점기에 편찬되었다.

왜 대·소문자를 구분하나

소문자로 쓰는 단위, 대문자로 쓰는 단위

라디오 방송을 듣다 보면 매시간 들을 수 있는 소리가 있다. 문화방송을 기준으로 하면 다음과 같은 내용이다.

중파 900kHz, 표준 FM 95.9 MHz.
문화방송입니다.

이제 소리 나는 대로 써보겠다.

중파 900킬로(키로) 헤르츠, 표준 에프엠 95쩜9 메가헤르츠
문화방송입니다.

흔히 잘못 발음하는 곳은 '킬로'다. 대부분 '키로'로 소리 내고 있다. 주파수 단위인 'Hz'의 바른 표기와 발음은 '헤르츠'[1]다.

국제 도량형 위원회가 정한 원칙은 '일반적으로 로마체(직립체) 소문자를 기호로 사용한다. 그러나 고유명사에서 유래한 것은 로마체 대문자를 사용한다'이다. 그 대표적 예를 몇 개만 들어보겠다. 왼쪽은 일반적인 경우(소문자)이고, 오른쪽이 고유명사(사람 이름)에서 유래한 기호다.

'리터(L)'는 아라비아 숫자 '1'과 혼동을 막기 위해 1979년에 대문자

---

1. 진동수의 국제단위. 1초 동안의 진동 횟수이다. 독일의 물리학자 헤르츠(Hertz, H. R.)의 이름에서 유래되었다.

단위	기호
미터	m
그램	g
톤	t
시간	h
칼로리	cal
리터	L

단위	기호
암페어	A
볼트	V
와트	W
헤르츠	Hz
뉴턴	N
쿨롬	C

'L'로 바뀌었다.

십진 배수와 십진 분수를 나타내는 접두어는 백만 배 이상은 대문자로, 그 이하 배수와 분수는 소문자로 표기한다. '기가(G, 십억)', '메가(M, 백만)' 그리고 그 이하 배수와 분수인 '킬로(k, 천)', '데시(d, 1/10)', '센티(c, 1/100)' 따위가 그 예다.

제곱, 평방, 스퀘어

'밀리미터(mm)'와 함께 뉴스에 가장 많이 나오는 단위는 'm^2, m^3'일 것이다. 우리나라 학계에서는 '제곱미터, 세제곱미터'로, 미국에서는 '스퀘어square미터, 큐빅cubic미터', 일본에서는 '평방平方미터, 입방立方미터'로 쓰고 있다. 한국표준연구원의 규정에 따라 우리나라 모든 교육 기관에서도 이렇게 읽고 있다. 면적과 체적은 '평방'과 '입방'이라고 해야 한나던 때가 있었다. 기온 '몇 도 몇 분'을 '몇 점 몇 도'로 바꾸었듯이, '평방, 입방'도 이제 '제곱, 세제곱'으로 고칠 때가 되었다.

리리릿자로 끝나는 말은

앗사리, 단도리, 유도리, 빠리빠리

아나운서가 꼭 갖춰야 하는 것 가운데 하나가 시계다. 스마트폰의 '알람' 기능이 자명종(알람 시계)을 대체한 지 오래되었지만 지금도 아나운서들이 모여 있는 곳에선 이 시계가 수시로 울어댄다. 새벽 방송하는 어떤 아나운서는 머리맡에 둔 스마트폰 알람만으로는 못 미더워 '백업용 스마트폰', 아날로그 시대의 자명종까지 놓고 잠자리에 들어야 제대로 잘 수 있다는 말도 했으니까. 알람용은 하나면 충분하다고? 그렇지 않다. 잠결에 끌 수도 있고, 배터리가 떨어질 수도 있고, 고장 날 수도 있고 ·······.

문화방송 아나운서 사무실 벽에는 정시보다 5분 빠른 시계가 걸려 있었다. 물론 알람시계다. 매시 정각에 방송하는 라디오 뉴스를 챙기기 위해서다. 뉴스 시간이 임박했음을 알리는 소리는 음악인데, 그 음악 가운데 하나가 '리리릿자로 끝나는 말은······'하는 동요다.

리리릿 자로 끝나는 말은, 개구리 너구리 코끼리 소쿠리 유리 항아리 ······

이런 노래이다. 노랫말 뒤쪽은 사람마다, 지방마다 조금씩 다를 게다. 어른들은, 더욱이 술을 좋아하는 어른들은 못마땅할지도 모르겠다. 유아 취향의 노랫말일지도 모르니까. 그럼 이건 어떤가.

리리릿 자로 끝나는 말은, 막걸리 닐리리 넋두리 깡그리 제비추리 ......

이제 약주깨나 밝히시는 어른들도 관심을 가질 만하게 되었을 게다. 위에 보기로 든 노랫말은 '유리琉璃'만 빼곤 토박이 우리말이다. 보기로든 낱말 말고 그 가운데 몇 개를 더 옮겨보자.

피리, 이리, 며느리, 귀리, 미투리, 꼬투리, 재빨리, 우수리, 뿌리, 부리, 주전부리, 잠자리, 허리, 꼬리, 가두리, 가오리 ......

'리'로 끝나는 토박이말을 따지면 한도 끝도 없을 게다. '부리'로 끝나는 말 가운데 '꽃부리, 총부리, 돌부리' 따위의 낱말은 앞의 '뿌리와 부리'라는 장에서 살펴보았으니 다음으로 넘어가자. 이건 어떤가.

리리릿 자로 끝나는 말은,
앗사리 쓰리 단도리 유도리 빠리빠리 ......

이건 모두 일본말이다. 그럴 리가 없다고 손 내저을 이가 있을지도 모르니 일본어 사전의 뜻풀이를 그대로 옮겨보겠다.

앗사리ぁっさり: 담박하게, 시원스럽게, 간단하게, 깨끗이.
쓰리すり: 소매치기.
단─도리だ段取(り)、んどり: 잘못되지 않도록 단단히 대책을 세우는 일, 엄하게 단속하는 일.
유도리ゆとり: (공간, 시간, 마음, 체력의) 여유.
빠리빠리ばりばり: 원기 왕성하고 외모가 좋은 모양, 민첩하고 단정한 모양, 새롭고 구김살이 없는 모양.

우리가 쓰는 뜻과 조금 다른 낱말도 있지만, 거기서 거기다. 원조元祖는 일본말이란 이야기이다. '다꾸앙'이나 '오뎅', '겐세이'처럼 일본말임이 확연히 드러나는 말이 차라리 더 낫다. 그저 우리말인지 알고 쓰지만, 알고 보면 오리지널 일본말인 것들. 이런 게 문제다. 설마, "'앗사리' 한때 일본에 우리말을 '쓰리' 당한 셈 치고 이제부터라도 '유도리' 없이 '빠리빠리'하게 '단 도리' 잘하면 될 거 아닌가." 이런 말을 하고 싶은가, 지금?

깡소주는 있어도 깡맥주는 없다

깡패, 깡통

'깡패'들은 '깡'이 있어서 '깡패'가 되었을까. 아니, 『표준국어대사전』은 이 말의 어원을 '범죄를 목적으로 조직적으로 움직이는 무리'인 '갱gang'과 '어울려 이룬 사람들'의 뜻인 한자 '패牌'가 합쳐져 생긴 것으로 밝힌다.

그럼 '깡통'의 '깡'은? 'can+통筒'이 어원이다. '통조림 혹은 통조림의 통'을 가리키는 영어 'can'이 '깡'으로 발음되어 전해진 것인데, 왜 그랬을까. '드럼통drum桶'과 '도라무캉ドラム缶'에 기대어 살펴보면 답이 나온다. 앞엣것은 한국어, 뒤엣것은 일본어. 영어 'can'을 한국어는 '캔'으로 일본어는 '캉缶, かん'으로 옮긴다. '깡통'은 그러니까, '캉缶, かん'+'통桶'이다.

> 깡패: 갱gang + 패牌 ← 영어 + 한자
>
> 깡통: 캉かん, 缶 + 통(筒) ← 일본어 + 한자

'깡-맥주'를 마시던 세대의 나날은 흐르고 흘러 그 자리는 '캔-맥주'를 마시는 이들이 채운다. 아, '깡-소주'는? '다른 것이 섞이지 않고 그것만으로 이루어진'의 뜻을 더하는 접두사인 '강'에 소주가 붙어 생긴 '강소주'의 된소리 표현이다. '안주 없이 마시는 소주'라는 뜻이다. '안주 없이 마시는 술'은 '강술 / 깡술'이다.

낑깡, 뗑깡

껑패, 깡통과 깡소주(강소주), 깡술(강술)의 어원을 살펴보았다. 이번에는 말끄트머리에 '깡'이 붙은 표현을 짚어보자. '낑깡'과 '뗑깡'이다. 낑깡은 '킨칸きんかん, 金柑', 그러니까 일본어이다. 우리말로는 '금감金柑', '금귤金橘', '동귤童橘'이다. 금빛 감, 금빛 귤, 어린(작은) 귤, 이런 뜻이겠다.

'뗑깡'은 일본에서도 쓰기를 삼가는 표현이다. '텐칸てんかん, 癲癇'은 '간질병, 지랄병' 등을 뜻하는 일본말. 일상에서 거의 쓰지 않는 이 한자의 뜻을 새기면 癲(미칠 전), 癇(지랄병 간)이다. 뜻이 너무 거칠어서 일본에서조차 잘 쓰지 않는 까닭이 그래서이다. 요즘은 뇌전증腦電症이라 한다. '뗑깡 부리다'는 '생떼 부리다', '생떼 쓰다'로 다듬을 수 있음. '생떼'는 '억지로 쓰는 떼'를 의미함. 국립국어원 누리집에서 '뗑깡'을 찾으면 이렇게 나온다.

겜뻬이를 아십니까

맛세이, 후로쿠

우리말 가운데 일본말 찌꺼기가 가장 많이 남아 있는 곳은 아마도 당구장일 것이다. 이제 당구는 일부 남성들만의 놀이가 아니다. 그럴듯하게 브리지를 세우고, 큐를 놀리는 여성들을 당구장에서 보는 건 이제 예삿일이다. 포켓볼이 널리 퍼지면서 신세대 여성들의 당구장 출입이 잦아진 까닭일 게다. 시대가 바뀌고 사람이 바뀌면 일본말 당구 용어도 바뀜 직하건만, 당구 용어가 우리말로 제대로 바뀐 것 같지는 않다. 70년대에 태어난 이른바 X세대가 어설픈 일본말을 아무렇지도 않게 내뱉는다는 것. 왠지 어울리지 않는 그림이다.

> 당구다이(당구대), 다마(공), 오시(밀어 치기), 히끼(끌어 치기),
> 나메(깎아 치기, 얇게 치기), 겐세이(견제)

괄호 안에 있는 말은 당구협회가 순화한 국산 당구 용어다. 이처럼 흔히 쓰는 일본 당구 용어만 모아도 20~30개는 족히 될 것이다. 이를 일일이 이 자리에 다 늘어놓지는 않겠다.

처음에는 낯선 우리말 당구 용어를 '혼자만 쓴다'는 게 남세스럽기도 할 게다. 그렇게 얼마를 지내다 보면, 정겹게 느껴지는 우리말을 '내가 먼저 쓴다'는 자부심이 더 크게 느껴질 날도 올 게다.

내로라[1] 하는 당구쟁이들은 앞서 든 보기에 '맛세이'와 '후로쿠'가 빠진 걸 알아챘을지 모른다.

딩구 고수만이 할 수 있다는 '맛세이'와 뜻밖의 행운으로 득점하는 '후로쿠'는 영어(프랑스어)에서 온 말이다. 'masse[mӕsei]: 큐를 세워 치기(같은 뜻의 프랑스어는 massé이다)'가 그렇고, 'fluke[fluːk]: (당구 따위에서) 공이 우연히 들어맞기'가 그렇다. 이를 일본말 マッセー, フロック를 따라 해서 '맛세이'가 되었고 '후로쿠'가 된 것이다. 이제 '세워 치기(또는 찍어 치기)', '운 좋게-' 정도로 바꿔 쓰자. 두 용어의 외래어 규범 표기는 각각 '마세'와 '플루크'라는 것도 이참에 새겨두면 좋고 내친김에 대표적인 일본 당구 용어 몇 개를 더 들어보자. 긴 다마(쉬운 공), 마와시(돌리기), 우라마와시(뒤돌리기), 오오마와시(크게 돌리기), 히까께(걸어치기), 겜뻬이(두패로 갈라져서, 편 나누기).

흔히 '겜뻬이/겐뻬이'라 하는 '겐페이'는 일본 역사를 알아야 무슨 뜻인지 아는 진짜배기 일본말이다.

겜뻬이源平, げんぺい, gempei의 일본말 사전 풀이를 찾아보자. ― ① 源氏(원씨)와 平氏(평씨) ② 적과 우리 편 ③ 청백靑白으로 갈라져서 ④ 紅白(源氏는 흰 깃발, 平氏는 붉은 깃발을 사용했으므로) ― 이렇게 나와 있다. 사전 뜻풀이만으로도 짐작할 수 있듯이, '겐페이'란 말은 일본 역사에 나오는 두 집안싸움에서 비롯된 말이다. 일본의 '원씨네'와 '평씨네' 집안은 아마 로미오와 줄리엣의 '몬터규 집안'과 '캐풀렛 집안'쯤 되었던 모양이다.

내 18번은 베사메무초

언젠가 신문에서 재미있는 기사 하나를 발견했다. 내용은 '한 재벌 그룹이 회사의 이모저모를 알기 쉽게 설명한 사원용 소책자를 발간했다'

---

1. (주로 '내로라하는'의 꼴로 쓰여) 어떤 부류에서 두드러지거나 대표로 꼽힐 만하다. (『고려대한국어대사전』) '내노라하다'는 이 표현의 잘못이다.

라는 기사다. 그 책엔 별것이 다 실려 있는데, 이를테면 '어느 회사 회장의 18번은 무슨 곡이다'라는 것까지 담겨 있다는 내용의 기사를 보았다. 기가 막혔다. 술집에서, 노래방에서, 자기를 소개하는 자리에서, 아무 생각 없이 쓰는 말이 '18번'이긴 하다. 재벌이더라도 어디까지나 개인 회사니까, 별생각 없이 '18번'이란 말을 쓸 수 있긴 하다. 그래도 신문에서까지 남의 입을 빌려 '18번'을 퍼뜨릴 줄은 정말 몰랐다. 하긴 한때 대한민국 대통령이 자신의 18번은 '베사메무초'라고 아무 거리낌 없이 말한 적도 있긴 하지만.

'18번'이 뭐가 어때서? 때로는 방송에서도 부끄러운 줄 모르며 버젓이 쓰고 있는 '18번'이란 말은 일본 전래 연극에서 비롯된 말인 까닭이다. '18번'은 가장 인기 있는 순서를 18번째 무대에 올린 일본 가부키에서 유래한 말이다. 게다가 상소리를 떠올린다고 하여 방송에선 가려 쓰는 말이 '18'이다. '십팔, 십팔'하며 평소 내뱉지 못한 상소리를 비겁하게 되뇌느니, '애창곡'이라고 하는 게 훨씬 낫지 않을까.

가부키에서 온 말이 또 있다. 영화판에서 떠돌다, 이제는 일반인 사이에서도 쓰이고 있는 '쌈마이'란 표현이 그것이다. '쌈마이'는 일본 공연계의 3류 배우, 그러니까 '산마에三枚, さんまい'에서 온 말로 가려 써야 할 표현. 일류급의 주연배우는 '이치마에一枚', 조연급은 '니마에二枚'로 부른 일본 가부키 계의 전통에서 비롯한 용어이다. 가부키 극단을 포함한 일본 공연계에시는 (산마에) 배우들에 내한 배려도 이런 표현을 쓰는 건 금기로 삼고 있다. 무심히 써온 '18번(쥬하치방)'이나 '쌈마이(산마에)'는 가려 쓰는 게 어떨까.

『표준국어대사전』은 '십팔번十八番'을 표제어로 삼아 '가장 즐겨 부르는 노래. 일본의 유명한 가부키 집안에 전하여 오던 18번의 인기 연주 목록에서 온 말이다'로 설명하고 있다. 『고려대한국어대사전』의 설명은 다음처럼 더 상세하게 풀어준다. 자신이 갈고닦아서 가장 잘하거나 자랑으로 여기는 재주를 속되게 이르는 말. 주로 가장 잘 부르는 노래를 지칭한다. '가부키^{歌舞伎}의 명연기 대본 열여덟 가지'라는 뜻의 일본말 '가부키주하치방^{歌舞伎十八番}'에서 나온 말이다.

제4부

바르게 쓰고 정확하게 말하기

달걀은 닭의 알입니다

헤어지다, 해어지다

케이블 TV를 봤다. 그것도 한나절 내내. 재미있기도 했지만, 수십 개 남짓한 채널을 마구 돌리며 보는 재미 또한 만만치 않았기 때문이다. 하지만 진짜 이유는 케이블 TV의 '방송말'을 트집 잡기 위해서이다. 다음은 고치고 다듬어야 할 케이블TV의 '방송말' 가운데 일부다.

① 가방의 닳고 헤어지기 쉬운 부분 …….
② 원자력 발전소 [이기(2기)]가 설치됩니다.
③ 요번에, 요건, 고건, 조건
④ …… 바라겠습니다.
⑤ [흐글] 다져서, [다글] 잡아서 …….
⑥ 어떤 분이 단체로 구입하셨나 봅니다.
⑦ 어떻게 하면 깊은 숙면을 취할 수 있을까요?

① '헤어지다' 하면 '이별'을 떠올리게 된다. '헤이지다'에는 '실꽂이 갈라져 터지다'라는 뜻도 있다. '입술이 헤어지다'라는 쓰임이 그 보기다. '헤지다'로 줄여 쓰기도 한다. 위의 보기는 '해어지다', '해지다'라고 해야 한다. '신발이 해어지다', '해진 군복'처럼. '해어지다'는 '(살갗 아닌 것이) 닳아서 떨어지다'라는 뜻이다. 'ㅔ'와 'ㅐ', 양성모음과 음성모음의 구별이 이에 앞섬은 물론이다. 양성모음과 음성모음은 어떻게 구별하나. 다음을 소리 내 읽어보면 된다. 입안에서 웅얼거리지 말고 입 밖으로 또렷하게

소리 내서 말이다. '내가, 네가', '에미, 애비'[1] — 이 네 낱말을 다른 소리로 낼 수 있고, 또 자기 귀로 들을 수 있다면 '발음 장애'는 아니니 크게 걱정할 것은 없다. 앞으로 제대로 발음하기 위해 신경만 조금 더 쓰면 된다. 품위 있는 표준말을 쓰기 위해서. 그런데 음성과 양성모음 구별이 제대로 안 되는 분은 반성하시기 바란다. 지금부터라도 우리말 소리 제대로 내는 훈련에 짬 좀 내셔야 함은 물론이고. 영어 발음 제대로 익혀야 한다고 수십만 원짜리 어학 카세트 사들이는 것에 비하면, 적어도 돈은 안 드는 일이니 그나마 다행 아닌가.

② '발전소 이 기豐'는 '2기(期, 두 번째 설비)'로 들릴 수도 있다. '두 기(2기)'로 읽는 게 좋다.

③ 나이 들어서도 어린 말투를 버리지 못하는 이가 많다. '이번에, 이건, 그건, 저건'으로 하는 게 바람직하다. 앞서 보기로 든 말은 '이, 그, 저' 따위의 지시 대명사를 얕잡아 이르는 거나 귀엽게 말하는 것으로 '어린 말투'이다.

④ '바라다'는 '희망, 원망願望'을 담은 말이다. '-겠-'은 '미래, 의지, 추측'을 뜻하는 보조어간이다. 말 그대로만 푼다면, '(지금은 바라지 않지만, 앞으로) 바랄 예정이다'라는 뜻이 된다. '바라겠다'는 그냥 중언부언重言復言에 지나지 않는다고 남들이 생각해주면 다행이고.

⑤ '흘글(흙을), 달글(닭을)' 해야 한다. 받침 발음의 연음連音은 말소리 내기의 기본이다. '다갈(닥알)'이 아니라 '달걀(닭의 알)' 아닌가.

⑥ '단체'는 사람이 모여 만든 동아리를 일컫는 말이다. 따라서 '단체로 구입했다'는 표현은 틀렸다. '단체에서 구입했다', '어떤 분이 한꺼번에 사 갔다(구입했다)'라고 해야 어찌 되었든 말이 된다.

⑦ '깊은 잠, 단잠'을 뜻하는 게 '숙면熟眠'이다. '깊고 깊은 잠'이라면

---

1. '아비'의 비표준어. 함께 보기로 든 '에미'도 '어미'의 비표준어.

'영면永眠'하란 얘긴가. '깊은 숙면'도 그래서 '중언부언'이다

초등학교만 졸업해도 다 아는 얘기를 했다. 사실 바로 잡아야 할 방송 말 가운데 태반은 알면서도 잘못 쓰는 무심함에서 비롯된다. 우리말에 대해 '무심함'도 남 부끄러워해야 하는 것 아닌가.

외래어와 외국어는 엄연히 다르다

해피랜드, 하이라이트

라디오 뉴스를 들었다. 상업 방송에는 광고가 붙는다. 광고주는 유아복을 만드는 회사. 거기서 파는 옷 이름은 '해피랜드'. Happy Land란 영어에서 따온 이름일 거다. 이를 두고 어떤 이는 '해필랜드'라고 한다. '해피랜드', '해필랜드' 어느 게 맞을까. 우리말과 다른 영어 발음의 세계로 통하는 문을 살짝 열어보자. 영문과 출신의 '발음 강좌'이니 믿으시기 바란다. 영어 [l]과 [r]의 발음은 우리 발음 'ㄹ'과 사뭇 다르다. [l]은 입천장 앞 부위에 혀끝이 닿는 소리, [r]는 소리내기 시작부터 끝까지 입천장에는 절대 닿지 않는 소리이다. 굳이 우리 문자로 옮겨보면 [l]은 'ㄹㄹ', [r]는 'ㄹ'쯤 되겠다. 이것만 익히고 보면 영어 발음에 가까운 것은 [해필랜드]. 하지만 우리 외래어 표기법에 따르면 그냥 [해피랜드]라고 읽으면 된다. '하이라이트'도 마찬가지다. High–Light의 영어 발음은 [하일라이트]에 가깝지만, 바른 외래어 표기와 발음은 [하이라이트]가 맞다.[2]

컴퓨터 OS, 윈도

외래어와 외국어는 엄연히 다른 것이다. 컴퓨터 운영체제의 하나인 윈도Window는 외래어. '작업 창' 여러 개를 함께 열어놓을 수 있는 운영체제란 뜻을 담아 이름 지었으리라. 이 표현의 외래어 표기법은 '윈도'. 영어

---

2. 외래어 표기법 제3장 제1절 제10항 1. 따로 설 수 있는 말의 합성으로 이루어진 복합어는 그것을 구성하고 있는 말이 단독으로 쓰일 때의 표기대로 적는다.

발음 [ou]를 '오우'가 아닌 '오'로 표기하고 끄트머리의 's', 그러니까 복수複數를 나타내는 표기와 발음은 우리말로 옮기지 않는다. 그래서 영문 'Windows'의 바른 외래어 표기는 '윈도우'나 '윈도우즈', '윈도즈'가 아니다. 그렇다면 북한말 '가락지 빵'³의 외래어는? '도우넛'이 아닌 '도넛'이다. [ou]를 '오우'가 아닌 '오'로 표기하는 것이다.

---

3. '밀가루에 사탕가루, 소젖, 닭알 같은 것을 섞어서 반죽한 다음 가락지 모양으로 둥글게 만들어 기름에 튀긴 빵.' (『조선말대사전』) 띄어쓰기와 표기는 북한의 '조선말의 문법구조'를 그대로 따라 옮겼다.

원어민 발음 따라하기, 아나운서 발음 따져보기

不法과 佛法, 司法과 私法

『영어의 바다에 헤엄쳐라』라는 제목을 내건 책이 있다. 출간 당시 화제를 모았던 책이다. 이 책의 '초급 버전'인 『영어의 바다에 빠뜨려라』도 있다. '영어를 제대로 배우고 싶다면 영어 원어민들이 모국어를 익히는 방법을 도입하라'라는 저자의 주장을 바탕으로 쓴 책이다. 일리 있는 말이다. 아무려나, 헤엄 못 치는 사람을 거기에 빠뜨리면, 익사?

영어 바다에 헤엄치기 전에 우리말에 목욕부터 하는 게 어떨까. 영어 발음엔 신경 쓰면서 우리말 발음엔 무심한 건 당연한 일이 되었고, 얄팍한 발음 상식으로 된소리, 거센소리가 무슨 필요냐고 대거리하는 이들도 심심찮게 만날 수 있는 게 현실이다.

나는 문과대학 영어영문학과를 마쳤다. '졸업했다'나 '전공했다'는 말을 하지 않은 건 영어영문학과 교과목을 제대로 익히지 못한 채 마쳤다는 부끄러운 고백을 담기 위해서다. 그렇다고 '영문도 모르고 들어갔다가 영어도 제대로 익히지 못한 채' 졸업한 날라리[1] 학생이었단 얘기는 아니다. 불어불문학과에 다니던 어떤 선배는 '영문도 모르고 영문과 다니느니 모든 걸 불문에 부쳐 달라'며 불문과 생활을 하기도 했고, 또 어떤 후배는 '불문과'는 '불교문학과'라고 너스레를 떨기도 했으니까.

헌법과 헌뻡, 고가와 고까, 사법과 사뻡, 문자와 문짜는 길고 짧은

---

1. 언행이 어설프고 들떠서 미덥지 못한 사람을 낮게 이르는 말. 태평소를 이르는 악기 이름이기도 하다. 제주 방언으로는 '나날이', 경상도 일부 지역에선 '나란히'의 뜻으로 쓰기도 한다.

발음도 발음이지만 된소리나 아니냐에 따라 뜻도 달라지는 말이다. 이를 테면 동자이음同字異音(글자는 같으나 소리가 다름)인 것이다.

한 나라 통치 체계의 기본을 정하는 법은 [헌ː뻡]이다. 우리나라 [헌ː뻡]의 1장 1조는 '대한민국은 민주공화국이다'이다. 1조 2항은 '대한민국의 주권은 국민에게 있고 모든 권력은 국민으로부터 나온다'이다.

고가와 고까

된소리 아닌 [헌ː법]은 낡은 법을 뜻하는 말이다. '헌 법'으로 띄어 쓴다. [사법]은 삼권(입법, 사법, 행정)의 하나인 사법司法을 가리키는 말이고 [사뻡私法]은 공법公法에 마주 서는 말로 민법이나 상법 따위를 뭉뚱그리는 용어다. [문짜]는 '가, 나, 다, abc' 같은 글자를 가리키는 말이고 [문자]는 예전부터 전해 내려오는 숙어, 주로 한자 성어 따위를 이르는 말이다. 글자를 가리키는 [문짜]와 '옛 문장이나 숙어'를 뜻하는 [문자]의 한자는 문자文字로 같다. 교통 정보를 알리는 방송에서 자주 들을 수 있는 [고가]와 [고까]의 차이는 뭘까. [고가]도로이고, [고까] 수입 상품이다. 높게 가로지른 다리는 고가高架[고가], 비싼 값은 고가高價[고까]로 해야 바른 발음이다. 그럼 옛집(고가古家)이나 옛노래(고가古歌)는? 둘 다 예사소리에 긴 발음이다. [고ː가], 이렇게. '땅 위에 기둥 세우고 공중에 가로질러(고가高架) 만든 도로'엔 돈 많이 들었으니(고가高價) [고가도로]나 [고까 도로]나 거기서 거기 아니냐고? 그럼 불철주야 시민의 안전을 위해 애쓰는 '119 대원'이 쓰는 고가高架 사다리차도 고가高價[고까] 사다리차겠네?

상기하자 '도살장'

강우량, 강수량, 적설량

날씨도 뉴스다. 그리고 중요한 정보다. 다른 뉴스는 안 보아도 날씨만큼은 꼭 챙겨 본다는 시민을 만난 적도 있다. 날씨를 알아야 휴가 계획을 세울 수 있고, 날씨를 알아야 수출품 선적 날을 잡을 수 있기 때문이다. 동가홍상同價紅裳[1] — 같은 값이면 다홍치마라고 똑같은 '날씨'라도 포장을 잘해야 듣기도 편하고 보기도 좋다. 말에 몸 바치고 사는 사람은 어떤 포장이 제일 중요하다고 생각할까. 물론 '바른 말씨'다. 보기 좋은 화면에 똑 부러지는 설명을 은쟁반에 옥구슬 굴러가는 목소리로 전해 준다고 해도 바른 말씨가 아니면 적어도 내겐 '아니올시다'이다.

봄, 여름, 가을에는 비가 내리고 겨울에는 눈이 내린다. 때때로 진눈깨비도 내리고, 우박이 쏟아지긴 하지만. 물로 떨어지는 비雨는 짧은소리고, '대기 중의 수증기가 찬 기운을 만나 얼어서 땅 위로 떨어지는 얼음의 결정체'인 눈雪은 긴소리다. 짧은 눈은 얼굴에 있는 눈(目, 眼)이다. 짙게 끼면 비행기도 꼼짝 못 하는 안개는 긴소리다. 하얀 꽃이 자잘하게 무리 지어 피는 안개꽃 발음도 물론 길다. '대설주의보'의 첫소리 '대大' 또한 장음이다. [대:설주이보]라고 읽어야 바른 말씨다. 다음을 읽어보자. 꼭 소리 내서 읽어야 한다.

오늘 밤, 전국에 '누운[눈:]'이 내리겠습니다.

---

1. 발음은 [동까홍상]. 한자 값 가(價)가 초성이 아닐 경우 소릿값은 [까]이다.

'아안개[안:개] 꽃' 한 다발을 그녀에게 바쳤다.

강수량과 강우량 그리고 강설량, 적설량에 대해 얘기한 바 있다. 이제 복습 시간이다.

강수량(mm) = 강우량(mm) + 강설량(mm) + 적설량(cm) + 기타(우박, 서리 ……)

강설량: 쌓인 눈[눈:]이 물로 녹았을 때의 양.

적설량: 눈이 땅에 내려 쌓인 양.

괄호 안의 단위는 내린 비(눈)의 양을 잴 때 쓰는 단위다. 강수량에 포함되는 적설량, 우박과 서리 등의 기타는 녹았을 때 물의 양으로 환산해 측정한다.

하늘이 말따

바른 말씨에서 벗어난 틀린 발음을 알아보자. 일기예보에서 가장 많이 나오는 내용을 보기로 들어보자.

1. 맑겠습니다.[말께씀니다]
   맑은 하늘입니다.(말근―)
2. 맑습니다.[막씀니다]
   맑지 않습니다.(막찌―)

으뜸꼴 '맑다'는 두 가지의 발음 원칙을 갖고 있다. 하나는 'ㄱ' 앞에서, 또 하나는 'ㄷ, ㅅ, ㅈ' 앞에서다. 'ㄱ' 앞에선 연음되고(1번처럼), '도살장[2]

(ㄷ, ㅅ, ㅈ)'이 뒤에 올 때는 'ㄱ' 받침만 살려 읽어야 한다. '[막따](맑다), [막쏘](맑소), [막찌](맑지)' 따위가 좋은 보기다. 말따, 말쏘, 말찌 ……는 틀린다.

---

2. 받침 'ㄷ, ㅅ, ㅈ'을 기억하기 쉽게 일부러 쓴 말이다. 도. 살. 장－ㄷ. ㅅ. ㅈ.

'애무'하는 아나운서

때는 바야흐로 방송 시대. 많이들 보고 듣는 시대이기도 하지만, 시청취자의 반응이 바로바로 방송사에 전해지는 시대이기도 하다. 방송 매체도 다양해졌다. 지상파에서 케이블을 거쳐 셋톱박스를 넘어서는 OTT까지 말 그대로 눈이 부실 정도이다. 지상파가 꽤 힘을 쓰던 어느 날 컴퓨터 통신망엘 들어갔다. 쓸 만한 얘깃거리가 없나 해서. 그렇다, '하이텔'이 주름잡던 PC통신 시대의 이야기. 방송에 대고 하는 얘기가 때로는 좋은 방송 거리가 되기도 하는 거니까 말이다. 그런데 눈에 확 띄는 제목이 하나 눈에 들어왔다. '애무하는 아나운서'였다. 도대체 어떤 아나운서가 내놓고 애무를 했기에, 어찌 이런 일이. 당연히 읽어 볼 수밖에. '애모'도 아니고 '애무'를 하다니, 그것도 아나운서가. 기가 막힐 노릇 아닌가. '애무하는 아나운서'의 사연은 이랬다.

어떤 여자 아나운서가 뉴스를 하는데, M−16 소총이 나오는 기사를 전하면서 '엠 십륙[엠심뉵]'하지 않고 '[애무심뉵]'이라고 했다, 끝. '낚시 제목'과는 달리 그게 전부였다. 그럴 수도 있다고, 덮어주는 선 넘어주는 거고 그 뉴스를 그렇게 전한 아나운서, 이름도 얼굴도 모르는 누군가가 '애무' 어쩌고 하더라도 할 말은 없을 게다. 일본 사람들 영어 읽듯이 엠(M)을 에무라고 했으니 통신을 들락거리는 참새들의 반찬거리가 될 만도 한 얘기란 말이다.

'하천 전투기'라고 들어보시었는가. '하천下川 전투기'는 어떤 전투기일 까. 고민할 필요 없다. 하천 전투기는 없으니까. 그런데 있지도 않은 전투기가 뉴스에 등장했다. 언제 어떻게 어디에 나왔을까. 내가 직접 들은 바도, 본 바도 없다. 다른 이의 입을 통해 이 '전설'을 들었을 뿐이다. 이 싱거운 '전설'의 전모는 이렇다.

오래전, 미국의 'F111전투기'[1]가 나온 기사가 있었단다. 이 뉴스를 전한 사람은 신출내기 여자 아나운서. 낭랑한 목소리로 '뉴스를 말씀드리'던 가운데 이런 대목이 나왔단다. '미국의 최신예 전폭기인 하천 전투기가 ……'하는 내용, 문제는 이 대목이다. 이 기사를 쓴 기자의 글씨가 워낙 악필이어서, 괴발개발 갈겨 쓴 'F111'을 '하천'으로 오독誤讀한 게 문제다. F111과 下川―. 머릿속에서 제대로 그려지지 않는다면, 손수 써보면 고개를 끄덕이게 될 게다. 뉴스 원고를 손으로 쓴, 육필 원고뿐이었던 시대의 일이다.

---

1. 제너럴 다이내믹스 F-111 아드바크(General Dynamics F-111 Aardvark).

똑 사세요

꽁초를 주서서 팔면 ……

드라마 〈육남매〉. 20세기 끝 무렵에 큰 인기를 끌던 프로그램이다. 30대 이후라면, 아니 그 이전 세대여도 〈육남매〉를 본 사람이 있을 것이다. 2019년에 케이블 방송에서 재방송을 했으니까. 이 드라마를 100회 편성해 방송한 곳은 문화방송. 극 중 시대를 살아왔다는 한 선배는 눈시울 붉히며 보았노라며 '감동이 담긴 작품'이라고 엄지손가락을 치켜들기도 했던 작품이다. 낯익지 않은 어린 배우들의 천연덕스러운 연기에다 그냥 지나칠 수 없는 당시 골목 모습도 극의 볼거리를 더해주는지 모른다. 넉넉한 살림은 아니었지만 사람 냄새나는 애틋함이 묻어나는 삶을 담아낸 이야기이기에 높은 시청률을 기록했을지 모른다. 당시 '8년 만에 안방극장에 복귀한' 배우 장미희의 대사도 유행어가 될 만큼 화제를 모았다. '똑(떡) 사세요, 똑(떡) 이에요'.

'똑 사세요', 오므린 입 모양으로, '똑 부러지게' 발음하지 않는 여배우를 흉내 낸 〈웃으면 복이 와요〉의 개그우먼 조혜련 또한 시청자에게 재미와 웃음을 안겨주었다.

1950~1960년대가 배경인 〈육남매〉에는 일본말이 자주 등장한다.

드라마의 배경이던 시절을 보낸 이들이라면 듣고 자랐음 직한 낱말들이다. 통조림을 뜻하는 '간수메(칸즈메かんづめ)', 긴목셔츠인 '도꾸리(토쿠리とくり)',[1] 도시락을 가리키는 '변또(벤또べんとう)' 따위의 말들. 어쩌면 깡통따

---

1. 일본어 '토쿠리(とくり)'의 원뜻은 '목이 긴 조막병'이다. 목이 올라오는 스웨터와 모양이 비슷해서 목이 긴 스웨터를 가리키는 말이 되었다. 원뜻과 발음이 변이되어

개인 '깡기리(강기리ｶﾝｷﾞﾘ)'나 방석의 일본어 '자부동(자부통ざぶとん)'도 나왔을 것이다.

극 중에서 꽁초를 주워 파는 동네 아이는 이렇게 말한다.

줏어서[주서서] 팔면 …….

흔히 '줏다, 줏어서'라고 하지만, '줍다, 주워서'가 맞다. 표준어 규정에 따르면 그렇다. 국립국어원의 온라인 개방사전인 『우리말샘』은 '줏다'를 '줍다의 강원, 경기, 경상, 전라, 제주, 충청의 방언', '줍다의 북한말'로 풀이한다. 이 대목에서 머리 갸우뚱? 강원도와 경기도, 경상도와 전라도, 충청도, 거기에 제주와 북한까지라면 사실상 '한반도 전역' 아닌가. 전국에 걸쳐 쓰이는 '방언'이라니 …….

<hr />

'도꾸리/도꼬리'로 불리던 옷은 '긴목셔츠'(『국어순화용어자료집』, 국립국어원, 1997), '자라목깃'(『국어순화자료집』, 국립국어원, 1999)으로 다듬었지만 자리 잡지 못했다. '목폴라', '폴라티'의 형태가 보이기도 하는데 "'자라목 스웨터'로 바꿔 쓰자"는 주장도 있다. 요즘은 영어를 받아들인 '터틀넥(turtle neck) / 폴로넥(polo neck)'의 쓰임이 우세하다. '터틀넥'은 '목이 긴 스웨터의 깃. 접어서 입는다'는 풀이로 『표준국어대사전』에 올라 있기도 하다. '스웨터의 깃, 접어서 입는다'는 설명이 아쉽다. 국립국어원 누리집 (www.korean.go.kr)의 '외래어 표기 용례'에서 'turtle neck'을 '터틀넥'으로 밝히면서 뜻을 '목이 긴 스웨터의 깃'으로 정했기 때문일 것이다. '첫 단추'는 그래서 중요하다.

밥만 해도 125가지?

쌀밥, 주먹밥

우리가 먹는 먹을거리는 수백 가지가 넘고, 반찬 따위까지 더하면 천 가지는 훌쩍 넘어갈 것이다. 그럼 우리가 밥상에 올리는 밥은 모두 몇 가지나 될까. 제목에 나와 있듯이 백 가지가 넘어선다.[1] 125가지라는 건 제삿밥도 포함된 거니까.

밥의 종류를 알아보고자 하는 건 아니다. 먹을거리를 따지는 자리도 아니고, 어떤 게 맛있는 밥인지 꼽아보자는 자리는 더더욱 아니니까 말이다. 그렇다면 어인 까닭에 밥 얘기를 하는 것인지, 이제서야 조금씩 궁금해지는 독자가 있을 게다. 바로 이거다. 김빱이냐, 김밥이냐를 짚어봐야 하는 거다.

우리가 맘먹으면 먹을 수 있는 밥 종류를 대충 떠올려 보자. 그냥 눈으로만 읽지 말고 입 밖으로 소리 내 읽어보자.

계란덮밥, 고기덮밥, 팥밥, 콩밥, 오곡밥,[2] 비빔밥, 콩나물밥, 눌은밥, 찬밥, 더운밥, 튀밥,[3] 고두밥, 그리고 아침, 점심, 저녁밥에서 눈칫밥과 개밥에 이르기까지. 이루 헤아릴 수 없이 많은 밥이 있다. 덮밥은 [덥빱]으로 된소리가 난다. 고두밥이나 튀밥은 그냥 [밥]으로 소리 나고, 비빔밥이나 김밥은 누가 읽느냐에 따라 [빱]으로도 [밥]으로도 발음될 게다. [밥]과

---

1. 『우리말 역순사전』에 따르면 그렇다.
2. 찹쌀에 기장, 차수수, 검정콩, 붉은 팥을 넣고 지은 밥. 대개 정월 대보름에 지어 먹는다.
3. 원뜻은 찰벼를 볶아 튀긴 것, 튀긴 쌀, 튀긴 옥수수를 가리킨다.

[빱]에 원칙은 있는 걸까. 유감스럽게도 없다. 내 얘기가 아니고, 우리나라 어문 정책을 담당하는 문화체육부의 국립국어연구원 담당자에 따르면 그렇다. 하긴 원칙이 없는―특히 발음 원칙―대목이 이것만이 아니니 그리 아쉬워할 일이 아니기도 하다. 그렇다고 가만있을 수만은 없는 것. 억지로라도 함께 원칙을 따져보자. 그저 많이 이들이 발음하는 원칙 아닌 원칙을 따라서 말이다.

글쓴이가 정리한 '밥' 발음의 원칙은 다음과 같다.

받침 없는 말과 ㄴ, ㄹ, ㅇ 받침 뒤에선 그냥 [밥]으로 소리 난다. 조밥, 개밥―찬밥, 된밥, 쌀밥, 찰밥, 콩밥, 기장⁴밥의 보기처럼. ㄱ, ㅂ, ㅅ, ㅊ, ㅌ, ㅍ 받침 뒤에 밥이 오면 된소리 날 때가 많다. 된소리 '빱'이 나는 보기를 들어보자. 저녁밥, 주먹밥, 톱밥, 눈칫밥, 젯밥, 낚싯밥, 꽃밥, 팥밥, 덮밥. 받침 ㅁ 뒤에서는 왔다 갔다 한다. 된소리와 예사소리가 말이다. 비빔밥, 김밥이 그 보기다. 비빔밥―비빔빱, 김밥―김빱, 사람에 따라 달라지는 발음이다. 지금 이 시대의 흐름을 놓고 본다면 단연 된소리 ―김빱, 비빔빱―가 많긴 하다.

아무것도 아닌 아나운서 한 명이 나름대로 짚어 본 '밥'의 발음이지만, 이 '밥'의 소리내기를 놓고 전문가들이 원칙을 정할 일이 있다면 앞서 늘어놓은 '밥' 소리내기 흐름을 한 번쯤 헤아릴 만한 얘기다.

---

4. 오곡에 드는 농작물의 하나. 알곡은 떡, 술, 엿 따위를 만들고, 열매를 떨고 남은 대는 빗자루를 맨다.

새우젓 먹고 크는 아기

빛 / 빗, 젖 / 젓

아나운서들의 근무 시간은 제각각이다.

어떤 이는 새벽에, 어떤 이는 한밤중에, 또 다른 이는 한낮에 '출근'한다. 물론 다른 회사처럼 '정상 출퇴근'을 하는 사람이 제일 많기는 하다. 대개 아나운서 부서원의 1/3은 새벽반, 1/3은 야간반, 나머지 1/3은 주간반이다. 이나마도 대충 나누어 얘기해서 그렇지, 더 쪼개자면 '아침반'도 있고, '심야반'도 있는 셈이다. '새벽반'은 말 그대로 새벽 4시에는 출근해야 하고, 심야반은 자정을 넘긴 다음 날 02시가 넘어야 퇴근한다. 가끔 그러는 게 아니라, 날마다. 한때 나는 '야간반'이었다. 날마다 라디오 생방송을 하던 때이다. 이렇듯 그 학기—우리는 프로그램 개편을 이렇게도 얘기한다—에 맡은 프로그램이 어느 시간대이냐에 따라 근무가 '왔다 갔다' 한다. 야간반이던 시절엔 '아점' 먹고 출근해서 늦은 밤 퇴근했다. 이른바 '러시아워'를 피해 출퇴근하는 덕에 심각한 교통 체증을 몰랐으니 좋았을까? 글쎄, 남들처럼 아침에 출근하고, '땡'하면 퇴근하는 사람이 부럽기도 했다. '남의 떡이 커 보인다'는 옛말은 정말 맞는 말이다.

한밤중에 퇴근하다 보니 생긴 버릇이 있었다. 회사 앞 포장마차에 '일수 찍는' 게 그것이다. 함께 '일수 찍는' 이는 '스포츠' 팀이다. 그 가운데 내 또래인 작가 'ㄱ' 씨는 내 좋은 짝이었다. 그가 아들을 얻고 변했다. 아들 때문에 집에 일찍 들어가야 한다는 핑계를 대며 좀처럼 '일수'를 찍으려 하지 않기 때문이다. 그가 '일수 찍기'에 소홀히 하는 이유가 또 하나 있었다. 차 한 대 마련한 게 바로 그것이다. '아들 때문에

······'라는 이유에 '음주 운전은 절대 할 수 없다'는 확실한 준법정신까지 덧붙여서 포장마차 그룹에서 발을 빼던 작가. 그가 어느 날 밤, 소금 덩어리인 '젓갈'을 아기에게 먹여야 하기에 집에 서둘러 들어가야 한다고 해서 '스포츠' 팀을 깜짝 놀라게 한 적이 있다.

'아들 저슬[젓을] 먹여야 해서 일찍 들어간다'는 그의 말 때문이다. 아기에게 우유를 먹여야 한다는 뜻으로 한 말일 게다. 그냥 우유(분유)라고 했으면 문제없었을 것을 괜히 '젓'이라고 했다가 'ㄱ' 씨는 한동안 '스포츠' 팀의 놀림을 받아야 했다. '새우젓 먹여 아기 키우는 아빠'라고 아직도 무슨 얘긴지 모르는 이가 있을까. 그럴지도 모르니 군말 몇 마디 덧붙여야겠다.

포유동물(젖먹이동물)이 새끼에게 먹이는 건 '젖'이다. 젖을 먹인다. 젖이 줄었다. 이럴 때 발음은 '저즐', '저지'다. 받침 발음의 연음 원칙을 모르는 이는 거의 없을 게다. 초등학교만 나와도 알 수 있는 원칙이니까. 그런데 왜 들 안 지키는 걸까.

비슷한 보기를 더 들어보자.

'비시(빗이)' 많아서 경제 사정이 어렵다. 이 말뜻은 '(머리 빗는) 빗이 많아서 사정이 어렵다'가 된다. 빗이 많으면 살기가 힘든가. '빚(부채)이 많아서 ······'를 잘못 소리 내서 엉뚱한 뜻으로 변해 버린 경우다. '빛이', '부엌에', '동녘 하늘', '돛을'은 '비치, 부어케, 동녀카늘, 도츨'로 발음해야 바른 우리말이 된다. '700년 전으 야소고가 목포항에 다슬 내렸습니다' 문화방송의 96년 기획 프로그램 가운데 하나인 '700년 전의 약속'에 관한 목포문화방송 기자의 리포트다. 어쩌면 이렇게 무심할 수 있을까. '700년 전에 약소코가 다츨 내렸습니다'가 물론 맞는 발음이다.

앞서 얘기한 'ㄱ' 씨는 사실 우리말 바로잡기에 앞장서고 있는 혼치 않은 작가 가운데 하나다.

천자총통, 천척총통

天 字(천 자)와 千尺(1000자)

'방송은 표준어 교사'라는 애기가 있다. 오래전에 나온 경구警句다. 이 경구를 너무 깊이 담아 두고 사는 까닭일까. 방송 연륜이 쌓일수록 말 한마디 하기가 점점 더 어려워짐을 이 자리를 빌려 고백한다. 이른바 '방송 언어'는 한글 맞춤법과 표준어 규정, 외래어 표기법 따위의 '글말'을 다룬 어문 규정만 익힌다고 되는 것도 아니기에 더욱 그렇다. 방송은 글만이 아닌 말로 뜻을 전하는 매체여서 '표준 발음법'이 빠질 수 없기 때문이다. 하지만 방송하는 모든 사람이 '표준어 교사'의 사명감을 갖고 있는 것 같지는 않다. 새삼스러운 애기지만 ……. 얼마 전에 본 코미디 프로그램 한 대목을 짚어보자. 휴일 밤 '황금시간대'에 편성된 개그 프로그램이다. 유난히 큰 앞니로 무를 갉는 '묘기'가 등장할 즈음 '오늘은 천자총통을 만들어 보겠어요, 천자(千尺)나 나간다고 해서 천자총통이에요~'하는 대사가 나왔다. 방청객들의 탄성도 터져 나왔고. 근데, 천자총통의 사거리가 진짜 천자(千尺, 300미터)였나? 그건 모르겠다. 따질 생각도 없다. 문제는 천지총통의 표기와 빌음이 전자총동(千尺-銃筒)과 [전자종통] 여부니까. 정답은? 천 자 총통天字銃筒이 맞는 한자이고 바른 발음은 [천 짜 총통]이다.

천자총통이 진짜 '사거리가 천자'라면 한자 표기는 위에 밝혔듯이 '천척총통'이 되어야 한다. 프로그램 제작진이 무심했다. 굳이 병기 전문가나 역사학자가 아니어도 금세 알 수 있는 실수를 했다. 천자총통은 '하늘 천, 따 지, 검을 현, 누르 황 ……'하는 천자문의 '天地玄黃'을 따서

붙인 이름이다. 그래서 지 자地字 총통과 헌 자玄字 총통, 황 자黃字 총통도 있다. '~字'총통이라면, 발음은 뻔하다. [천 짜 총통], [지 짜 총통], [현 짜 총통] 그리고 [황 짜 총통]이다. 낱말의 첫음절이 아닌 '자字'는 [-짜]로 발음하니까.

문자文字의 경우 예외가 있기는 하다. '시각적인 기호 체계'인 문자는 [문짜]지만, 이와 달리 '예전부터 전하여 내려오는, 한자로 된 숙어나 성구成句 또는 문장'의 뜻인 문자는 [문자]로 읽는다. '우리나라 [문짜]는 한글'이지만 '공자 앞에서 [문자] 쓴다'라고 해야 맞는다는 얘기다. 얼마 전 원로 아나운서와 통화하면서 '존경의 뜻을 담은 인사말'을 건넸다. 돌아온 답은 '지금 [문자] 쓰느냐'였다. 역시 아나운서 선배다웠다. [문짜/문자] 구별을 제대로 했으니까.

그건 그렇고, 천자총통을 '천척千尺총통'으로 멋대로 짐작한 건 누구 탓일까. 물론 방송의 '최종 전달자'인 출연자와 제작진 탓이다. 날마다 거듭하는 '아이디어 회의'에서 '웃기기 위한' 얘기만 주고받을 게 아니다. '웃기는 얘기'에 쏟는 노고의 십분의 일만이라도 '우리말'을 생각했으면 한다. '내 탓이오'하고 나서야 할 이가 또 있다. [천 짜 총통]을 [천자총통]으로 발음해서 '천자가 나가는 대포'로 착각하게 한 학교의 선생님이다. 필자를 가르친 국사 선생님들께서도 한결같이 [천자총통], [지자총통] ……이라고 발음하셨으니 다른 학교라고 해서 크게 다를 거 같지는 않기에 하는 말이다.

'방송은 표준어 교사'라 했다. 그 이전에 '진짜 교사'인 학교 선생님이 표준어 교사가 되어야 마땅하다. 국어 담당 교사뿐 아니라 국사, 물리, 수학, 영어 교사도 그래야 한다. 참, 위에 보기로 든 프로그램 출연자가 '좋은 말'도 남기긴 했다— '개그는 개그일 뿐 따라 하지 말자!!' 이런 걸 두고 '병 주고 약 준다'라고 한다.

납량 특집 납양 특집

땡땡이 무늬

이번에는 어떤 애깃거리를 가지고 말글 바로 쓰기를 엮어갈까.

머리 한번 긁적이고, 찬물 한 사발 들이켜도 뾰족한 애깃거리가 떠오르지 않는다. 바로 잡을 우리말 밑천이 다 떨어졌기 때문일까. 유감스럽게도 그건 아니다. 애깃거리가 많긴 한데, 너무 많아서 주체를 못 할 정도인데, 애기를 풀어갈 가닥을 잡지 못하겠다.

자판을 토닥이던 손을 들어 TV를 켠다. '납량 특집' 예고 방송이 나오고 있다. '아, 그래 납량 특집, 바로 이거야.' 덥다면 더웠고, 버틸 만했다면 또 버틸 만했던 여름철. 우리말을 깔보기라도 하듯 TV와 라디오를 누비고 다닌 아쉬운 표현을 곱씹어보면 되겠다.

여름이면 빠지지 않는 '납량 특집'을 본 사람은 많지 않았을 것이다. '납양 특집'을 주로 보았을 게다. '납량'과 '납양'의 차이는 무엇인가. 너무 뻔한 물음이다. 뻔한 물음에는 뻔한 답이 제격이다. 뻔한 답이란 '쓰기와 읽기 차이'이다. 쓰는 게 다르면 읽기도 달라진다. '여름에 더위를 피하여 시원한 바람을 쐼'이란 뜻의 한자어는 '납양納陽'이 아닌 '납량納凉'이다. [나뱡]이라고 발음하면 '납양'이고 [남냥]이라고 소리 내야 더위를 쫓는 '납량'이 된다. '협력[혐녁]', '십리[심니]'처럼 '납량[남냥]'이다. '납양納陽'은 '볕을 함빡 쐼'이란 뜻이다. 무더운 여름밤 '납양 특집[나뱡특집]'을 방송하다니, 이열치열以熱治熱 치곤 좀 심하다. 방송사에 돌 던질 일이다. 라디오 방송에 이런 내용도 나왔다. '강한 햇빛에[해삐세] 그을렸을 경우 오이를 갈아서 ⋯⋯.' '햇빛에[해삐체]'가 맞는 발음이란 건 초등학교를 제대로 다닌 사람이라면 다 안다. 그런데도 그저 발음하기 쉽게 대충 소리 내는 게 보통이다. 영어 단어 제대로 발음 못 하면 손가락질하면서도 우리말 발음에는 신경 안 쓰는 무심함이 나를 더 덥게 만든다.

개나리 봇짐, 초생달

여름을 더 덥게 만든 발음 문제를 먼저 짚어보았다. 그러면 이제 '납량 특집[남냥 특집]' 두 번째 순서로 '틀린 말 바로잡기'를 해보자.

> 1. 얼음을 실코 가던 자전거가 넘어졌다. ← 싣고 가던, '싣다가 으뜸꼴.
> 2. 시원한 땡땡이 무늬 원피스를 입었다. ← 물방울, 점박이. 땡땡てんえん은 '點點'의 일본말.
> 3. 구미호는 초생달이나 그믐밤에 소복을 입고 나타난다. ← 초승달, 소복素服은 '하얗게 차려입은 옷'으로 흔히 상복으로 입는다.
> 4. 개나리 봇짐 어깨에 메고 계곡 찾아 나선다. ← 괴나리봇짐.
> 6. 소데나시 입고 다니니까 시원하다. ← 민소매(옷), 소데나시そでなしは 일본말.
> 7. 소나기가 내리다가 오후 늦게 개이겠습니다. ← 개겠습니다. '개다'가 으뜸꼴.

위에 적어놓은 문장은 여러 차례 방송에 나왔거나, 나옴 직한 말을 간추려 적어놓은 글이다.

엄연히 존재하는 표준 발음법

바리케이트, 쿠테타

군사정권 시절에 뉴스에 자주 등장했던 용어가 있다. '흙이나 통, 철망 따위로 길 위에 임시로 쌓은 방어 시설. 시가전에서 적의 침입을 막거나 반대 세력의 진입을 물리적으로 저지하기 위하여 설치'하는 바리케이드가 그것이다. 시위 현장이 아닌 무대와 스크린에도 인상적인 바리케이드가 나왔다. 뮤지컬 〈레미제라블〉이 펼쳐진 극장 무대에, 같은 작품을 상영한 영화관에 등장했다. 바리케이드의 원조가 프랑스 혁명의 그것이란 걸 새삼 알았다.

우리말과 바리케이드 — 이으려야 이을 끈이 없는 말이다. 이제 그 끈을 이어 보자. 바리케이드Barricade는 외래어다. 한 음절씩 끊어 소리 내어 읽어보면, 바. 리. 케. 이. 드.이다. '바리케이트'가 아니다. 그런데 많은 사람이 '바리케이트'라고 발음한다. 이 용어가 나오면 방송사 기자들도 한결같이 '바리케이트'라고 했다. 무력으로 정권을 빼앗는 '쿠데타coup d'Etat'도 제대로 읽는 이가 별로 없다. '바리케이드'와 마찬가지로 'ㄷ'을 'ㅌ'으로 발음힌다. '쿠데다'로 말이다. 프랑스 빌음을 현지 빌음에 가깝게 우리글로 옮기면 '꾸데따'지만, 외래어 표기법에 따르면 '쿠데타'가 된다. '바리케이드','쿠데타' — 이게 바른 표기고, 이렇게 읽어야 맞는 말이 된다.

'바리케이드'나 '쿠데타'와 뗄 수 없는 말이 있다.

'구속영장'과 '수색영장' 그리고 '공권력'이다. 이 낱말은 [구송녕짱]과 [수생녕짱]으로, 그리고 [공꿘녁]으로 읽는다. '구소경장'이나 '수새경짱',

'공궐력'이 아니다. 한글 맞춤법에 붙어 있는 '표준 발음법'에 그렇게 읽으라고[1] 나와 있다. '-영장'의 발음은 그렇다 치고, '권력'은 [궐력]인데 '공권력'은 왜 [공꿜력]이 아니라 [공꿘녁]일까. 낱말의 생김을 따져 보면 금세[2] 알 수 있다. '공권력'은 '公-권력'이 아니다. '사私-권력'이란 말은 없는 것만 봐도 알 수 있다. 공권력은 '공권-력', 공권의 힘이다. 언제부터인지 이 '공권력'은 경찰력과 같은 뜻으로 통하게 되었다.

---

1. 표준 발음 원칙은 'ㄴ'은 'ㄹ'의 앞이나 뒤에서 [ㄹ]로 발음한다는 것이다. '공권력[공꿘녁]'의 발음은 다른 보기 몇 개와 함께 예외로 밝힌 것이다.
2. 금방과 같은 뜻의 낱말. '금시에'를 줄인 말이다. 흔히 '금새'로 쓰는데, '금새'는 틀린 말이다.

애당초 애시당초가 틀렸다

애초, 당초

광고 하나.

강남 어딘가에 코미디 전용 극장을 꾸민 개그맨이 나오는 두통약 광고.

머리를 감싸고 얼굴을 찌푸린 사람들이 널려 있다. 그런 그들이 한심하다는 표정을 지으며 화면에 등장하는 개그맨이 하는 말. '그러길래[1] 애시당초 애시드린이라고 했어야죠.'

광고 둘.

면도기 라디오 광고. 자상한 아버지가 다 큰 아들 녀석이 대견해하는 말. 이 녀석 수염 났네. 아빠도 네 나이엔 '○○○'로 시작했어. 아들이 받아치며 하는 대사. '아빠 이젠 내 꺼에요.'

그리고, 광고 셋.

이동 전화 광고. 디지털 01?를(을) 내세우며 자기 회사 자랑을 늘어놓는다. 20초짜리 광고의 대미를 장식하는 문구. '끈기지 않는 디지털 01?.'

끈키다, 깁수기

---

1. '-기에'와 '-길래' 모두 표준어. 원인이나 근거를 나타내는 연결 어미는 '-기에'만 표준어였으나, 입말에서 '-길래'가 많이 쓰여 '-길래'도 표준어로 인정된 것이다.

되짚기 하나.

애초에 애시당초란 말이 틀렸다. '맨 처음'을 뜻하는 본딧말(原語)[2]은 '애초'다. 이 말을 한자로 쓴 게 당초當初이고, 이 두 낱말을 힘주어 쓸 때 하는 말이 '애당초(-當初)'다. '애시당초'는 어지간한 사전엔 올라 있지도 않은 말이다. 바르지 않은 말 '애시당초'가 광고에 나왔다. '애시드린'이란 약 이름을 널리 알리기에 딱 들어맞는 말이니까 그랬을 게다. 그 광고가 전파를 탄 이후, '애초'와 '당초', '애당초'는 도무지 힘을 쓰지 못하고 있다. 하루에도 수십 번씩 지겨울 만큼 들은 '애시당초'가 귓전을 맴돌고, 입에 익어버렸으니까. 같은 뜻을 지닌 네 낱말— 애초, 당초, 애당초, 애시당초— 는 퀴즈 문제로도 두어 차례 나갔었다. "다음 네 낱말 가운데 틀린 말이 하나 있다, 어느 것이냐" 이런 문제를 단번에 맞힌 경우는 한 번도 없었다. 그래서 안타까웠다. 광고 하나 때문이라 생각했기 때문이다. '애시당초'는 바른말이 아니니, '애당초' '애시드린' 약 광고를 못 하게 해야 했다.

되짚기 둘.

학교에서 가르치고, 집에서 단속한다. 방송도 때로 '캠페인' 방송을 한다. '효'는 인류의 근본이라고 말이다. 그러면 뭐 하나. 연속극에서 본을 보이지 못하고, 코미디에서 뒤집어 놓는데. 그러더니 광고도 그 판으로 흐른다. 어린이도 아니고 수염 난 자식이면 어른 존대는 할 줄 알아야 하는 것 아닌가. 그런데 '아빠, 이젠 내 꺼에요'란다. 그나마 지금은 다행이다. 이 글을 쓰기 얼마 전부터 이 광고 문구가 바뀌었다. '아빠, 이젠 제 꺼에요'라고 말이다. 늦긴 했지만, 잘한 일이다. 기왕 바꿀 거 진작 제대로 했으면 더 좋았을 텐데 ……. '내꺼 / 제꺼'는 '내 거 / 제 거'로

2. 본딧말엔 두 가지 뜻이 있다. 줄여지지 않은 본디 소리마디의 말과 변하기 전의 원말(原語, 밑말)이 그 두 가지 뜻이다.

표기하는 게 규범에 맞는다. '내 거에요 / 제 거에요' 이렇게.

되짚기 셋.

'끈기다'란 말은 없다. '끊기다'만 우리말이다. '[끈키지] 않는 디지털 ……'로 제대로 소리 내야 한다. 이건 이 광고만의 문제가 아니다. 다리가 무너져 내린 사건을 보도하는 기자도 거의 '다리가 [끈겼대]'라고 하니까.

화장품 광고 하나 더.

'피부 깊숙히[깁수키] 스며들어요'라고 한다. '깊숙하게'와 같은 말은 '깊숙이'다. '깊숙히'가 아니다. 또 있다. '촉촉히[촉초키] 적셔 줍니다'도 마찬가지다. '촉촉하게'와 같은 말은 '촉촉이'다. 화장품 광고를 보면서 느끼는 아쉬움 하나 더. 너도나도 온통 '피부皮膚'타령이다. 쓰기도 읽기도 어려운 한자말인데 말이다. '살갗'이나 '살결'은 이제 거의 '사어死語'가 된 듯하다. 십몇 년 전 화장품 광고엔 '부드러운 살결 ……'[3]이라고 했다. '피부가 곱다'와 '살결이 곱다' 둘 가운데 어느 게 더 곱게 다가오는가.

3. 북한에선 화장수를 '살결물(얼굴이나 손에 발라서 살결을 곱게 하는 액체 상태의 화장품)'이라고 한다.

제5부

캐내어 닦으면 빛나는 토박이말

탁월한 문장 감각, 그리고 맞춤법

멸치 국물 다시, 옹아리—응어리

새해 아침 일찌감치 일어나 현관문을 열었다. 현관 밖에는 늘 그러하듯 조간신문이 던져져 있었고 여느 날과 다른 게 있다면 신문 뭉치가 두툼하다는 것 정도 묵직한 새해 특집호를 집어 들었다. 거실 바닥에 신문을 펼쳐놓고 익숙한 손놀림으로 신문 갈피를 하나씩 넘기니 '새해에 달라지는 것'이며 '정치판의 새해 기상도'며 하는 '거기서 거기인' 기사들이 눈에 띄었다. 덤덤한 마음에 무심한 눈길로 대충 훑어보았다. 별쇄로 나온 특집호엔 신춘문예 단편소설 당선작이 보였다. 가슴 철렁 내려앉는 사건 사고 기사 읽는 것보다야 백번 나을 듯싶어 찬찬히 읽어 내려갔다. 근데 그게 아니었다. 답답함이 가슴을 무겁게 눌러왔으니까. 왜? 여기저기 틀린 낱말과 문장이 눈에 띄었기 때문이다. 심사평은 한술 더 떴다. '문장 감각 탁월'을 당선의 으뜸 이유로 꼽았으니까. '문장 감각'과 '맞춤법'은 뗄 수 없는 관계가 아니었던가?

'탁월한 문장 감각'을 지닌 당선작 속의 문장 몇 개를 짚어보자.

"나는 멸치 국물을 다시다 밀고 돌아보았다." 멸치 국물을 다시다? '다시다'는 말은 '입맛을 다시다'할 때나 쓰는 말이다. 양념을 우려내는 거나 그 재료인 멸치, 다시마 따위를 일컫는 일본말이 '다시だし'이다. 일본말을 우리말인 양 아무렇지도 않게 쓴 작가의 무심함이 놀랍다. "마음에 있는 옹아리는 어떤 식으로든 풀고 넘어가야 한다"에서 '옹아리'도 걸린다. '옹아리(옹알이)'는 젖먹이가 옹알대는 것일 뿐이다. 사물(마음) 속에 깊이 박힌 것은 응어리가 맞다. '가슴속에 쌓여 있는 한이나

불만 따위의 감정'이 응어리이다.(『표준국어대사전』) 문장 하나 보기로 들고 그때마다 틀린 말을 집어내 바로잡자니 너무 많아 보기 들기가 민망할 정도다. '문제 있는 문장'을 죽 늘어놓고 몰아서 짚어보는 게 차라리 나을 듯하다.

"그럴 때마다 약으로 낳을 병이 아니란 단호한 거절만"

"당신의 존재는 시큼거리는 다리만큼 … / 눈이 시큼거리고 손목 마디마디"

"외출 때문에 걸렸던 춘난을 닦고 있었다."

"검붉게 물들어 볼상사나운 게 안되었는지"

"그 날이 하필 염색약을 머리에 들이 붙는 날과 겹쳐지는"

"시누이들의 호들갑에 어머니는 금새 원래 모습으로 … 가게 주인 은 금새 멀뚱히 놓여있는"

"어머니가 나지막이 사랑하고 싶었는데 … 하고 읊조렸지만 … 미안한 게 많네 하고 읊조렸다."

"사실 시누이들의 등살이 신경 쓰이기보다는"

"유리 덮게가 푸득거리는 것을 보다말고"

"책상값을 후한 값에 쳐주기만 바랬다."

"뒷산에나 가신게지 여기고 홍합을 소금물에 담궜다."

"이런 바튼 마음을 아는지 모르는지"

굳이 설명을 달지 않아도 단박에 알아차릴 만큼 '쉬운' 표현도 제법 눈에 띈다. 위 문장들의 어디가 문제인지 하나씩 짚어보자.

시큼거리다, 춘난, 금새, 등살

병이나 상처가 치유되는 건 '낳다'가 아니라 '낫다', 뼈마디 따위가 시근거리는 건 '시큰거리다'해야 맞다. '시큼'은 냄새 따위에나 어울리는 표현이다. 우리 맞춤법에서 두음법칙頭音法則은 기본. 蘭(난초 란)이 둘째 음절 이후에 오면 제 음가音價인 '란'이 된다. 그래서 '춘난'이 아니라 '춘란春蘭'이다. 춘난春暖은 봄날의 따뜻한 기운을 뜻하는 말이다. 체면이나 예절을 차리지 않아서 남이 보기에 언짢은 건 '볼썽사납다'라고 해야 바른말이고, 쏟아붓듯이 마구 붓는 것은 당연히 '들이붓다'이다. '금새'는 어떤가. 당연히 틀렸다. '금방'과 한뜻의 말은 '금시今時에'의 준말인 '금세' 가 맞다. '읊조리다'는 '읊조리다'로 '덮게'는 '덮개'로 바로 잡아야 한다. 몹시 귀찮게 수선부리는 걸 이르는 말은 '등살'이 아니라 '등쌀'로 써야 바른 표현이다. 등살은 '등에 붙어 있는 힘줄과 살'을 뜻한다. '등살'이나 '등쌀'이나 발음은 똑같은 [등쌀]이기에 헷갈려 그랬다고 덮어주기엔 '등단한 소설가'의 후광이 너무 밝다. 그래서 안타깝다. '… 바랬다'와 '… 담궜다', '바튼'은 소설가 이전에 문학도인 당선자의 우리말에 대한 '무심함'을 잘 드러낸다. 어떻게 되었으면 하고 생각하는 것은 '바라다'이 다. '바래다'는 '(빛이) 바래다 – 퇴색退色, (손님을) 바래다 주다 – 배웅'할 때나 하는 표현이다. 액체 속에 넣다, 김장을 할 때 쓰는 말은 '담그다'. '담구다'는 담그다의 사투리. 따라서 '담구+었다'에서 온 '담궜다'가 아닌 '담갔다'가 바른 표현이다. 숨이 가쁘고 급하다, 근심이나 걱정 따위로 몹시 안타깝고 조마조마하다는 뜻의 으뜸꼴(기본형)은 '밭다'. 그래서 '밭은 마음'으로 활용해 써야 옳다.

어지간한 문서작성기(워드 프로세서)의 '맞춤법 교정 기능'으로도 충분히 가려낼 수 있는 게 위에서 보기로 든 문장이다. 문학작품 속 표현을 두고 얘기하는 '표현의 자유'가 '맞춤법을 무시해도 된다'는 것을 뜻하지는 않는다. 독자들의 작가에 대한 믿음과 사랑은 그가 풀어내는 이야기보따리에서만 비롯하는 것도 아니다. '우리 글과 말에 대한 천착은 기본'이라

는 선배 작가들의 말을 이 자리에서 '꼬집힌' 당선자도 곧이들었으면
한다.

덧붙임: '당선자'는 1977년생, 이 글을 쓸 당시 나이 스물다섯의 여성이
다. 그리고 이른바 일류대 '국어교육과' 졸업 예정자였다.

언어운사

꿈벅꿈벅, 끄적이다

'언어운사'라는 게 있다.

영어권에서 들어온 외래어 아나운서announcer를 한자로 음역音譯한 말이다. 내가 방송에 입문했을 때 이미 아나운서를 '언어운사'라 한 선배가 있었다. 언어운사言語運士는 '말(言語)을 운용(運)하는 선비(士)'란 뜻이다. 아나운서 역할을 기가 막히게 잘 담아내 만든 말이다. 이렇듯 멋진 표현인 '언어운사', 아날로그 시대를 풍미해 온 '언어운사'는 디지털 시대에 온라인으로 환생해 빛을 내고 있다. 바로 문화방송 아나운서들이 엮어내는 웹진(ann.imbc.com)이다.

시청자들에게 한걸음 가까이 다가서려는 아나운서의 뜻을 담은 '언어운사'가 얼마 전 새롭게 단장했다. 요즘 인기를 끌고 있는 소셜 네트워크 서비스Social Network Service, 트위터를 적극 활용한 것도 눈에 띈다. 나도 그 덕에 '개점휴업' 상태였던 트위터를 본격적으로 시작했다. "선배도 하라!"는 편집진의 압력(?)에 못 이긴 척 시작한 트위터. 해보니, 재미있다. 내친김에 스마트폰 장만하여 모바일 커뮤니케이션 마당에 본격적으로 뛰어들까 생각 중이니까. 한 방 식구라고는 하지만 빡빡한 방송 일정 탓에 얼굴 제대로 보지 못하는 이들이 많은 터라 동료들의 소식을 트위터를 통해 알기도 한다. 미국에서 연수 중인 동료 아나운서를 만나는 자리이기도 하다. 이렇듯 꽤나 쓸모 있는 트위터에서, 어느 날 어떤 아나운서가 남긴 글 하나가 눈에 띄었다.

추적추적 비가 내리는 군요~ 마음이 축축해지게^^ 라디오 녹음을
마치고 잠시 휴식 중입니다. 고정 게스트 한 분이 시인이자 문화평론가인
(아무개) 씨로 바꼈어요.

'바꼈어요'가 눈에 거슬렸다. '바뀌었어요'를 줄여서 '바꼈어요'로 쓰는
게 맞을까. 나도 긴가민가했다. 확인해보니 '바꼈어요'는 맞춤법에 어긋나
는 말, 틀린 표현이다. '사귀었다'를 '사꼈다'로 하는 것도 마찬가지로
틀린다. '바뀌었다'를 '바꼈다'로 쓴 아나운서에게 내가 한 일은 뭘까.
"게스트가 바뀌었군요"라 답한 것뿐이다. '바꼈다는 틀렸으니 바로 잡아
라'는 뜻을 에둘러 표현한 거다.

편지 보내는 것은 물론 문자 보내는 것도 조심스럽다, 이렇게 내게
말하는 이들도 있다. 나를 '우리말지기'라 여겨 그럴 것이다. 그럴 때면
"중요한 건 소통이다. 편하게 쓰고 말하라. 나도 한때 무지無知했었다"라고
답한다. 진짜, 내가 무지했었나. 맞다, 무지하고 무식했었다.

얼마 전, 오래전에 쓴 내 글을 읽은 적이 있다. 큰아이 성장 과정을
기록한 일기이니 십여 년 전에 쓴 글이다. 그 글을 훑어보며 얼굴이
화끈거렸다. 맞춤법에 어긋나는 게 많았기 때문이다. 십여 년 전, 나는
그랬다. '아나운서는 방송 언어의 최후의 보루이며 표준어 교사'라는
생각을 했었을 때임에도 그랬다. 큰아이의 성장 일기에서 드러난 내
무지와 무식을 고해성사하듯 이 자리에서 밝히려 한다.

카페트, 테이프, 끄적이다

'카페트carpet, 테입tape, 화일file, 후라이팬frypan, 텔레비젼television, 터미날
terminal, 디지탈digital, 카센타car center'. 흔히 쓰는 외래어이다. 외래어 표기
법에 따르면 '카펫, 테이프, 파일, 프라이팬, 텔레비전, 터미널, 디지털,

카센터'로 쓰는 게 맞다. 지금 '정부 언론 외래어 심의 공동위원회' 위원으로 활동하는 내가, 당시에는 그렇게 썼다. 준말 표기도 많이 틀렸다. '점잖다, 괜찮다, 편찮다'라고 썼다. '점잖다, 괜찮다, 편찮다'로 해야 맞았다. '편하지 않다'가 줄어든 말이니 축약형 '편찮다'로 쓰는 게 맞을 거 같지만, 아니다. '잠궈, 담궈'도 '잠가, 담가'로 쓰는 게 맞다. '재미있다'의 준말은 '잼있다'가 아니라 '재밌다'이다. 부사와 형용사, 동사도 많이 틀렸다. "큰 눈을 '꿈벅꿈벅(꿈뻑꿈뻑)'하며 맘마를 '얌얌' 먹는 아가의 모습을 보면서 엄마 아빠는 '흐뭇하다'"는 문장이 틀린 것도 이번에야 알았다. '끔벅끔벅(끔뻑끔뻑), 냠냠, 흐뭇하다'가 맞는다. '흐뭇하다'의 어간은 '흐뭇'이니 온라인은 물론 방송 자막에도 등장하는 '므흣'은 진짜 틀린 말이다. '왠일인지'도 자주 틀렸다. '웬일인지'로 써야 했다. '왠'은 '왠지'라고 할 때만 쓸 수 있다. '왠지'는 '왜인지'의 준말이다. 당시 글씨나 그림을 아무렇게 쓰거나 그린다는 말은 '끄적이다'가 아니라 '끼적이다'였다. 지금은 '끄적이다'도 표준어로 인정했지만 말이다. 나는 큰아이의 성장 일기를 쓰면서 참 많이도 '끄적인다'고 했다. 제대로 알고 끼적였어야 했다. 위에 고백한 내 잘못은 이 밖에도 많이 있다. 그래서 나는, 부끄럽다? 아니다!

"과거를 묻지 마세요."

내가 우리말과 글을 제대로 익히려는 이들에게 하는 말이다. 지금까지 살아온 나날의 '부끄러운 우리말글살이'는 잊자. 모르니까 배우는 거다. 모든 걸 다 알고 나면 배우고 익히는 재미도 없어진다. 진정으로 부끄러워할 일은 무지와 무식을 모르는 무심無心함이다. 그래서 하는 말인데, 우리말들 바로 쓰기와 관련해 궁금한 게 있으면 언제든지 내게 '쩍쩍(twitter)'여 주시기 바란다. 내 무지를 일깨워 주시는 것 또한 두 손 들어 환영한다. 나는 @happysky87이다. 아, 트위터는 그새 문 닫은 지 오래되었다. SNS는 페이스북으로 연결하실 수 있다. facebook/happysky87.

덤탱이, 덤터기

눈탱이가 밤탱이

2000년대 우리 사회에서 빼놓을 수 없는 낱말이 하나 있다. '엽기獵奇'다. 엽기가 유행이다. 엽기가 유행인 시대에 엽기적인 행동 하나를 제안하려 한다. '눈탱이가 밤탱이 되는' 일을 자초하는 일이다. '눈탱이가 밤탱이 되려면' 어떻게 해야 할까. 다음 중의 한 가지 방법을 고르면 될 듯하다.

1) 동전 넣고 타격 연습하는 동네 야구 연습장에 가서 날아오는 공에 얼굴을 갖다 댄다. 동전이 없으면 옆 사람이 휘두르는 야구 방망이를 이용한다. 이 경우엔 뒤통수를 맞지 않도록 조심해야 한다. 2) 자신의 주량을 한참 넘어설 때까지 술을 마신 뒤 다른 이의 도움 없이 마냥 걷는다. 길가 전신주나 가로등에 얼굴이 부딪치기 쉽게 머리를 앞으로 내밀며 걸으면 좋다. 운이 좋으면 돌부리[1]에 걸려 넘어져 생각보다 빨리 결과가 나올 수도 있다. 3) 아내의 화를 돋울 만큼 돋운[2] 뒤 매 맞는 남편의 아픔이 어떤지 몸소 체험한다. 확실한 결과를 위해서는 평소에 아내 체력 관리에 신경 써주는 게 좋다. 4) 사리 판단 못 하는 동료에게 나무망치를 건네주고 눈 주위를 과감하게 때리라고 부탁한다. 적당한 사례를 제시해야 함은 물론이다. 쇠망치를 사용할 경우 예상 밖의 결과가 나올 수 있으므로 도구 선택에 신중해야 한다 ……. 뭐, 이런 거 말고도 '눈탱이를 밤탱이가 되는' 방법은 많이 있긴 할 게다.

---

1. 묻힌 돌멩이의 땅 위에 내민 뾰족한 부분은 '돌뿌리'가 아니라 '돌부리'이다.
2. 기분이나 느낌, 욕구 따위를 부추기거나 일으키는 건 '돋구다'가 아니라 '돋우다'이다. 그래서 '화를 돋우다, 식욕을 돋우다'가 맞는 표현이다.

왜 이 자리에 어울리지 않는 '잔인한' 얘기로 시작했을까. 흔히 쓰는 표현인 '눈탱이'와 '밤탱이', 원뜻이 무엇인지 알아보기 위함이다.

몇 년 전 어떤 텔레비전 프로그램에 '눈퉁이가 밤퉁이?'란 자막이 나왔다. '눈탱이'가 사투리임을 확인한 제작진 나름으로는 한번 걸러 표기한 자막이었다. 눈탱이는 눈언저리의 두두룩한 곳을 이르는 눈두덩의 낮은말인, 눈퉁이의 경상도 사투리인, 눈팅이에서 온 발음이다. 헷갈리는 이를 위해 한 번 더 짚어보자. 표준어는 '눈두덩'이지만 비어^{卑語}인 '눈퉁이'의 사투리 '눈팅이'를 '눈탱이'라고 한다는 얘기다. 비표준어인 '눈탱이'를 그나마 표준어권의 낱말인 '눈퉁이'로 순화하려 했던 제작진의 노력이 눈물겁다. 그래도 아쉬움은 남는다. '밤퉁이' 때문이다. '눈탱이-밤탱이'처럼 '눈퉁이-밤퉁이'로 말끝을 맞추어 끝날 일이면 좋았으련만 그게 그렇지 않았던 게 문제다. 그럼 '밤퉁이'는 어떻게 바꾸어야 했을까.

TV방송 자막의 오기

'밤탱이' 또한 사투리에서 온 말이다. 토박이말로는 '방팅이'라 하는 게 현지 발음에 가깝다 한다. '눈팅이-눈탱이'처럼 말이 이 사람 저 사람의 입을 돌고 돌아 '방팅이-밤탱이'가 된 거다. '방팅이'는 이남박을 뜻하는 경상도 사투리이니 '눈탱이가 밤탱이되었다'를 표준어로 번역(?)하면 '눈두덩이 이남박이 되었다'가 된다. 의역(?)하면 '눈두덩이 (큼지막한 이남박처럼) 퉁퉁 부어올랐다'쯤 될 게고.

마무리하기 전에 이남박이 무엇인지 살펴봐야겠다. 요즘은 보기 힘든 가재도구인 이남박의 사전 뜻풀이는 다음과 같다. '안쪽에 여러 줄로 고랑이 지게 돌려 파서 만든 함지박. 쌀 따위를 씻어 일 때에 돌과 모래를 가라앉게 한다.'(『표준국어대사전』) '쌀 따위를 일 때 쓰는 함지박. 안쪽

부분을 이가 서도록 여러 줄로 돌려 파서 만든다.'(『고려대한국어대사전』)

앓한다, 안성마춤, 전혀 새롭다

음성언어(말)로는 제대로 구별하기 어려워도 문자언어(글)로 표기하면 오기誤記가 두드러지는 게 방송 자막이다. '눈팅이, 방팅이'가 좋은 보기이다. 일상에서 자주 쓰는, 그래서 방송 자막에도 여러 번 되풀이되는 또 다른 보기는 어떤 게 있을까. 다음을 보자.

쩨쩨하다—쩨쩨하다
웬지—왠지
안성마춤—안성맞춤
쭈꾸미—주꾸미
오뚜기—오뚝이
않한다—안 한다
통채—통째
덤탱이—덤터기

앞과 뒤의 표현 가운데 어떤 게 맞는 걸까. 보기 뒤엣것들만 맞는다. '쩨쩨하다, 왠지, 안성맞춤, 주꾸미, 오뚝이, 안 한다'가 바른 표현이란 얘기다. 왠지는 '왜인지'의 준말이다. '웬'은 관형사로써 '웬 떡이니, 웬일(어찌된 일)이니 ……'라고 할 때 쓰는 표현이다. 1988년 당시 문교부가 개정 고시한 어문 규정에는 '맞춤—마춤' 중에 '맞춤'만 표준어로 인정했다. 낙지보다 작고 꼴뚜기보다는 큰 연체동물은 '쭈꾸미'가 아니라 '주꾸미'가 맞는 말이고 '칠전팔기七順八起'의 대명사인 부도옹不倒翁의 토박이말은 '오뚝이'이다. '않—안도 어렵지 않게 바른 쓰임을 익힐 수 있는 말이다.

'않'은 '아니 하다'의 준말, '안'은 '아니'의 준말로 기억하면 된다. '않한다'를 풀어쓰면 '아니하–하다'가 되니 어색한 표현이다. 그래서 '아니–하다 (안 하다)'가 맞는 거다. '뱀이 쥐를 통째로 삼켰다'처럼 '나누지 않고 덩어리 있는 그대로'의 뜻의 낱말은 '통채'가 아니라 '통째'이고 '넘겨 씌우거나 넘겨 맡는 걱정거리'의 표준어는 흔히 쓰는 '덤탱이'가 아닌 '덤터기'가 어법에 맞는 표현이다.

　표기에 따른 자막의 오류만 문제는 아니다. '굉장히 작다', '전혀 새롭다'처럼 어울리지 않는 꾸밈말도 걸러야 할 표현이다. '굉장히'는 '(주로 긍정적인 뜻으로 쓰여) 크고 으리으리하다, 아주 대단한'의 뜻으로 '작거나, 느리거나, 볼품없는 것'에는 적합하지 않은 표현이다. '전혀'는 '(부정하는 낱말과 함께 쓰여) 도무지, 아주, 완전히'의 뜻을 강조하는 말이다. 따라서 '(긍정적 의미의) 새롭다'와 한데 어우러질 수 없는 표현이다. '전혀 모른다, 전혀 다르다, 전혀 알 수 없다'처럼 부정적인 느낌으로 쓰는 말이다.[3]

　요즘 텔레비전 프로그램은 '자막 홍수'에 허덕이고 있지만, 그래서

---

3. 말은 살아 있는 생명과 같다. 어문 규범은 언중의 말과 글을 뒤따를 수밖에 없다. 한때(어쩌면 지금도) 사전의 뜻풀이와 꾸밈말의 성격(긍정 / 부정)을 엄격히 따져 쓰임을 제한해야 한다는 소리가 높았다. 나도 그 축의 하나였다. 그때는 그랬지만 지금은 아니다. '전혀'의 쓰임에 대한 국립국어원의 의견에도 이런 뜻이 담겼다.
　— '전혀'에 결합하는 단어에 대하여
　1. 부사 '전혀'는 주로 부정하는 뜻을 나타내는 낱말과 함께 쓰여 '도무지', '완전히'의 뜻을 나타내지만, 모든 맥락에서 그러한 것은 아닙니다. 보이신 것과 같이 '전혀 새로운 분야 / 전혀 다른 사람' 등과 같이 표현할 수도 있겠습니다. 따라서 '전혀 멀쩡하던'과 같이 표현했다고 해서 이를 틀린 표현이라고 단정하기는 어렵겠습니다. 표현 맥락에 따라 그 쓰임이 자연스러운지 판단해 보시기를 바랍니다. 이처럼 부정적 표현과 쓰이지 않는 경우에 어감의 개인차가 있을 수도 있습니다. 예를 들면, '전혀 쓸모없는 물건', '전혀 관계가 없다', '전혀 예기치 못한 사건' 등은 부사 '전혀'가 부정의 의미를 갖는 단어와 어울린 것으로 볼 수 있겠지만 '전혀 새로운 분야'와 같은 표현에서 '전혀'는 긍정의 의미를 갖는 단어와 어울렸다고 할 수 있겠습니다. (〈온라인가나다〉 2021. 4. 6.)

방송 자막도 당당히 방송 언어의 한 축을 맡고 있지만, 음성언어에 대한 순화 노력이나 관심에 비하면 자막에는 '방송 언어 순화 노력'이 채 미치지 못하는 게 안타깝다. 양쪽 날개가 온전해야 새가 제대로 날 수 있듯이 방송 언어도 말과 글(자막)이 온전해야 제 몫을 다할 수 있는 거다.

동계 올림픽, 겨울 올림픽

하계 방학-여름방학

올림픽 중계에 여러 차례 참여했다. 첫 경기는 88년 서울 올림픽. 방송에 발을 디딘 이듬해에 '올림픽 방송단원'이 된 것이다. 새내기 아나운서 시절 내가 했던 일은 매우 중요한 것이었다. 아침부터 밤까지 끊임없이 이어진 올림픽 방송의 기록과 자료 따위를 챙기는 일. 현장 중계 캐스터와 스튜디오 앵커는 바뀌지만 필자는 메인스튜디오 붙박이였다. 어엿한 '올림픽 방송단원'이었지만 방송에 직접 나서지는 않았다. 보람은 있었다. 낯선 종목 설명, 숱한 출전 선수들의 프로필, 시시각각 변하는 메달과 기록 현황 등을 온갖 방법을 통해 모으고 정리해 '앵커'에게 건네고 그 내용이 생방송으로 나가는 걸 경험했다. 워크스테이션을 활용하는 첫 경험도 했다. 올림픽 전산시스템 '자이온스GIONS'로 '최신 자료'를 얻을 수 있었다.

올림픽은 2년 간격을 두고 '하계'와 '동계'로 나눠 치른다. 영어로는 '서머Summer / 윈터Winter'로 구별한다. 서울은 '하계 올림픽'이고 평창은 '동계 올림픽'이라 한다. 드물게 '여름 올림픽 / 겨울 올림픽'이라 하기도 한다. 여러분은 어느 쪽이 익숙하신가. 필자는 '드물게' 편이다.

평창올림픽 개최가 확정된 이후 국내 언론에서도 '동계 올림픽'과 '겨울 올림픽'이 혼용되었다. 매체별로 차이가 있고, 최종 전달자(아나운서, 기자)에 따라 달라지기도 했고. '동계 올림픽'과 '겨울 올림픽'의 차이가 있을까. 한자어와 고유어, 단지 그 차이일 뿐일까.

동계冬季 올림픽은 '동계 오륜冬季五輪' 시절부터 써온 말이다.

‘동계’는 ‘겨울철’의 뜻이다. ‘겨울철’을 영어로 옮기면 ‘Winter season’쯤 되겠다. ‘동계 올림픽’은 ‘The Winter Olympics / The Winter Olympic games’ 이다. ‘Winter season’이 아니다. 굳이 영어권 표현에 기대지 않더라도 ‘겨울 올림픽’이 마땅한 다른 이유가 있다.

평창올림픽 조직위원회에 편지를 띄운 적이 있다. 내용의 대강은 ‘조직 위원회 이름을 평창겨울올림픽 조직위원회, 이렇게 공식화하면 어떨까’ 였다. 회신은 없었고, 결과는 아시는 것처럼 ‘동계~’로 정리되었다. 그즈음 국립국어원장을 지낸 국어학자께 ‘겨울 올림픽 제안’ 관련 대화를 했다. ‘아, 맞다. 나 어릴 때 학교 방학은 동계, 하계 방학이었다. 요즘은 겨울방학, 여름방학이라고 하지만. 시대 흐름에 따라 겨울 올림픽, 여름 올림픽으로 하는 게 자연스럽다.’ 국어학자의 말씀이 유난히 크게 들렸다.

2022년 베이징에서 겨울 올림픽이 열렸다. 당시 문화방송은 중계방송 과 특집 프로그램에서 ‘동계~’를 버리고 ‘베이징겨울올림픽’으로 통일해 사용했다. 그 제안을 필자가 했다고 굳이 밝히지 않으련다. 제안보다 중요한 것은 의사결정 아닌가.

제가 깁니다

기다, 아니다

　지금은 아나운서를 떠나 여기저기 자리 옮기며 사는 회사 선배가 있다. 신입 티를 채 벗지 못한 내가 사무실을 지키고 있던 어느 날 오후. 당시 이름깨나 떨치며 잘 나가던 그 선배를 찾는 전화를 받았다.

> 전화 목소리: ㅊ 아나운서 계셔요.
> 글쓴이: 네, 잠깐만 기다리세요. ㅊ 선배님, 전화 받으세요.
> ㅊ 아나운서: 제가 깁니다.

　'제가 깁니다'라니, 기긴 어딜 긴다는 건가. 게다가 멀쩡히 자리에 앉아 전화를 받으면서 바닥을 '긴다'니 이상했다. 복지부동伏地不動하겠단 이야기인가. 내가 어찌 생각하든 그 선배는 문화방송을 떠날 때까지 늘 그렇게 '기면서' 전화를 받았다. '제가 긴데요, 제가 깁니다.' 그렇게 말이다. 혼자 생각했다. '기'는 '나(저)'를 뜻하는 사투리일 거라고 그래서 '제가 기ㅂ니다'는 '제가 저(나)입니다.' 허는 말이리고 말이다. 한동안 그렇게 믿고 살았다. 사전에서 그 말을 찾아내기 전까지.
　'긔'라는 낱말이 있다. '그 사람'의 약간 높임말, '그이'의 준말이다(『우리말큰사전』). 이 사전 풀이에 따르면 '제가 긔입이다'는 '제가 그 사람입니다'라는 뜻이다. 늘 '기는' 것을 떠올리게 한, 뜻 모를 그 선배의 말, 사투리로만 여겼던 그 말이 틀린 말이 아니더란 얘기다. '긔입니다', 글로는 이렇게 쓰지만 소리는 [깁니다]가 되는 거 아닌가.[1] 『표준국어대사전』은 '기다'의 뜻에 "'그것이다'가 줄어든 말"을 5번 뜻으로 싣고 있는 것도 참고하시기 바란다. 『고려대한국어대사전』은 대명사 '기다'를 '그것'에 서술격 조사 '이다'가 붙어서 준말. '그것이다'의 구어적 표현이라고 풀이한다. 표제어에 딸린 예문은 이렇다. '사람이 말이야 도대체 기다 아니다 무슨 말이 있어야 할 것 아닌가?'

후뚜루마뚜루

당시 우리 방 식구[2] 가운데 그 선배만 쓰는 말이 또 하나 있었다. '후뚜루마뚜루'란 낱말이다. 이 말도 사투리쯤으로 여기며 접어두고 있었다. 말 가운데 쓰임으로 미루어 '마구잡이로'란 뜻을 담은 것이려니 여기며 말이다. 한동안 잊고 살던 어느 날 이 낱말을 다시 만났다. 우리말 어원을 담은 어떤 책 속에서 말이다. 그 책엔 '휘뚜루마뚜루'로 나와 있다. 물론 사전에도 올라 있는 말이다. '휘뚜루마뚜루'는 이것저것 가리지 않고 닥치는 대로 마구 해치우는 꼴을 가리키는 말이다. '후뚜루마뚜루'는 평북지방의 사투리이고.

'휘뚜루'란 이름의 고약이 있었단다. 약이 귀하던 시절, 그래서 만병통치약쯤으로 여겼던 '휘뚜루' 고약. 그래서 '아무 데고 휘뚜루 쓸 수 있는 물건이야'란 말이 생겨났고, 지금의 뜻이 되었다는 게 그 책에 담긴 얘기다.

어원 얘기가 나왔으니, 재미로 둘러볼 낱말 뿌리 하나만 더 캐보자. 옛날이야기 한 편 심심풀이로 듣는 셈 치고 말이다.

---

1. '표준 발음법 제5항, 다만 3.': 자음을 첫소리로 가지고 있는 음절의 'ㅢ'는 [ㅣ]로 발음한다. 늴리리[닐─], 닁큼[닝─], 무늬[─니], 띄어쓰기[띠─], 씌어[씨─], 틔어[티─], 희어[히─], 희떱다[히─], 희망[히─], 유희[─히].
2. 아나운서들은 '아나운서국(실)'을 흔히 '(우리)방'이라 부르고 동료들을 '식구'라 하기도 한다.

'거나하다'란 말이 있다. 술에 취한 정도가 어지간하다는 뜻의 말이다. 옛날 어느 마을에 세상 물정 모르는 선비 하나가 살고 있었다. 살림은 돌볼 생각 아니하고 늘 술타령만 하는 이 선비. '거나하게' 취한 원조 격인 이 선비가 술 취해 바라보는 세상은 두 개였다. 바깥세상은 그저 좋기만 한데, 시시콜콜 따지기 좋아하는 부인이 있는 집은 사정이 달랐다.

"큰애가 서당에서 종아리 맞았데요."

"혼나거나 말거나."

"작은애는 고뿔에 걸렸어요."

"고뿔 걸리거나 말거나."

"비가 새는데, 지붕 좀 고쳐요."

"비야 새거나 말거나."

"홍수가 나서 집이 떠내려가게 생겼어요."

"집이 떠내려가거나 말거나."

이렇게 술만 마시면 '거나 말거나'를 입에 달고 살았단다. 그래서 그 뒤로 얼큰하게 취한 사람을 두고 '거나 말거나 한다 ……'했고, 이 말이 흐르고 흘러서 지금의 '거나하게'가 되었단다. 믿거나 말거나 ……[3]

---

3. 박갑천, 『재미있는 어원 여행』, 을유문화사, 1995.

립스틱 짙게 바르고

저녁에 지고 마는 나팔꽃

내일이면 잊으리 또 잊으리 / 립스틱 짙게 바르고 / 사랑이란 길지가 않더라 / 영원하지도 않더라 / 아침에 피었다가 / 저녁에 지고 마는 / 나팔 꽃보다 / 짧은 사랑아 / 속절없는 사랑아 (⋯)

한국 노랫말 연구회가 뽑은 '94 노랫말 대상 수상곡 '립스틱 짙게 바르고'의 앞부분이다. 당시 한 일간지 독자 투고란에 이 노랫말의 일부가 비사실적이란 내용의 글이 실렸다. "나팔꽃은 분명히 새벽에 피었다가 해가 뜨는 아침이면 봉오리를 아물기 때문에 '아침에 피었다가 저녁에 지고 마는 ……'이란 노랫말은 잘못되었다"라는 내용. '별종 나팔꽃'을 노래하는 것이 '시적 자유'는 아니라는 것이다. 이 의견에 공감한다는 이가 적지 않았다. '시적 자유'를 내세우는 것은 작사자의 무지나 무심을 호도하려는 수단이라는 주장이다. '시적 자유'와 '자연현상 왜곡' 여부를 떠나 애초에 '새벽에 피었다가 아침에 지고 마는'으로 했다면 좋았겠다 싶다. 바꾸는 게 사실적이거니와 '사랑의 덧없음을 나팔꽃의 짧은 개화에 비유한 것'이어서 노래 뜻에도 더 어울렸을 테니까 말이다.

나의 살던 고향은

우리 겨레가 즐겨 부르는 '고향의 봄' 첫머리를 두고 아쉽다는 목소리가 없지 않다. '나의 살던 고향은 꽃 피는 산골'이 규범에 어긋나는 문장이어서이다. 따지고 보면 '내가 살던 고향은 꽃 피는 산골'로 하는 게 맞기는 하다. 1920년 중반에 나온 노래여서 일본어 영향에서 자유롭지 않았기 때문이라는 그럴듯한 분석도 있다.[1]

노랫말 얘기가 나온 김에 동요 몇 개를 도마 위에 올려 보자. '산토끼 토끼야 어디를 가느냐/ 깡충깡충 뛰면서 어디를 가느냐' 의태어인 '깡충'이 부사로 홀로 쓰일 때는 문제가 없지만, 위 노래에서처럼 겹쳐 쓸 경우에는 1988년에 개정 고시된 표준어 규정에 따라 '깡충깡충(큰 말은 껑충껑충)'으로 쓰는 게 맞다. 1989년 이후 국어를 배운 세대는 '깡충깡충'으로 잘 부르고 있을 터이다. 토끼는 그저 앞으로 뛰어갈 뿐인데, 규범 시행 이전 세대의 토끼는 '깡총깡총/ 껑충껑충' 뛰었고, 이후엔 '깡충깡충/ 껑충껑충' 뛴다.

햇볕은 쨍쨍 모래알은 반짝'도 열에 아홉은 '해뼈슨'으로 발음한다. 'ㅌ(티읕)'을 연음한 해뼈튼[핻뼈튼/해뼈튼]'이 맞다.

'슬픔이라 [생가겓찌](생각했지[생가켇찌])': 신승훈의 〈미소 속에 비친 그대〉, '항상 넌 내 것이라 [생가게떤](생각했던[생가켇떤])': 조관우의 〈다시 내게로 돌아와〉, '제3한강교 [미츨](밑을[미틀])': 혜은이의 〈제3한 강교〉.

이처럼 표준 발음법에서 벗어난 노래는 꽤 많다.

〈새미기픈믈〉은 우리음악(국악)과 양악을 한데 어울린 이른바 '퓨전 음악 프로그램'이었다. 1996년 부산국제영화제에 맞춰 부산 현지 공개 녹화로 제작한 그 프로그램에 강산에가 출연했다. 불렀던 노래는 〈넌

---

1. 첫 소절인 '나의 살던 고향은'은 현대 국어 화자가 보기에는 문법적으로 다소 어색하다. 적절한 한국어 맞춤법은 '내가 살던 고향은'인데, 일제강점기에 쓰인 가사이다 보니 일본어에서 주격 조사 'が'가 종속절의 조사로 쓰일 때 'の'로 변화하는 문법의 영향을 받은 것이 아닌가 생각해 볼 수 있다. 다만 주어가 들어갈 법한 자리에 관형격 조사가 붙는 문형 자체는 중세 국어에 존재한 바 있었으므로, 시적으로 표현했다는 해석도 가능하다. (『나무위키』)

한 수 있어〉였다. 노래를 마치고 공연이 끝나면 그를 찾아가 "'깨끗이 잊어버려'의 바른 발음은 [깨끄시]에요. 앞으로 그렇게 해주시기를 ……" 이라고 조용히 청하려 했다. 정말, 그러려 했다. 본방송이 시작되고 "부산이 고향인 가수, 강산에 씨를 소개합니다. '넌 할 수 있어', 큰 박수로 맞아 주시기 바랍니다." 이런 소개에 이어 노래가 시작되었다. '후회하고 있다면 / 깨끗이 잊어버려~.' 아, [깨끄치]가 아니라 [깨끄시]로 하시라'고 청할 필요가 없어졌다. 또렷하게 [깨끄시]로 노래했으니까. 아, 그랬다. 1994년 〈넌 할 수 있어〉에 나온 음반의 곡은 [깨끄치]로 녹음했으나 이후 누군가에게 '[깨끄시]라 하는 게 맞다'는 얘기를 들었고 깨끗하게 받아들여 [깨끄시]라 발음했다고 짐작한다. 얼마 뒤, '넌 할 수 있어'의 '부산국제영화제 특집 새미기픈물' 공연 실황의 [깨끄시]는 이전의 [깨끄치]와 함께 〈우리말 나들이〉의 소재로 올랐다. 틀린 거 바로잡고 바른 것 널리 알리는 〈우리말 나들이〉 기획 의도에 딱 맞았기 때문이다.

앞서 짚어본 '밟다'의 발음 [밥:따]가 나오는 노래가 있다. 가수 마야가 부르는 '진달래꽃'이다. '나 보기가 역겨워 가실 때에는 사뿐히 즈려밟고 가시옵소서'를 마야는 어찌 불렀을까. [발꼬]와 [밥꼬], 둘 다 불렀다. 어느 공연에서 필자를 만나기 전에는 [발꼬], 그 이후 한동안(?) [밥꼬]였으니까. '노래 참 좋다, 소월의 시도 좋아한다. 둘을 제대로 어울리게 하는 마야 씨는 더욱 좋다.' 진심으로 추어올리며 '표준 발음법에 따라 [밥꼬]라 하면 더더욱 좋을 것'이라 에둘러 권한 그 이전과 이후의 일이다. 참, '한동안(?)'이라 물음표를 넣은 까닭이 있다. 필자와 함께하고 [밥꼬] 얘기를 한 이후 한동안은 그렇게 했지만 언제부터인가 [발꼬]가 된 거 같아서이다. [밥꼬]든 [발꼬]든 '진달래꽃' 노래의 느낌과 가수의 에너지가 관객과 시청자에게 제대로 전해지면 되는 것이니, 그것으로 되었다.

사전에 없는 토박이말

녈비, 별밭

   1999년에 '종이 사전'으로 첫판을 찍어 낸 뒤 2001년에 CD롬 판을 내었고 2008년부터 온라인 웹 서비스를 시작한 『표준국어대사전』이 담은 어휘는 50만 개가 넘는다. 온라인으로 사전 정보를 제공하면서 표제어를 추가하고 뜻풀이를 수정 보완할 수 있게 되었다. 앞서 살펴본 『우리말큰사전』 표제어에서 빠졌던 가림막, 가시방석, 눈높이 등은 『표준국어대사전』에 실려 있다. 사전 표제어에 오르지 않았다고 '없는 말'이 아니다. 사전에 있지만 우리가 모르는 낱말과 표현이 훨씬 더 많은 것처럼 사전에 없어도, 굳이 설명하지 않아도 두루 쓰는 말이 있으니까.

   지금까지 우리 국어사전은 올림말의 숫자만 자랑해 온 게 사실이다. 그러다 보니 사람 이름이나 지명, 전문 용어부터 평생 한 번 쓸까 말까 한 전문가 수준의 얼치기 외국어(외래어)까지 마구잡이로 올림말로 삼고 있다. 그래서 우리 국어사전은 거의(?) 백과사전 수준이 되었다. 기특하고 갸륵한 일일 수 있다. 큼지막한 국어사전 한 권만 갖추면 백과사전은 없어도 될 터이니 그렇다. 그런데 그게 아니다. 웬만한 국어사전의 올림말 열 개 가운데 일곱 개는 한자말, 일본에서 쓰는 말, 억지로 지어낸 말이어서 한마디로 우리말 사전이 아닌 '남의 말 사전'이 되어버렸기 때문이다.[1] '우리 문학작품에서 뽑은 낱말 35,000개 가운데 9,000개는 국어사전에 실려 있지 않다'고 상명대학의 최기호 교수는 주장한다. 우리가 흔히

---

1. 최기호, 『사전에 없는 토박이말 2400』, 토담, 1997, 책머리에서 인용.

쓰는 말(어휘) 가운데 25%가 국어사전에서 찾아볼 수 없는 낱말이란 얘기다. 우리말 뜻 찾을 길 없는 우리말 사전, 답답한 일이다.

뜨게부부, 깡뚱치마, 귀고프다

'옆방에 세든 가시버시를 본숭만숭 지냈는데 뒤를 캐고 보니 무릎 제자 사이였던 뜨게부부더라'라는 말뜻은 어찌 풀 수 있을까. 윗글의 '번역'을 위해 낱말 풀이를 해보자. 가시버시: 부부. 본숭만숭: 보고도 못 본 체하는 모양, 또는 관심을 두지 않는 모양, 보는둥 마는둥(본둥만둥)과 비슷한 뜻. 무릎 제자: 무릎을 마주하고 앉아 가르친 제자. 뜨게부부: 정식으로 결혼하지 않고 만나서 어울려 사는 남녀. 사제지간에 눈이 맞아 동거를 시작한 사연이다.

별밭과 널비, 깡뚱치마 그리고 귀고프다는 무엇인가. 별밭은 '밤하늘에 별이 총총히 뜬 모양을 밭에 비유한 말'이다. 널비는 '지나가는 비', 깡뚱치마는 '속엣것이 드러날 정도로 짧은 치마'를 가리킨다. 귀고프다의 뜻은 '배고프다'에서 유추된 말로 '실컷 듣고 싶다'이다. '널비 걷힌 별밭에서 나는 귀고프다, 사랑하는 이의 속삭임이 ……' 이런 표현은 억지 꾸밈 없이도 살가운 토박이말의 느낌을 잘 드러내고 있지 않은가. 끝으로 배내똥. 외국 상표의 옷가지를 떠올리는 발음의 이 말뜻은 '갓난아이가 태어난 후에 먹은 것도 없이 첫 번으로 싸는 똥'이다. 유나이티드 컬러스 오브 베네통United Colors of Beneton의 뜻은? 배. 내. 똥 — 깬다!!

우리가 몰랐던 장난감 이름

자치기, 땅따먹기

오십몇 년 만에 큰 눈이 내렸다는 남쪽 어떤 도시는 눈 내리기 시작한 지 삼십 분도 채 안 돼 도시 기능이 마비되었다는 소식을 들었다. 이래저래 어른들 힘들게 한 눈이었지만 눈 내린 걸 더 없이 반기는 이들도 없지는 않았다. 스키장 관계자들이 그랬고 눈길 거닐며 '포근한 사랑'을 나눈 연인들이 그랬을 게다. 펄펄 내리는 눈을 맞으며 강아지처럼 뛰놀던 어린이들도 눈 많이 내린 겨울의 '수혜자'였을 테고.

눈이 내린 날 아파트 구석구석을 누비며 소복이 쌓인 눈을 밟는 느낌에 살짝 떨고, 눈사람도 만들고 난생처음 눈싸움도 하던 동네 어린이들이 떠오른다. 그네들은 그 겨울방학에 눈과 함께 즐겁게 보냈다. 눈 뭉쳐 눈싸움하고 눈사람 만들며 눈밭에 뒹구는 경험이 언제부터인가 쉬운 일만은 아니었음을 알기에 하는 얘기다. 그렇다. 우리 어린이들은 이미 여름에는 바닷가로 겨울에는 스키장으로 어른들과 다를 바 없는 놀이(휴가)문화에 익숙해 있다. 아쉬운 일이다. 흙을 밟으며 마음껏 뛰놀 곳을 잃고 보습학원과 예체능교습소 다니느라 몸도 마음도 고단한 이들이 이 땅의 어린이 아닌가.

글쓴이의 어릴 적이 떠오른다. 학교 파하면 동네 벗들과 어울려 자치기며 땅따먹기, 구슬치기, 닭싸움 그리고 뜻도 몰랐던 '다방구'를 하며 뛰놀았던 어릴 때 그 시절 말이다. 놀이가 어디 그것뿐이었을까. 여자아이들이 노래에 맞춰 깡충깡충 고무줄을 뛰어넘던 '고무줄놀이', 물렁한 정구공으로 '간이 야구'를 하던 '찜뽕(짬뽕이라 부르던 동네도 있었다)',

'망까기'로도 불렸던 비사치기(흔히 '비석치기'로 통했다)와 말타기에 이르기까지 잊힌 우리 놀이가 주마등처럼 스쳐 지나간다. 근데 주마등은 어떤 거지?

주마등과 요지경

주마등 실물을 글쓴이는 한 번도 본 적이 없다. 그저 '주마등처럼 스쳐간다, 주마등 같다'는 표현에 나오는 말 정도로만 알고 그렇게 써왔을 뿐이다. 그러고 보니 '인생은 요지경이다'라고 할 때 요지경도 제대로 알고 있는 이가 별로 없는 듯하다. 주마등은 '등 한가운데 가는 대가지를 세우고 대 끝에 두꺼운 종이로 만든 바퀴를 붙이고 종이로 만든 말 형상을 달아서 촛불로 데워진 공기의 힘으로 종이 바퀴가 도는 대로 말 형상이 따라 돌게 된 등의 한가지(『우리말큰사전』, 한글학회, 1996)'이다. 한자 뜻 그대로 '말이 달리는(走馬) 형상의 장식용 조명(燈)'인 셈이다. 흘러간 영화의 한 귀퉁이에서나 봄 직한 물건이다.

요지경瑤池鏡은 '돋보기를 장치하여 놓고 그 속의 여러 가지 재미있는 그림을 돌리면서 구경하는 장난감'을 말한다. 요지瑤池는 신선이 산다고 하는 연못인 '구슬못'이나 '궁중에 있는 아름다운 연못'을 일컫는 말이다. 만화나 사진을 틀 속에 끼워 놓고 입체 영상을 보는 요즘 물건이 요지경의 '업그레이드 버전'쯤 되겠다. 아무튼 요지경은 거울이나 색유리를 다각형으로 맞춰 기둥을 만들고 그 안에 색종이 따위를 넣어서 변화무쌍한 대칭 모양을 보게 만든 만화경과는 다른 장난감이다.

주마등이나 요지경, 만화경 말고도 '빛을 갖고 노는' 물건이 또 있다. 프리즘이 그렇다. 초등학교 수업 시간에 한 번쯤은 만져볼 세모기둥의 유리인 프리즘. 아무 색 없는 태양 빛을 '빨주노초파남보'의 아름다운 무지갯빛으로 나누는 신기한 재주(?)를 지닌 게 프리즘이다.

대통령은 '종'이다

영부인, 영애, 영식

　　대통령이 시구를 하셨습니다.
　　대통령께서 프로야구 관전을 마치시고 돌아가시고 계십니다.

　이 정도면 언제, 어디서, 누가 한 말인지 대충 짐작이 될 게다. 때는 4월의 어느 날, 햇볕이 쨍쨍 내리쬐던 야구장, 프로야구 개막전 중계방송에서, 중계 캐스터와 해설자가 번갈아 가며 뱉어낸 '방송 멘트'[1]다. 이 '방송 멘트'가 못마땅하다. 대통령이 프로야구 개막전에 등장한 것도, 대통령의 일거수일투족에 눈을 돌리는 것도 트집 잡을 만한 일은 못 된다. 그러면 도대체 무엇이 못마땅한가. 이미 '감 잡은' 이도 적지 않을 게다. 못마땅한 것 두 가지를 짚어보자.

　하나, 군주 시대 임금님도 아닌 대통령을 모든 국민의 상전으로 대접했다. 그래서 우리나라 국민들은 꼼짝없이 대통령의 아랫것이 되고 말았다. 둘, 대통령을 존대한 건 그렇다 치더라도, 그 표현이 지나쳤다. 대통령께서 '돌아가시다'니 말이다. 서슬 퍼런 시절이라면 '기관' 신세를 질 만한 표현이다. 그럼 어떻게 바꾸어야 하나.

　　대통령이 시구를 했습니다.
　　대통령이 …… 관전을 마치고 돌아가고 있습니다.

---

1. 어나운스먼트(announcement)를 줄여 쓴 말. '방송에서 하는 말'을 흔히 '멘트'라고 한다.

출연자나 호칭의 대상이 나이가 많거나 지위가 높아도 늘 시청자를 높이고 존대하는 어법이 바른 '방송 예절'이란 건 앞서도 얘기했다.

대통령과 관계있는 존대법에 대해 하나 더 예를 들자. '영부인 아무개 여사도 참석했습니다.' 이 표현 자체는 나무랄 데가 없다. 그런데 대통령의 부인만 '영부인'이라고 생각하는 데 문제가 있다. '영부인令夫人'은 '남의 안사람을 높이는 말'이다. '어부인御夫人'이란 말도 같은 뜻이지만, 이는 일본식 한자어로 쓸만한 게 못 된다. 남의 자식을 높여 부르는 '영애令愛, 영양令孃(딸)', '영식令息, 영랑令郎(아들)'도 마찬가지다.

방송의 과공비례

여의도에 있는 가로등 곳곳에는 '영부인이 약사라고?'라는 딱지가 붙어 있던 때가 있다. 여기서 가리키는 약사 면허 가지고 있는 영부인은 어느 집 마님인가. 글 놓고 본다면 알 수 없는 얘기다. '영부인'은 남의 부인을 높여 부르는 말이니까. 도대체 약사 면허 딴 어느 댁 부인을 가리키는 걸까. 불분명한 글이라고 하더라도 우리는 이 '영부인'이 누구 부인인지 안다. '영부인'은 대통령 부인만을 높이는 낱말이라고 모두들 잘못 알고 있기 때문이다. 여기서 영부인은 당시 대통령의 부인이다. 이 딱지는 한의사와 관련 있는 단체에서 붙인 거고 '부인夫人'이나 '영부인令夫人'[2]이나 똑같이 남의 부인을 높이는 말이다. 그렇다면 이제 대통령 부인도 그냥 '부인夫人'이라고 할 때가 되었다. 아니 '영부인'을 '대통령의 부인'이 아닌 누구의 부인에게나 붙이면 어떨까. 원래 말뜻을 살려내는 일이기도 하다. 우리 이웃, 옆집 아저씨의 아내가 영부인이고 그 집

---

2. 어떤 책은 '領夫人'이라고 쓰기도 한다. 틀린 말이다. 大統領 부인이 領부인이면, 長官 부인은 官부인, 선생님(스승) 부인은 師부인이란 말인가.

딸과 아들은 영애와 영식이다. 뒷집 아줌마가 '영식은 잘 지내지요?' 인사하면 '그 댁 영애도 많이 컸던데요!'로 답하면 된다. 행정기관을 찾아간 민원인이 공무원에게 '국장 각하께 잘 부탁한다고 전해 주셔요'라고 해도 이제는 '국가원수 모독죄'를 덮어씌우지 않는다. '부대 생활 돌봐주셔서 고맙다'는 편지를 '사단장 각하'에게 보내는 가족과 여자친구가 많아지는 것도 괜찮겠다 싶다.

예절이 제대로 지켜지지 않는다고 한다. 이 사회의 가장 큰 문제는 예절을 지키지 않는 데서 출발한다는 분석도 있다. 가정교육이 문제인가. 그럴 것이다. 하지만 이제 가정교육만 탓할 시대는 지났다. 대중매체의 힘이 워낙 강한 까닭이다. 이쯤에서 결론은 난다. '예절 — 예의와 범절'에 관한 한 방송 매체의 책임이 크다는 말이다. 방송에서 흔히 저지르는 '비례非禮'의 예를 또 들어보자.

엄마가 뭐라세요?

몇 학년이니? 집이 어디니? 엄마가 뭐래?

어린이들과 인터뷰할 때 흔히 하는 질문이다. 어린이는 어린애의 높임말이다. 이처럼 철없는 아이도 높일 줄 아는 게 우리말이다. 어리다고 무조건 하대下待하는 건 '방송 예절'에 어긋난다.

몇 학년이에요? 집이 어디예요? 엄마가 뭐라세요?

이렇게 하는 게 '방송 예절'이다. 존대를 한답시고, 무조건 높이는 것도 예절은 아니다. 나이 어린 학생에게 '몇 학년이세요, 엄마가 뭐라고 하십니까'처럼 깍듯이³ 높임말을 쓰는 건 안 높임만 못하다. 때와 장소를 가려서 지나치지 않을 만큼 높이고 낮추는 게 제대로 된 존대요, 예절이다. 과공비례過恭非禮라는 옛말이 괜한 말은 아니지 않은가. 아, 매우 중요한 게 있다. '어린이에게 반말을 하느냐, 존댓말을 하느냐'에 앞세울 것은 인터뷰어의 마음가짐, 곧 말하는 이의 태도이다.

3. '깍듯하게'라는 뜻. '깎듯이'는 '깎는 듯이'라는 말이다.

프돌이는 밤하늘 색

아이보리 색, 아몬드 색, 화이트 색

프돌이는 내 차 이름이다. 내가 몰고 다니는 프라이드에 주인인 내가 붙여 준 이름이다. 프돌이의 색깔은 밤하늘 색이다. 그냥 튀기 위해 내 멋대로 붙인 색깔이 아니다. 이 차를 내가 살 당시 계약서에 확실히 씌어진[1] 색깔이다. 그때 자동차 안내 책자엔 '눈송이 색'도 있었고, '해돋이 색'도 있었다. 이 색깔들이 어떤 건지 일일이 이 자리에서 설명하지 않아도 그저 '감(感)'으로 알 수 있음 직한 그런 색이름들이다. 이렇듯 예쁜 우리 색이름이 차차 사라져 가고 있다.

올리브 그린, 페일바이올렛, 노블 화이트, 폴라 그레이 ─ 상품 안내 책자에서 옮긴 색깔 이름이다. 자동차 색깔뿐만이 아니다. 우리가 일상에서 쓰는 색이름도 어느새 우리 것을 구석으로 몰아내고 꼬부랑말이 판치고 있다. 영어로 쓰면 더 우아하고, 고급스럽다는 얕은 생각에서 비롯된 것일까. 베이지색─아이보리 색, 아몬드 색, 그린 색, 핑크색에 이어 이제 화이트 색까지 등장했다. 그냥 상아색, 갈색(고동색), 녹색(연두색), 분홍색(꽃분홍색), 흰색 하면 안 되나. 색(色)이란 한자도 토박이말 '빛'이나 '빛깔'로 하면 안 되는 건가. 우리 빛깔이 사라져가는 게 그저 안타까울 뿐이다.

곤색, 소라 색

---

1. '쓰이다'의 준말은 '씌다'이다. '쓰이어'를 줄인 말은 '씌어'와 '쓰여'다.

어느 나라 말인지도 모르고 쓰는 '빛깔' 이름에 비하면 그나마 앞세운 보기들은 양반에 속한다. 곤색, 소라색은 어떤 색깔인가. 파란색–청색 –남색–감색–쪽빛, 하늘색쯤 될 게다. 곤색은 일본말이다. 紺色^{감색}이란 한자를 우리는 '감색'이라 읽고, 일본에선 '곤색'이라고 한다. 구로〈ろ곤색 은 짙은 감색이다. 소라–색(空色, そらいろ)은 글자 그대로 하늘색을 뜻하 는 일본말일 뿐이다.

혼치는 않지만 직업상 옷가게에 들를 일이 제법 있다. 옷가게 점원이 '저기 곤색 옷은 어떠세요, 구로 곤색이 손님께 어울릴 거 같은데 ……'하면 나는 '감색이요?'라거나 '남색 옷이요?'라고 되묻곤 한다. 그래도 그냥 '곤색' 타령이면, 잡았던 옷 내려놓고 그냥 나와 버린다. 아무리 마음에 든 옷이라고 하더라도 말이다. 왠지 일본 옷 사 입는 느낌이 들어서다. 내가 좀 심한 건가? 나 같은 '중증重症' 환자가 많아지면 좋겠다. 그래야 '곤색' 내세우는 옷 장사들이 정신 차릴 것 아닌가.

고속도로와 반도체

병목—조롱목

I. C는 무슨 뜻일까. 어렵지 않은 문제다. 과학책에선 반도체(집적회로 Intergrated Circuit)로, 지도책에는 입체 교차로^{Interchange}로 표시되어 있는 영문 머릿자이다. 알만한 사람은 다 아는 말이다. 그렇다면 J. C. T는 무슨 뜻일까. 이건 미국 사람도 바로 답하기 힘든 문제다. 뜻을 잘 모르면 맨 먼저 해야 할 일, 사전을 찾아보자. 이번엔 국어사전이 아니고 영어 사전이다. 접속점, 합류점, 접속 역을 뜻하는 영어 Junction의 줄임말이다. 영어 못 읽는 사람은 운전도 하지 말라는 말인가. 그렇다면 운전면허 시험에 영어 과목도 들어가야 하는데, 그건 아닌 것 같다. 영문 머릿자로 만든 이 두 말을 우리말로 바꾸어 보면 어떨까. 토박이 우리말로 말이다. I. C와 J. C. T. ─ 도로공사는 따로 구분해 쓸 필요가 있는지 모르겠지만 ─ 도로의 생김새엔 차이가 있을지언정 뜻은 비슷한 말이다.

우리말로 바꾸어 보자. 나들목이 어떨까. 나들목은 '나가다'는 뜻의 '나다'와 '길목에 접어들다, 오다'는 뜻인 '들다'를 한데 묶어 만든 말이다. 교통 정보를 알려주는 낭랑한 목소리의 어인네들이 '호빕 나들목 (많은 차들로) 붐비고 있습니다. …… 천안 나들목 지나시기 수월합니다. ……'하면 말하는 마음도 듣는 이의 그것도 한결 넉넉해지지 않을까.

내친김에 '병목(현상)'도 고쳐 보자. 병목은 영어 Bottle Neck을 한자와 우리말을 한데 엮어 옮긴 말이다. 토박이 우리말 가운데 딱 들어맞는 낱말이 하나 있다. 조롱목이 바로 그거다. 조롱목은 '조롱 모양처럼 된 길목'이란 뜻이다. 이건 정말 새로 만든 말이 아니다. 원래 우리말, 토박이

말이다.

그냥 둬도 별 탈 없으련만, 굳이 나서서 긁어대면 부스럼만 도지는 법이다. 수십 년 혼란 없이 잘 써 온 '차로', '차선' 어설프게 흔들어대느니, 좋은 토박이말 '나들목', '조롱목' 같은 말부터 만들고 살려내어 널리 퍼뜨리는 게 먼저 아닐까.

덧붙임: 이 글이 담긴 책 『애무하는 아나운서』가 '나들목'을 안착시켰다. 이 책을 읽은 교통방송(tbs)의 리포터와 아나운서들이 'I. C'라는 용어 대신 '나들목'을 쓰기 시작한 것이다. 거참 잘했다, 칭찬과 격려 전화가 tbs에 많이 왔다는 얘기를 그곳에서 활약하고 있는 동료들에게서 들었다. "네, '나들목'을 쓰자고 한 사람은 MBC의 강재형 아나운서예요 더 필요한 정보 있으면 그에게 연락하셔요." 했다는 뒷얘기 또한. 이쯤에서 밝힐 게 있다. '나들목'과 '조롱목'을 쓰자는 제안의 원조는 국립국어원장을 지낸 연세대 남기심 명예교수이다. 그가 후학인 김하수 교수와 함께 펴낸 『당신은 우리말을 새롭고 바르게 쓰고 있습니까』(샘터, 1995)에서 '나들목', '조롱목'이 눈에 띄었다. 널리 알리는 데 도움 되면 좋겠다는 생각으로 졸저에 남긴 게 오늘에 이르렀다.

'나들목'이 tbs를 통해 널리 쓰이게 된 현상을 보면서 깨달은 게 있다. 나 혼자 알고 있는 것은 의미 없다, 아이디어와 제안은 알려야 한다, 기왕이면 적극적으로 나서서 전파해야 한다, 이런 깨달음이다. 이 깨달음은 〈우리말 나들이〉를 만드는 큰 힘이 되었다.

남한말 북한말

표준어와 문화어

아는 사람은 다 안다. 남한의 김대중 대통령과 북한의 김정일 국방위원장이 한자리에 만나 어떤 말로 얘기를 주고받았는지. 김정일 국방위원장이 서울을 방문하게 될 거라는 것과 남북에 흩어진 식구들을 한데 모아 살 수 있게 한다는 '뻔한 사실'을 새삼 되뇌자고 하는 얘기가 아니다. 때가 될 때까지는 공개하지 않고 묻어두고 있는 합의 내용도 있음 직할 테니 말이다. 그럼 무엇을 다 안다는 뜻인가.

모르는 사람은 아무도 없다. 우리나라의 대통령이 이른바 정상회담을 하면서 통역을 거치지 않고, 서툰 발음의 영어도 쓰지 않고 직접 대화한 첫 번째 정상회담이란 사실을 말이다. 그렇다. 짧은 일정이었음에도 두 정상이 굵직한 사안에 비교적 쉽게 합의한 것은 남한이나 북한 모두 같은 말을 쓰고 있었기에 가능했다. 이데올로기는 달라도 언어가 같으면 '안 될 것도 된다'는 사실을 우리는 함께 확인했다. 그렇다고 남북한 언어의 문제는 하나도 없는 것일까. 아니다. 지난 유월 남북 '두 김씨'의 회담은 '역사적인(남한 표기)' 회담이기도 했지만 '력사적인(북한 표기)' 만남이기도 했기에 그렇다. 그래서 지난 정상회담을 계기로 남북 언어의 이질화에 대한 해결 방안 마련이 시급하다는 해묵은 지적도 나왔다. 남한과 북한, 대한민국과 조선민주주의인민공화국의 말과 글이 진짜 다르긴 다른 건가?

트랙터-뜨락또르

이번에는 재미없는 글을 쓸지도 모르겠다. '남한과 북한의 언어 이질화에 대한 고찰'을 할 참이어서 그렇다. 남한과 북한의 언어 이질화에 대한 고찰? 진짜 딱딱하고 재미없음 직한 제목이다. 그래도 남한 농촌 총각이 북한 도시 처녀 만나 장가들고, 북한 조카들이 남한 아저씨들 만나 아무 오해 없이 말 주고받으려면 한 번쯤은 둘러봐야 할 게 '남북한의 언어 이질화'이다. '아메리칸 잉글리시'와 '브리티시 잉글리시'의 차이보다 더 벌어진, '서울말을 표준'으로 하는 표준어와 '혁명의 수도인 평양을 기준으로 발전시킨' 문화어는 어떻게 다른가, 이제 하나씩 짚어보려 한다.

『김일성저작선집』의 한 대목을 먼저 둘러보자. 괄호 안의 내용은 글쓴이 뜻대로 덧붙인 것이니 착오 없으시기 바란다.

> 오늘 남조선 방송에서는 여자들이 남자에게 아양을 떠는 코맹맹이
> 소리를 그대로 쓰고 있으며 (…)

당시는 어땠는지 섣불리 말할 수 없지만 요즘 우리 방송 언어가 새겨들을 만한 대목인 듯하다.

> 그것마저 고유한 우리말은 얼마 없고 영어 일본말 한자어가 반절이나
> 섞인 잡탕말이다.

뜨끔한 지적이다. 이 또한 남한 사람인 우리가 되돌아봐야 할 내용이다. 괄호 안에 한두 마디 덧붙였다고 남한말이 '남존여비, 퇴폐풍조, 사대주의' 따위에 빠졌다는 데 동의하는 것은 절대 아니다. 남한이 영어에서 '트랙터'를 외래어로 받아들였듯 북한은 '뜨락또르([трактор(로)]: 여러

266

가지 농사일을 하거나 짐을 나르는 데 쓰이는 농기계의 하나)'란 외래어를 러시아어에서 끌어다 쓰는 걸 잘 알고 있기에 하는 말이다. 어쨌든 남한과 북한의 말과 글은 기준부터 다르다. '로동신문'과 '녀자'에서처럼 북한말에 두음법칙은 없다. '원쑤(모진 해를 끼치여 풀 수 없는 원한이 맺힌 사람이나 집단)'에서 보듯 된소리 현상도 두드러진다. '부루(국화과에 속하는 푸른 남새의 한가지. 잎은 연한데 펴지는 것과 오그라지는 것이 있으며 꽃은 작고 노란빛이다. 비타민C와 A를 비롯하여 단백질, 광물질염들이 들어 있다. 첫여름에 잎으로 쌈을 싸 먹는다. 부추)', '아구리(아가리)', '게사니(오리와 비슷하나 크고 이마가 혹 모양으로 두드러졌으며 목이 매우 길고 가슴이 넓다. 날지는 못하고 헤염을 잘 친다. 고기와 알은 먹는다. 거위)'처럼 평안도 함경도 방언도 많이 수용하고 있다.[1] 그리고 또 이러쿵저러쿵 ……. 이렇게 하나씩 챙기다 보니 금세 밑천 드러날 거 같다. 남북한의 문법 공부는 이쯤에서 접고 '대화할 때 써먹기 좋은 상식' 수준을 알아보자.

쌍기역-된기윽, 손기척, 짙음새

남한의 '쌍기역(ㄲ)', '쌍시옷(ㅆ)'이 북한에 가면 '된기윽', '된시옷'이 된다. 같은 자음이 겹쳐진 걸 남한은 '쌍-'으로, 북한은 '된-'으로 읽는다.[2]

---

1. 북한의 『조선말대사전』(사회과학출판부, 2007년)의 표제어와 뜻풀이를 참고하였다. 이 꼭지를 비롯한 여러 곳에 등장하는 북한말 관련한 내용은 이 사전을 확인한 뒤 정리했다.
2. 한글 자모의 이름과 사전 순서는 다음과 같다. ㄱ(기역) ㄲ(쌍기역) ㄴ(니은) ㄷ(디귿) ㄸ(쌍디귿) ㄹ(리을) ㅁ(미음) ㅂ(비읍) ㅃ(쌍비읍) ㅅ(시옷) ㅆ(쌍시옷) ㅇ(이응) ㅈ(지읒) ㅉ(쌍지읒) ㅊ(치읓) ㅋ(키읔) ㅌ(티읕) ㅍ(피읖) ㅎ(히읗) ㅏ(아) ㅐ(애) ㅑ(야) ㅒ(얘) ㅓ(어) ㅔ(에) ㅕ(여) ㅖ(예) ㅗ(오) ㅘ(와) ㅙ(왜) ㅚ(외) ㅛ(요) ㅜ(우) ㅝ(워) ㅞ(웨) ㅟ(위) ㅠ(유) ㅡ(으) ㅢ(의) ㅣ(이). (한글 맞춤법 제4항) 남한과 다른 북한의 자모 이름은 '기윽, 디은, 시읏'이다.

북한에는 외국어(외래어)를 잘 다듬어 쓰는 말이 많다. 에스키모(아이스크림), 손기척(노크), 단묵(젤리)은 이미 널리 알려진 낱말이다. 느낌이 잘 살아나는 조어造語이다. 외래어뿐 아니라 한자어를 토박이말로 바꾸는 든든한 뜻도 북한 언어정책은 담고 있다. 보수(손질), 기금(밑돈), 차입금(꾼 돈), 농담濃淡(짙음새), 마분지(판종이), 일체식(통짜식) 따위가 좋은 보기이다. 이런 보기뿐만이 아니다. 낱말의 뜻이 하늘과 땅 차이인 것도 있다. 남한의 '어버이날'은 어버이의 사랑을 되새기고 보답하는 날이지만 북한 사람에게 '어버이날'이 무엇이냐 묻는다면 답은 이렇게 나올 게다. '어버이 수령이신 김일성 동지를 기리는 날'이라고 태양도 마찬가지다. 조선어 사전의 뜻풀이[3]를 보자. 태양: 1. 해, 2. 김일성 수령을 이르는 말로 주체의 태양, 인민의 태양, 민족의 태양처럼 쓰인다. 인민에 대한 남북한 인민(또는 국민)의 어감도 다르다. '인민=백성'임은 남한의 국어 사전도 확실히 밝히고 있지만 현실이 어디 그런가. 인민은 '조선민주주의 인민공화국에 사는 공산주의자들'이고 '대한민국에서 자유를 누리고 있는 남한 백성은 국민'쯤으로 여기고 있는 게 안타깝다. 신부(종교 선전을 위해 투쟁 의식을 마비시킴으로써 착취 계급의 리익을 위해 복무하는 자)나 목사(예수교의 거짓된 교리를 해설 선전하고 예배를 지도하는 자), 중(종교의 탈을 쓰고 인민을 기만 착취 기생하는 자)의 정의定意처럼 문화어에서는 종교를 부정하고 있기도 하다. 그렇다고 북한 사람을 '사탄의 자식'이나 '불쌍한 중생'으로 매도할 수는 없는 일, 앞으로가 중요하다.

남북한 정상頂上이 만나 합의한 내용이 정상正常[4]으로 자리 잡아 단지 역사(표준어) 또는 력사(문화어) 속의 한 장면만으로 사라지지 않기를 여러분과 함께 기대한다. 그래서 진짜 통일이 되는 '그날이 오면' 비상용非

---

3. 남성우·정재영, 『북한의 언어생활』, 고려원, 1990. 33쪽에서 인용.
4. 頂上(정상)은 짧고, 正常(정:상)은 길게 하는 게 표준 발음이다. 북한의 문화어에서도 그런지 확인 못 했다. 유감이다.

常-用으로 설치한 '핫라인'이 비상용非-商用⁵이 아닌 일반 전화망으로 탈바꿈할 수 있기를 또한 여러분과 함께 기대한다.

서울말 듣기 좋습네다!!

서울 표준말과 북한 사투리?

단기 4329년 8월 14일 중국 연변에서 우리말 웅변대회가 열렸다. 중국 길림성에 있는 연변대학교 강당에서 펼쳐진 이 웅변대회에 누가 나와서 어떤 내용으로 열변을 토했는지 나는 알지 못한다. 그때 나는 서울에 있었으니까. 그래도 이 웅변대회가 어떻게 치러졌는지는 안다. 결과가 어떠했는지도. 신문과 방송을 통해서 말이다.

서울 표준말과 북한 사투리 — 말이 사투리지, 북한에선 평양 사람이 쓰는 이른바 문화어 — 를 쓰는 스무 명 남짓한 대표 연사가 나선 게 이 웅변대회이다. 스무 명 남짓한 연사들이 남한 표준말과 북한 문화어로 열 명씩 나서서 '아름다운 우리말 — 우리글 쓰기'를 주제로 연단에 올랐고. 표준말을 하는 남한 사람과 북한 말을 쓰는 연변 조선족이 각각 대표로 나섰음은 물론이다. 청중의 반응은 어땠을까. 대회가 열린 곳이 연변이니만큼 북한의 문화어(평양말)가 더 좋은 점수를 받았을까. 아니다. 놀랍게도 많은 조선족 동포들이 서울 표준말이 더 아름답고 자연스럽다고 말했단다.

'연변 우리말 웅변대회'가 열리기 5년 전, 이영매라는 이름의 연변 조선족 여인이 문화방송을 찾은 적이 있다. 그의 직업은 방송원. 우리 직업으로 따지면 아마 라디오 방송의 리포터쯤 될 게다. 중국에서 태어나고 중국에서 배우고 직업을 얻었지만 다행히 서울과 줄이 닿아 MBC와 KBS를 둘러보러 서울에 왔던 것이다. 두어 시간 정도 MBC 아나운서들과 이야기를 나누고 중국으로 돌아간 이영매 씨를 다시 만난 때는 한 반년쯤 지난 뒤였다. 물론 서울에서. 어설프게 배워간 서울말을 그곳 방송[1]에 써먹으며 자랑했더니 인기 폭발이더란 말을 했다. 그렇다. 서울말은 아니 표준말은 언제 어디서나 우리 배달겨레에게 아름답고, 편하게 느껴지는 말이다. '신라 왕조가 지금까지 이어졌다면 경상도 말이 표준말이 되었을 거다'라는 말은 그래서 일리 있는 말이 아니다. 아니 일리는 있더라도 진리는 아닌 말이다.

아름답고 자연스러운 표준말

단기 4326년 5월 19일 ─〈장학 퀴즈〉 1,000회 특집 중국 현지 녹화가 있던 날이다. 장소는 중국 헤이룽장黑龍江성의 성도인 하얼빈哈爾賓의 TV방송국 스튜디오. 그 자리에서 만난 조선족들도 서울 말씨에 한껏 반해버렸다. 오죽하면 글쓴이와 함께 MC를 한 조선족 방송원 말보다 내 말이 더 알아듣기 쉬웠다고 했을까. 그 말은 결코 인사치례가 아니었다. 장학 퀴즈에 출연한 조선족 학생들도 그랬으니까. 내가 읽어 주는 문제를 더 잘 알아들었으니까 말이다.

그리고 석 달 뒤〈장학 퀴즈〉 1000회 특집에 출연했던 조선족 학생과 교사들이 서울에 왔다. 장학 퀴즈 광복절 특집에 즈음해서. 그네들의 국적은 중국, 스스로 말하는 조국도 중국, 생각도 중국인의 그것이라고 말하는 조선족 학생들. 하지만 남한을 동경하고 서울 말씨에 푹 빠져버린 건 분명했다. 그들이 서울에 왔었다. 오리지널 서울 말씨를 그리며 말이다. 그런데 나는 부끄러움과 걱정으로 그들의 서울 나들이를 지켜보

1. 중국에서는 방송을 광파(广播), 텔리비전은 '전시(電視)'라고 한다. '연변라지오텔레비죤 방송국'의 중국 한자 표기는 延边广播电视台이다. '방송(放送)'은 일본이 만든 한자어이다. 우리 땅에서 첫 방송 전파가 퍼져나간 건 일본인 손을 통해서다. 호출부호는 JODK(JO는 일본의 국가 호출명이다. 대한민국은 HL이고)였다. 문화방송 본사의 호출부호는 HLKV 이다.

았다. 서울말의 본토에 사는 우리는 그들에게 무슨 말을 들려주었나. 더욱이 방송이 말이다. 서울말의 반은 욕지거리요, 우스갯소리였다는 생각을 안고 돌아간 건 아닐지 ……. 몇 년이 흐른 지금도 부끄럽다. 별걸 다 가지고 부끄러워한다고 타박할 이도 없지는 않을 것이다. 그래도 부끄러운 건 부끄러운 거다. 이게 글쓴이의 팔자인가 보다.

'행복은 가까이에 있다'라는 교훈 담은 동화 '파랑새'

궁색하다, 군색하다

행복은 진짜 가까이에 있을까. 그렇다, 이렇게 시원하게 답하고 싶지만 딱히 '가까이 있는 행복'을 내세우자니 궁색함[1]이 없지 않다. 그럼 이건 어떤가. '다른 이를 행복하게 하는 방법'은 뭘까? 이에 대한 내 답은 간명하다, 쉽다. 다른 이를 보고 '상그레[2] 웃어 주는 것'이니까.

얼마 전, 내가 어딘가에 다녀오면 행복해진다는 걸 알았다. 아니 정확히 말하면 어딘가에서 누군가를 만나면 행복해진다는 걸 알았다. 뭐, 그렇다고 대단한 곳과 인물은 아니다. 회사 근처의 찻집, 거기서 일하는 점원이니까. 그 찻집은 커피에 환각제를 섞는다? 아니다. 그렇다면 '웃음의 묘약'을 넣는다? 그것도 아니다. 찻집의 점원은 예쁘다(잘 생겼다)? 밉상은 아니지만 빼어난 미모도 아니다. 그렇다면 뭘까. 웃음이다. 그저 웃음일 뿐이다. 차 주문하려고 주문대 앞에 서면 그 점원은 환한 웃음으로 나를 반긴다. 아니 '우리'를 반긴다. 내게만 웃음 흘리며 특별히 잘 대해주는 게 아닌 걸 그 찻집에 들러본 사람은 다 알기에 '우리'라 했다. 그가 파는 것은

---

1. 1) 아주 가난하다. 2) 말이나 태도, 행동의 이유나 근거 따위가 부족하다. '궁색하다(窮塞하다)'의 설명이다. '아주 가난하다'의 쓰임보다 '2)번' 뜻으로 쓰일 때가 많다. 이 표현을 갈음해 쓸 만한 말로 '군색하다(窘塞하다)'도 있다. 뜻풀이는 '1) 필요한 것이 없거나 모자라서 딱하고 옹색하다. 2) 자연스럽거나 떳떳하지 못하고 거북하다'이다. (『표준국어대사전』).
2. 눈과 입을 귀엽게 움직이며 소리 없이 부드럽게 웃는 모양. (『표준국어대사전』) 눈과 입을 귀엽게 움직이며 소리 없이 보드랍게 웃는 모양을 나타내는 말. (『고려대한국어대사전』) 눈과 입을 곱게 움직이며 소리 없이 부드럽게 살그머니 웃는 모양을 나타내는 말. (『조선말대사전』, 북한 사회과학출판사)

차 한 잔이 아니라 소리 없는 웃음 한 자락이란 걸 모르는 이도 그 웃음으로 '행복'해진다. 소리 없이 상그레 웃음 짓는 얼굴이 우리를 행복하게 하는 거다. 당연히 그 찻집은 장사 잘된다. 내가 가진 게 없어도 나눌 수 있는 것, 누구나 다 할 수 있는 것, 그래서 입가에 힘만 조금 주면 할 수 있는 것, 돈 안 들이며 다른 이를 행복하게 하는 제일 쉬운 방법인 웃음. 여러분은 지금 웃고 계신가?

웃음으로 대신하는 말

나는 '행복 주식회사'에 다닌다. '꿈을 만드는 공장'이다. 그렇다고 거창한 곳도 아니다. 사람을 울고 웃게 만들며 때로는 감동하게 하고 가슴 저밀 만큼 애잔한 슬픔 속으로 이끄는 프로그램을 만드는 공장. '방송 프로그램 제작 공장'이 바로 내 일터이다. 웃는 연출자는 출연자를 편하게 만들어 프로그램 제작도 편안하게 이끌어낸다. 아나운서는 웃는 얼굴로 나설 때 시청자의 마음을 편안하게 한다는 걸 경험으로 알고 있다. 그래서 화면 속의 인물들은 잘 웃는다. 하지만 일상으로 돌아오면, 시청자에게 행복을 안겨드리기 위한 공장의 공원들은 잘 웃지 않는다. 그래서 아쉽다. 그 아쉬움은 '반쪽 행복'과 '반쪽 꿈'으로 이어진다. 왜 반쪽일까, 눈을 감고 생각한다. 그래, '화면 속 웃음'의 바탕에 진심이 '2% 부족'하기 때문 아닐까.

얼마 전 나는 라디오 디제이를 시작했다. 음악 프로그램 디제이 노릇하며 나는 청취자 사연에 공감하고 감동한다. 사연을 읽어 내려가며 콧등[3] 시큰거린 적이 몇 번이며 목이 메어 뒷말을 잇지 못한 건 또 몇 차례인지, 부끄럽기만 하다. 다 큰 '어른애'가 나잇값도 못 한다는 얘길

---

3. 코의 등성이. 북한에서는 사이시옷 없는 '코등'으로 쓰고 남한처럼 [코뜽]으로 읽는다.

들을까 봐 저어해서 그렇다. 사소한 일로 다툰 동생의 생일을 축하하며 미안하다는 뜻을 꼭 전해달라는 누나, 유학 간 아들 안부를 묻는 동료 청취자의 댓글을 보며 펑펑 울었다는 노부부, 실직했던 남편이 출근하는 뒷모습이 무척 멋지다는 새댁의 한마디, 어릴 적에는 거인 같았던 아빠의 어깨가 세파의 무게로 짓눌려 있음을 발견해 안타깝다는 갓 스물 된 딸들의 사연, 새벽녘 신문과 우유 배달에 나서는 우리 이웃의 얘기가 나를 감동시킨다. 그 감동의 바탕엔 무엇이 있을까. 말재주, 글재주를 넘어선 진심에서 비롯한 마음일 것이다. 그 진심은 내게 '웃음'으로 전해온다. 어렵사리 전화 연결한 '애틋한 사연'의 주인공도 찌푸린 얼굴 아닌 평안한 웃음의 얼굴로 다가오곤 한다. 헛웃음[4] 아닌 진짜 웃음이 우리를 행복하게 한다는 깨달음은 엉뚱한 곳으로 상상의 나래를 편다. 세종대왕과 율곡 이이, 퇴계 이황의 웃는 얼굴을 보고 싶다는 상상이다. 무표정한 얼굴로 짐짓 '표정 관리'하는 듯 무심한 얼굴이 아닌 지폐 안의 웃는 초상화를 보면 남녀노소 모두 환한 얼굴로 살아갈 수 있지 않을까, 하는 생각이다. 유치한, 그래서 웃기는 발상이라고? 그럼, 한번 웃자. 지금 여러분은 웃고 계신가?

---

4. [허두슴]. '꽃 아래'를 [꼬다래]라고 하는 것과 같다. 표준 발음법 제15항.

북쪽에 여동생이 생겼다

표준어, 문화어, 조선어

 북쪽에 여동생이 생겼다. 우리 부모님께서 '그 연세'에 늦둥이를, 그것도 북쪽에 가서? 아니다. 단기 4337년 9월 14일 밤 9시 반. 중국 길림성 연변 조선족 자치주 연길시 외곽에 있는 모처에서 만난 '여성 평양 복무원'이 내 동생 되기를 자청(?)했다. '남조선에 오빠 있다고 생각하겠습니다, 일없겠습니까?'('일없다'는 '괜찮다'는 뜻의 북한 표현)

 '피는 물보다 진하다'는 말은 맞았다. 낯선 낱말에 어색한 말투인 건 서로 마찬가지. 그래도 처음 만난 이와 '호형호제'할 수 있을까. 한겨레이기에 가능한 일이다.

 〈우리말 나들이〉가 연변에 다녀왔다. 일주일의 짧은 일정이지만 수확은 쏠쏠했다. 연변라디오텔레비전(YBRT) 아나운서와 '직업병'을 공유했고, 연변대학 조선어문학부에선 '교학'─수업, 강의를 이르는 연변 표현─도 받았다. 북쪽에는 여태 '가을'을 추수, 가을걷이의 뜻으로 쓰고 있다는 것도 확인했다. 무엇보다 큰 수확은 평양 측과 '직거래'하지 않고 '문화어 구사자'와 1시간가량 단독 인터뷰에 성공했다는 것이다.

 연길에서 출발해 백두산 천지를 취재한 뒤 돌아오는 길은 인적 드문 비포장 군사도로를 따라오는 무리를 했다. 결과는 물론 좋았다. 김일성 주석이 낚시를 했다는 '조어대'에서 북한 병사들을 만나고, 남한 카메라로는 최초로 북한의 최대 철광 산지인 무산 촬영에 성공했다. 두만강 건너면 바로 북한 땅─비록 중국 땅에서 찍기는 했지만 북한을 배경으로 촬영에 성공했다. 연변 텔레비전 방송의 여자 아나운서와 함께한 〈우리말 나들이〉

촬영도 소득이라면 꽤 큰 소득이었다. 대한민국의 '표준어'와 조선민주주의인민공화국의 '문화어', 연변을 중심으로 한 중화인민공화국의 '조선어'는 각기 다른 '표준'을 내세웠지만, 의사소통에 어려움 없는 분명한 '우리말'임도 확인했다. 출장길이면 꼭 들르는 대형 서점, 중국 신화서점에서는 '조선어 화술'과 '방송 화술'에 대한 책도 챙겼다. 연변 방송(YBRT)과 연변대학 관계자를 만나 '우리말 관련 사업'의 필요성에 대해 인식을 같이하고 앞날의 청사진을 함께 그린 것도 보람이다. 연변에서 보낸 낮과 밤, 함께 되짚어 보자. 땅이름 표기는 현지에서 부르듯 우리 한자음을 따랐다. '옌지, 지린'이 아닌 '연길, 길림' 이렇게 말이다.

우리 땅(우리 영토는 '한반도와 부속 도서로 한다'는 명문에 충실했다)에서 제일 높은 곳, 해발 2,744미터, 하늘연못 천지를 이고 있는 겨레의 명산이자 영산靈山인 백두산. 산은 하나인데 사람이 그어 놓은 국경으로 중국과 북한의 접경이기도 하다. 연변 방문 이튿날 운 좋게 백두산 천지에 올랐다. 맑은 날씨, 시월인데도 전날 내린 눈으로 군데군데 하얗게 잔설이 덮여 있다. 해발 2,600미터까지는 자동차를 타고 올랐다. 천지를 바라본 느낌? 별거 아니었다. 오래전 한라산에 올라 백록담을 보았을 때도 '감동'했었는데 이상한 일이다. 진짜 '별거 아니'었을까. 그게 아닌 걸 서울에 돌아와서 알았다. 지금도 눈앞에 선명히 펼쳐지곤 하는 백두산의 천지. 진한 감동과 깊은 인상은 시간이 흐를수록 선명해진다는 걸 이번에 새삼 알았다. 백두산은 우리를 반겨주었다. 변화무쌍한 백두산 날씨를 감안하면 더욱 그랬다. 하산한 뒤 묵은 숙소는 '두견산장杜鵑山莊'. 두견杜鵑이 진달래인 걸 처음 알았다. 백두산에서 돌아오는 길, '관광도로'가 아닌 '군사도로'를 달렸다. 그곳에 '조어대釣魚臺'가 있었다. '김일성 주석이 항일 투쟁할 때 낚시를 했던 곳'이어서 붙은 이름이란다. 믿거나 말거나. 조어대는 평범한 작은 바위였다. 조어대가 있는 곳은 북한 땅. 내가 서 있는 곳은 중국 땅. 두만강 상류의 보이지 않는 선이 두 나라 국경이었다.

마음만 먹으면 '월북'이 가능할 만큼 좁은 강폭, 말이 '강ㅍ'이지 폭은 길어야 20미터쯤 되는 개천 너머 북한군이 서 있었다. 산길을 달려 잠시 멈춘 곳은 '아시아 최대 철광 산지'인 북한 무산시가 한눈에 내려다보이는 곳. 산을 갈아엎어 밭으로 만든 '누더기 밭'이 인상적이었다. 북한의 식량난을 한눈에 볼 수 있는 현장이기도 했다.

연변 취재는 '평양 사람 인터뷰'가 목적이기도 했다. 중국 연변에서 평양 사람 만나는 것은 어렵지 않았다. 백두산 숙소에서도 평양 공연단을 만날 수 있었으니까 말이다. '반갑습니다'로 시작해서 '다시 만나요'로 끝내는 여성 공연단 프로그램은 어디서나 똑같았다. 금강산의 그것도 마찬가지였고 의외의 수확은 연변시 외곽에 있는 '중국-북한 합영 식당'에서 올렸다. 뜻밖에 쉽게 풀린 평양 여성과 만남은 텔레비전 녹화를 전제로 한 것이어서 '격세지감', 아니 '격지지감隔地之感'을 느끼게 했다. 당시에도 금강산에서는 '북한 사람 촬영 금지'니까 말이다. 어찌 되었건 틀에 박힌 공연 프로그램은 취재팀에게 중요한 것이 아니었다. 왼쪽 가슴에 김일성 배지를 단 평양 복무원을 만나 1시간여 대담에 성공했으니까.

혼수-예장, 눌은밥-가마치

딸만 셋인 '딸 부잣집' 막내딸인 '한송이(20살, 가명)', 식당 복무원 중 큰 언니인 '조선희(23살, 가명)'는 재기발랄했다. '남쪽 사람들은 자기 나라 고유한 말을 안 쓰고 영어를 많이 쓴다'라는 따끔한 지적도 잊지 않은 그네들과 한 대화에서 '건진' 생생한 평양말은 대충 다음과 같다.

    ― 1주일, 2주일을 '일주일, 이 주일'이라 하지 않고 '한 주일, 두 주일'이라 한다.

— 시집갈 때 '혼수'는 하지 않는단다. '혼수'란 말뜻도 몰랐다. 대신 '례장(예장)'[1]이란 걸 한다.

— 널리 알려졌듯이 '개고기'라 하지 않는다. '단고기'라 한다.

— 남한 말에는 영어가 많아서 '알아듣기 바쁘다'고 했다. '알아듣기 힘들다'는 뜻이란다.

— '솥'은 '가마'라 한다. '솥이'의 발음은 [소티]라 했다. 북한 규범에도 '구개음화'[2]는 있는데, 지역 방언의 영향인 듯했다.

— '가마치'는 처음 듣는 말이었다. '눌은밥'을 가마치라 한다.

— '톺아 오른다'는 말도 했다. '톺아 오르다'는 '좀 아찔한 데서 경사진 데를 올라가는 걸' 이르는 말이라 설명했다. '톺다'는 '가파른 곳을 오르려고 매우 힘들여 더듬다(『표준국어대사전』)'이다.

— 두 사람의 사이가 '형편없이 가깝다'고 했다. '무척 가까운 사이'란 뜻이란다.

— '남한 사람들이 귀찮게 안 하느냐'는 질문에 '습관 돼서 일없다' 한다. 북한에서 '일없다'는 '괜찮다'는 뜻이다.

— 편지를 주고받을 때 '답장' 대신 '회답'이라고 한다.[3]

— '데이트'가 뭔지 몰랐다. 남자 친구 얘기를 꺼내며 '데이트를 어디서 주로 하느냐' 물었더니 한참을 갸우뚱거리다 '련애(연애)하는 거!'라며

---

1. 례장: 례복으로 차리는 것 또는 그런 차림새. 북에서도 '혼수'라 한다. 인터뷰한 복무원이 혼인에 관심이 없어서 몰랐을지 모른다. 혼수: 혼인에 드는 비용이나 거기에 쓰이는 옷, 의농 같은 여러 가지 물건을 두루 이르는 말. (『조선말대사전』)
2. 입천장소리되기[-쏘-]: 자음의 기본적 조음이 진행될 때 혀의 가운데 부분이 보충적으로 입천장을 향하여 올라가면서 그 소리에 특징적인 악음과 소음을 높여주는 발음 현상. 앞천장소리되기와 뒤천장소리되기가 있는데 일반적으로 입천장소리되기라고 하면 앞천장소리되기를 말한다. 우리말에서 '굳이(구지)', '같이(가치)'에서 'ㄷ-ㅈ', 'ㅌ-ㅊ'의 변화와 같은 것이다. 북한 사회과학연구사가 펴낸 『조선말대사전』에서 '구개음화'를 찾으면 동의어로 '입천장소리되기'를 가리키며 이렇게 뜻풀이를 한다. 위 설명문의 띄어쓰기는 사전의 표기를 그대로 따랐다.
3. 사전 등을 검색해보니 '답장'과 '회답' 둘 다 표제어이다. '회답'을 널리 쓴다는 뜻이겠다.

웃있다.

— 평양에서 '련애(연애)'하기 좋은 곳은 대동강변의 '유보도길'이라 한다. '유보도'는 산책길의 북한말이다.

— 값이 '눅다'는 가격이 낮다는 뜻. 품위 있는 말은 아니라 했다. '눅다는 막하는 말, 쌍말입니다' 하는 걸 보면.

— '바람쟁이'가 무슨 뜻? '바람둥이'와 한뜻이다. '여자 친구 있는데 또 다른 여자 만나는 사람'을 두고 바람쟁이라 한다. 북한에도 바람피우는 사람이 제법 있는 모양이다.

— 말괄량이는 '괄랭이'라고 한다.[4] 성격이 괄괄한 여자를 이르는 말인데 흔히 '독푸리'라 한다. 사전을 뒤져보니 '독부毒婦(성품이나 행동이 몹시 악독한 여자)'가 있던데 '독부+리' 형태가 굳어진 게 아닌가 싶다.

— 북한의 '마라손 영웅'은 정성옥이다. 세계마라톤대회 여자부에서 우승한 선수이다.

— 음력도 모르고 띠도 몰랐다. 소띠, 범띠, 토끼띠 ……. 12간지 얘기를 해주니 '그런 게 있느냐'며 재미있어했다.

— 차림표의 생소한 음식 이름도 재미있었다. 오이랭참: 소고기와 오이에 겨자를 넣고 같이 무친 음식. 남새볶음: 남새(야채, 채소)를 여러 가지 넣고 기름을 두른 뒤 볶은 것. 누룽지 튀김: 가마치(누룽지)를 튀긴 것. 감자 살라드: 마요네즈 소스하고 같이 섞어서 만든 것. 소회갓: 소 위를 얇게 썰어내 무친 음식. 비슷한 '회갓'이라는 낱말의 『표준국어대사전』의 뜻풀이는 '소의 간, 처녑, 양, 콩팥 따위를 잘게 썰고 온갖 양념을 하여 만든 회'라고 나와 있다.

---

4. 괄랭이: '말이나 행동이 거칠고 품행이 단정하지 못한 여자'를 이르는 말. 말괄랭이: '괄랭이'를 강하게 이르는 말. 말괄량이: '말괄랭이'를 이르던 말. (『조선말대사전』)

연변대학 조선어문학부 전학석 교수는 "한-중 수교 이후 중국의 '조선어'도 많이 변했다"라면서 "그러나 규범은 여전히 북조선의 것을 거의 따르고 있다"라고 했다. 중국과 조선의 '특수 관계'는 지금도 유효하기 때문일 게다. 연변은 중국의 변방이 아니라 우리말 연구의 보물 창고이기도 하다. '톺다'와 '남새'처럼 대한민국에서는 사라져가는 살가운 토박이말이 숨 쉬는 곳이기에 그렇다. 남북한을 넘어 우리말을 하나로 엮어낸다는 의미로도 그렇다. '보물 창고'에서 보낸 일주일, 이어지는 '건배 제의' 속에는 연변에서 거두어들일 알찬 열매의 씨가 담겨 있었다.

찾아보기

ㄱ

가락지   24, 207
가랑비   46, 47
가로막이살 59
가림막   253
가마치   278–280
가부키주하치방   200
가시방석   253
각하   259
간사지   112
간주곡   114
간질이다   96
갈매기살   58, 59, 60
감귤   25
감색   262
강더위   111
강수량   46, 210, 211
강우량   46, 210, 211
개나리봇짐 112
개발새발   96
개수대   73
개이겠습니다   224
개펄   111, 112
개피떡   42
갯벌   111, 112
거시기   101
거위   267
거치적거리다   96
거피(去皮) 떡   42
걸쩍지근하다   102
게사니   267
게피떡   42
겐세이   194, 197
겜뻬이   197, 198

겨울 올림픽   245, 246
경음악   114
곁상   45
계기판   166
계피떡   41–43
고데   180
고도리   71
고등색   185
고등어자반 87, 89
고명딸   25
고수부지   178
곤색   261, 262
곳간   106
공법   209
과공비례   260
관현악곡   114
괄랭이   280
광시곡   113, 114
괴나리봇짐 111, 112
괴발개발   96, 214
교향곡   114
구첩반상   45
군색하다   273
궁둥이   51, 52, 54
궁색함   273
귀고프다   254
귀에지   101
귀엣말   23
그린색   261
그슬리다   107
금새   226, 234, 235
기가   191
기다   247, 248
기연가미연가하다   42

길래 96, 227
깍듯이 259
깎듯이 260
깡뚱치마 254
깡맥주 195
깡소주 195, 196
깡패 130, 195, 196
껍데기 42, 149, 169
껍질 42, 149, 169
꼬드밥 43
꼬리 48, 49, 53, 61
꼼장어 150
꽁지 48, 49, 53
꽃부리 85, 86
꿈벅꿈벅 237, 239
끄적이다 237, 238
끈-나시 179
끼여들기 97
끼적이다 239
낑깡 25, 195, 196

ㄴ

나들목 263, 264
나메 197
나베우동 154
나의 살던 고향 250, 251
나침판 166
나카사키 짬뽕 154
남사스럽다 25, 96
남새볶음 280
남색 262
납량 특집 223
내노라하다 198
내로라하는 198
냉면 사리 92
너덧 개 122
넉넉지 23, 24, 98
넓적다리 52, 56, 182
네고 158, 159
널비 253, 254
노가리 71

녹슬은 74, 75, 98
뇌새 136
눅다 280
눈어림 109
눈초리 96
눈탱이 240, 241
늑약 79, 80
는개 46, 47
늘리다 113
니마에 199

ㄷ

다방구 255
다시 233
다이어트 158, 159
다쿠앙 154
단고기 279
단도리 192, 193
단묵 268
담그다 21, 235
대가리 48, 152
대박 74, 75
덤탱이 240, 242, 243
덩쿨 109
덮게 234, 235
데시 191
데후 165
도라무캉 195
도우넛 207
독푸리 280
돈저냐 44
돋구다 140, 153, 240
돌부리 85, 86, 193, 240
돐 72, 73, 97
된더위 111
두견 277
두리뭉실하다 96
두텁다 29, 30
드럼통 195
들르다 23, 37
등살 234, 235

디지털 156, 157, 168
딴전 109
딸나미 72, 73
땡땡이 무늬 223, 224
땡깡 196
또아리 101
뜨게부부 254
뜨락 96
뜬금없이 27, 70

ㄹ

라 트라비아타 114, 117–119
랩소디 114
례장 279
로맨티시즘 181
리어커 88

ㅁ

마구리 61
마분지 268
마사무네 69
마이더스 168
마적 114
만날 96
만두 사리 92
만두속 82
만치 109
만화경 256
말괄랭이 280
맑은탕 152, 186
맛세이 197, 198
망까기 256
망울 141
매스콤 169
매슥거리다 25
먹장어 150
먼지털이 107, 110
멍울 141
메 50
메가 191
메꾸다 96

메지다 84
메테를리히 184
모가지 30, 49
모밀 82, 84, 151
모음곡 114
목로 65
목욕제계 34
몽오리 141
몽우리 141
묏자리 96
묘령 141, 142
무댓포 186, 187
문화어 265, 266, 268
물부리 86
미싯가루 151
미역 자반 87, 88
미주알 51
밀월 여행 148
밑돈 268

ㅂ

바닷말 108
바라겠습니다 120, 203
바람쟁이 280
바리케이트 225
반딧불이 112
반상도식 45
발자욱 172
밤탱이 240, 241
방년 141, 142
방둥이 48, 51, 53, 62
방아살 61
밭다 235
베이지색 261
변주곡 113, 114
별밭 253, 254
복사뼈 96
복지리 151, 152
본 169
볼기 51, 52, 54, 61, 62
볼우물 109

284

봉오리 141, 250
봉우리 141
부루 267
부지 188, 189
부추 267
북한 표기 265
분리 수거 138
붓뚜껑 77, 78
붕장어 148-150
비사치기 256
빈발 76, 139
빠리빠리 192-194
빨부리 86
뺄쭘하다 102
뽀두라지 109

ㅅ

사글세방 23
사라 91, 92, 182, 186
사모관대 22
산마에 199
산수갑산 34
상그레 273, 274
서곡 114
서더리탕 151, 152
석탄일 73
성대묘사 128
성탄절 73
세 살박이 91
세수 68
세제곱 191
섹션 168
소꿉질 64
소낙비 46
소데나시 178, 179
소라색 185, 186, 262
소라이로 186
소회갓 280
손기척 267
수순 182, 183
술청 65

숲미역 108
스시 155, 186
스퀘어 191
승부 169, 170
시방 52, 101
시큼거리다 234
식겁하다 102
신병 182, 183
신선로상 45
신원 68
십팔번 199
쌈마이 199
쌍까풀 38, 70
쓰기다시 155
쓰레받이 107, 110
씨나락 172, 173

ㅇ

아가리 49, 77, 267
아구리 267
아까시나무 117
아나고 148, 149
아들나미 72
아따 102
아롱사태 62
아카시아 116, 117
안개비 46, 47
안절부절하다 39, 40
알타리 김치 41, 43, 151
애기 103
애시당초 227, 228
액화부 182
야기요단 124
야로 123, 124
야료 123, 124
야멸치다 96
야지 123, 124
양수겸장 33, 34
어묵 95, 180, 181
어부인 258
엉덩이 48, 51-54

에스키모 268
여름 올림픽   245
여우비 47
여주인공 118, 135−137
열무 43
열사 66, 67
영부인 257, 258
영애 257, 259
오뎅 95, 153, 154, 179, 180, 194
오이랭참 280
오첩반상 45
옹아리 233
외동딸 25
요지경 256
우동 95, 96, 182, 186
우레 109, 111, 112
원단 68
원일 68
윈도 206
유보도 280
옹어리 233, 234
의사 66, 67
의사무사하다   42
이치마에 199
일없다 276, 279
입맷상 45
입방 191

ㅈ

자반고등어 87, 88, 89
자치기 255
잠자리 비행기   158
장본인 27, 28
정종 69, 70
제비초리 59
조곡 113, 114
조롱목 263, 264
조약 79, 80
조치 45
종아리 56, 249
주마등 256

중신 109
쥐불놀이 69, 70
징크스 158, 159
짙음새 267, 268
짜장면 95, 96
짬뽕 95, 96, 153, 154, 181, 182, 186
쪽빛 262
쭈꾸미 150, 242
찜뽕 255

ㅊ

차돌배기 91
차입금 268
참퐁 182, 186
찻간 106
채끝살 61
천자총통 221, 222
천정 101
철따구니 109
초마면 154
초생달 224
촛점 106
총뿌리 85, 86
춘희 114, 117−119
칠칠하다 39, 40

ㅋ

카와 180
칼싹두기 44
칼제비 44
켸켸묵다 128, 129
코맹맹이 소리   266
콩소 42
쿠다라나이 180
쿠테타 225
큐빅 191

ㅌ

탄신일 73
태견 96
터지다 38, 203

통짜식 268
톺다 279, 281
뒷간 106
틈틈히 169

ㅍ

퍼센트 160, 162, 163
퍼센티지 160-162
페일바이올렛 261
평방 191
평지풍파 35
풍지박산 34, 35
프로 160, 162-164
프로테지 160, 161

ㅎ

하늘색 186, 262
해어지다 203
해웃값 109
해웃돈 109
햇님 127
허니문 148

허벅다리 52, 55, 56
헛갈리다 32
헛점 106
헤로인 135-137
헤살 124
헤어숍 180
헤어지다 203
헤엄 267
혈혈단신 33, 34
협주곡 115
혼수 24, 278, 279
혼인 22, 279
홀몸 23, 26, 34
홀홀단신 33, 34
홑몸 26, 34
화훼 142
화훼 143
회깟 280
횟수 104, 106, 190
후뚜루마뚜루 248
희노애락 26

아나운서 강재형의
우리말 나들이

초판 1쇄 발행 | 2022년 10월 05일

지은이 강재형
펴낸이 조기조
펴낸곳 도서출판 b | 등록 2003년 2월 24일 제2006-000054호
주 소 08772 서울특별시 관악구 난곡로 288 남진빌딩 302호 | 전화 02-6293-7070(대)
팩 시 02-6293-8080 | 홈페이지 b-book.co.kr | 이메일 bbooks@naver.com

ISBN 979-11-89898-82-3   03810
값 | 17,000원

* 이 도서는 한국출판문화산업진흥원의 '2022년 중소출판사 출판콘텐츠 창작 지원 사업'의 일환으로
  국민체육진흥기금을 지원받아 제작되었습니다.
* 이 책 내용의 일부 또는 전부를 재사용하려면 도서출판 b의 동의를 얻어야 합니다.
* 잘못된 책은 구입한 곳에서 교환해 드립니다.